迟来的报告

■
杨机臣 著

山东大学出版社
SHANDONG UNIVERSITY PRESS
·济南·

图书在版编目(CIP)数据

迟来的报告 / 杨机臣著 .-- 济南：山东大学出版社，2022.12

ISBN 978-7-5607-7667-5

I. ①迟… Ⅱ . ①杨… Ⅲ . ①纪实文学 - 作品集 - 中国 - 当代 Ⅳ . ① I25

中国版本图书馆 CIP 数据核字（2022）第 234326 号

责任编辑　徐　翔
装帧设计　刘　莉　徐海明
特约编务　王　涛　贺雪燕

迟来的报告
CHILAI DE BAOGAO

出版发行　山东大学出版社
社　　址　山东省济南市山大南路 20 号
邮政编码　250100
发行热线　(0531)88363008
经　　销　新华书店
印　　刷　深圳市精典印务有限公司
规　　格　720 毫米 ×1000 毫米　1/16
　　　　　17.625 印张　7 插页　300 千字
版　　次　2022 年 12 月第 1 版
印　　次　2022 年 12 月第 1 次印刷
定　　价　78.00 元

序

一个人与一座城

泓　峻[1]

在字典上，“家乡”与“故乡”这两个词，指的都是一个人出生的地方或早年生活过的地方。但是，在我看来，这两个词的含义还是有细微差别的，它们应该代表了一个人与自己出生地的两种关系：有些人，一生的绝大部分时间都生活在自己出生的地方，于是，家乡对他而言永远都是“家乡”；而有些人，却由于种种原因，长大后到了另外一个地方谋生，于是，家乡对他而言，就变成了过去生活过的“故乡”。

我曾经认为，家乡对于一个人的意义，只有在她变成故

---

① 泓峻，本名张红军，山东大学（威海）文化传播学院院长，教授，博士生导师，威海市作家协会主席。

乡之后，才特别容易凸显出来。你看，不但文学史上留下了那么多怀念故乡的著名诗句：“举头望明月，低头思故乡”“露从今夜白，月是故乡明”“故乡今夜思千里，愁鬓明朝又一年”“日暮乡关何处是，烟波江上使人愁”“独在异乡为异客，每逢佳节倍思亲”，等等，而且许多人到了一定年纪，还会产生一种强烈的寻访故乡，甚至是叶落归根的冲动。而一个人在同一个地方生活久了，很有可能会对脚下这片土地失去感觉。

然而，最近一些年，我的这种看法却发生了根本改变。这是因为在现实生活中，我遇到了许多人，他们大半生都生活在同一个地方，却仍然对家乡怀有深厚的感情。这感情不仅不会随时间而减退，还会同美酒一样，随着他们年龄的增长而愈发醇厚。而且，他们还会把这种感情转化为对家乡发展与进步的热情礼赞，对与自己有关的家乡过往的人与事的深深怀恋，对家乡历史的深入探究，对保存与传承家乡独特文化的强烈的使命感与责任感。这种对家乡的书写模式，同样成就了许多感人的文学作品。

杨机臣先生就是促使我发生这种改变的人物之一。

摆在我们面前的这部文集，从写作时间上看，跨度将近20年。从体裁上看，也不尽相同：《精致之路》《英雄无冕》《仁医之道，苍生至上》《远芳侵古道》等大体上可以归为报告文学，《发现宁津》《新港：1958—2018》《我们村的五好社员》《玉振姐的苦乐人生》《老街老村和我的外宾读者》《守望这片古老的海》等大体上可以归为回忆录，《大自然造化威海卫》《难忘东南乡》《渔乡风情摄影集配文》等大体上可以归为历史文化随笔，《滇境春色》《呼伦贝尔行》则显然应该归为游记。这些看似纷乱的文字，被一种强烈的家乡意识、家乡情怀所贯穿，成了一个有机整体：除了《仁医之道，苍生至上》一篇外，这部文集中其余所有的文字，都与作者的家乡——威海这座城市有关。我们从中读到的是威海在20世纪80年代成为地级市以后的发展过程，改革开放前作者记忆中发生在威海的人与事，威海几千年的历史，从威海走出去的戍边母亲的传奇故事，还有走出家乡看世界的作者本人及其在威海的朋友与家人……

杨机臣先生对这种关于家乡的书写投入了极大热情，甚至当成了自己的一种使命。他不仅是威海近70年历史变迁的见证者，而且还是其中许多重要事件的参与者和积极的推动者。在这个过程中，他付出了自己的青春、汗水。最近二三十年，表面上看，他似乎在努力地由一个政府干部、一个企业家转型为一个文化人：一个作家、一个摄影家。然而，真正了解他的人会发现，他笔头所及，镜头所至，几乎都与威海这个他出生于斯、成长于斯，个人的荣誉生成于斯，个人的生命价值体现于斯的地方密切相关。因此，他的这种转型，基本上可以看作是以另外一种形式，续写着一个赤子与自己家乡的那种割不断的情缘。而且，在以一个摄影家、文学家的身份续写这种情缘的时候，其对家乡的感受变得更加细腻，其探索的触角、思考的领域也就更加深邃和广阔。在这样的书写与记录中，威海这座城市，也便具有了更加鲜活的生命。

我常常在想，故乡到底是什么？家乡到底是什么？对于一个没有故乡意识、家乡意识的人而言，那仅仅是一个物理空间而已。真正的故乡、真正的家乡，首先是存在于那些思念故乡、热爱家乡的人的心里的；其次，她还活在那些由思念故乡，热爱家乡的人所写下的文字、创作的艺术作品当中。近百年来，特别是改革开放以来，中国各地都在发生着天翻地覆的巨变。沧海桑田，过往的痕迹很容易就被抹去。然而，越是如此，越需要像杨机臣先生这样对家乡充满感情的人，用文字追寻她的历史，留住她的过往，揭示她独特的精神气质与独特的魅力，为在快节奏中生活的当代人，构建起一个精神的家园，激发起他们的家乡意识，让他们在一个高度物质化的空间里，获得精神上的慰藉。

我想，这就是杨机臣先生这许多年来围绕着威海这座城市的所有艺术创作最大的意义所在，也是这本文集今天出版的意义所在。

2022 年 5 月

目 录

001　精致之路
032　大自然造化威海卫
044　远芳侵古道
065　难忘东南乡
082　老街老村和我的外宾读者
092　渔乡风情摄影集配文
108　发现宁津
116　西港：1958~2018
130　我们村的“五好社员”
140　玉振姐的苦乐人生
150　滇境春色
161　呼伦贝尔行
173　守望这片古老的海

179　仁医之道，苍生至上
200　英雄无冕
242　我的作品档案

255　后记：求索与坚守
259　跋：良知催逼下的不倦钩沉 / 洪浩

精致之路

导 语

改革开放以来，我亲历和目睹了家乡威海在推进国际化、城市化进程中，地方政府如何因地制宜，从精致入手，着力解决人口居住问题，由此引起国际社会关注。2003年10月6日，联合国把世界人居领域最高奖项——人居奖，加冕于这座城市。

为记录和揭秘这一艰辛历程，赶在2004年9月首届“中国威海国际人居节”之前，我完成了中篇纪实《威海国际人居节始末》的创作，并约定人居节开幕前由《中国作家·纪实》发表。

有一天，我在合庆山庄大堂见到了时任市委书记崔曰臣。一见面，他亲切地问我：“机臣同志最近有什么大作？”“崔书记，赶在人居节之前，我写了一部人居节的中篇纪实，想在节前发表。”在我回完话的一瞬间，我见他突感惊喜的表情转化为一脸的和善，他靠近一步对我说：“机臣同志，可以先睹为快吗？”

我被书记这突如其来的坦诚打动了，内心一阵激动后马上缓过了神：“书记看稿，求之不得……”当即，我把稿子打印出来，派人送到市委办公室，请曲赓主任帮忙转送。

过了一段时间，北京来问稿子的情况，我只好找曲赓主任向书记说明。本想书记会很快同意，结果稿子却被搁置下来了。又过了几天，我收到了曲赓主任转来的稿子。上面有书记密密麻麻的批语，这样写道：

机臣同志：感谢你对家乡、对这片热土、对这个城市的一片真情、深情，更感谢你对工作的投入，对事业的执着与激情，没有这个前提，单靠文字、文学基础是写不出来的。我看了以后深受教育、启发和激励，但考虑到现在仅是个新的起点，我们的工作差距还很大，需要干的事情还很多，简直是百端待举；已经取得的成绩可以说是综合因素所致，面面俱到不可能，又深恐挂一漏万。所以现在搁置一段，待时机成熟后再说吧。请斟酌。

崔曰臣

2004年2月26日

时机终于成熟了。

在威海荣获联合国国际人居奖15年之际，2018年6月12日，习近平总书记在视察了威海之后指出：“威海要向精致城市方向发展。”习近平总书记一语中的，深刻揭示了这座城市的发展规律和未来方向。激动之余，我翻出久违了的书稿《威海国际人居节始末》，修订后，用《精致之路》为标题拟重新发表并结集出版，以献给为这座城市精致建设做出贡献的人们。

走上世界领奖台

10月的巴西。

天高气爽，姹紫嫣红。

走进10月的里约热内卢，这座享有“浪漫之都”美誉的海滨城市，呈现出节日庆典的浓厚气氛。浮光掠影中，总可以看出巴西人热情奔放与勤劳善良的民族习性。一些显眼位置，已被商家挂满五花八门的广告装饰。

2003年10月6日，“世界人居日庆典暨联合国人居奖颁奖仪式”在这里举行。世界各地的代表及专家学者云集这座城市，共议人类当今社会的一个重要话题——人口居住问题。

面对全球人口迅速增长所带来的压力，人们的居住环境有不断恶化的态势。不论发达国家还是发展中国家，在人居领域都面临着一些同样的问题：拥挤，提供基础服务的经费不足，缺少适当的住房，基础设施每况愈下，等等。有资料显示：全世界有 30% 以上的城市居民居住在贫民窟，包括乡村有数亿人缺少住房或居住条件十分恶劣，有近亿人无家可归，有几亿人生活在各种危害健康和生命的境况中。即使像巴西这样经济发展不错的国家，也有几千万人处于贫困状态，其中近半数为赤贫。

面对人类的居住问题，为唤起各国政府和全社会对人居问题的重视，号召全世界为人居发展做出努力，1985 年 12 月 17 日，第 40 届联合国大会一致通过决议，确定每年 10 月的第 1 个星期一为“世界住房日”，亦称“世界人居日”，每年确定一个主题。从此，国际社会开始有计划、有目标地改善和解决全球人居问题。人居日的主题，从 1986 年第 1 个人居日“住房是我的权利”，到 2002 年在布鲁塞尔提出的“开展城市间的合作”，再到 2003 年在里约热内卢（简称“里约”）提出的“城市供水与卫生”等，十几年步步深入。联合国结合每年人居日庆典举行人居奖颁奖大会，以增强各国政府和地方当局及公众对人类居住问题的意识。中国威海经过十几年的打造，终于走上了世界领奖台。

2003 年 9 月 10 日，联合国人居署致函威海市政府：由于威海市政府在住房和城市环境方面取得突出进步而获得 2003 年度“联合国人居奖”。

几天后，市委书记崔曰臣的案头上出现了联合国副秘书长、人居署执行主任安娜·蒂贝琼卡女士的邀请函……

10 月 3 日 23 时 50 分，崔曰臣轻车简从，携两名工作人员由上海起飞，经巴黎转道，于次日 20 时抵达里约加里奥国际机场（GIG）。联合国人居署里约办事处安娜丽莎女士前往机场迎接，崔曰臣一行下榻索菲特国际饭店。

《见证·我与威海》是威海建市30周年之际，推出的具有文献价值的作品。丛卫东《我随书记去领奖》的文章，真实生动记录了威海走上国际领奖台这一瞬间。

6日，里约热内卢风和日丽、格外迷人。8:45，市政厅前的绿草坪上已是热闹非凡，巴西儿童画展正在进行。身着节日盛装的巴西儿童，兴高采烈地向来自世界各地的嘉宾展示他们用精美画笔描绘的《我的城市》，拉开了“世界人居日庆典暨联合国人居奖颁奖仪式”的序幕。9:30（北京时间20:30），大会在市政厅正式开始，入会嘉宾120多位，崔书记坐在会场的第一排……会议用的语言是英语和葡萄牙语，采取同声传译的方式，由于只有威海的代表讲中文，大会没有配备中文翻译，我只能在崔书记耳边轻声翻译。工作人员首先宣读了联合国秘书长安南的贺词，接着，安娜·蒂贝琼卡女士讲话。她提醒各国政府、各城市政府及大众，增强改善人类居住环境的紧迫性，特别是满足贫困地区的人口供水要求……

10:40许，颁奖的时刻到了。第一个奖项颁给了巴西国家城市卫生协会，第二个是威海。当主持人用洪亮的声音宣布“Weihai Government，China”（中国威海市政府）时，市政厅内响起了热烈的掌声。崔书记健步走上主席台，各国记者不约而同地把目光和镜头对准了这位来自东方的代表。当崔书记从安娜·蒂贝琼卡女士手中接过金灿灿的奖牌时，安娜女士热情地与他握手表示祝贺。与此同时，英语和葡萄牙语一起宣告：“表彰威海市政府在住房和城市环境方面取得的突出进步。”

此时，正是北京时间20时30分。太平洋彼岸的威海广播新闻频道，通过中国移动威海分公司全球通手机，把信号由西半球传回东半球的太平洋西岸，同步直播大会实况。

联合国人居奖是全球人居领域的最高奖项。1989年创立，每年颁发一次，目的在于鼓励和表彰世界各国为人类住区发展做出杰出贡献的政府、组织、个人和项目。2003年度，全球共评出巴西、加拿大、中国（威海）、哥伦比亚、印度、伊拉克、南非、肯尼亚、瑞士、委内瑞拉及共同体生态理事会等11个组织、项目和个人获奖。威海是本年度唯一的城市政府获奖者。至此，中国已有唐山市政府、深圳市住宅局、上海市住宅局、建设部（个人）、中山市（个人）、成都市政府、沈阳市（个人）、大连市（个人）、杭州市政府、包头市政府、威海市政府等11个组织（个人）获得联合国人居奖，全球共121个。

在颁奖大会的前一天，崔曰臣书记对在同一饭店下榻的安娜·蒂贝琼卡女士进行了礼节性拜会。同与会代表一样，安娜·蒂贝琼卡女士只住一个普通标准间。她在前阳台上会见了来自中国威海的客人。宾主倚着阳台的栏杆，面对着蓝色的戈巴卡瓦海湾，进行了富有诗意的会晤。最后，崔曰臣书记正式邀请她访问威海。

安娜·蒂贝琼卡女士是坦桑尼亚人，曾获得瑞典农业科学大学的农业经济博士学位，会英语、法语、瑞典语和斯瓦希里语，有很强的社会活动能力。1995 年她曾作为坦桑尼亚的代表出席过北京世界妇女大会。2000 年 10 月，她出任联合国人居中心主任。2001 年 12 月 21 日，联合国大会决定将联合国人居中心升格为联合国人居署。2002 年 7 月 24 日，联合国大会一致选举安娜·蒂贝琼卡女士为人居署执行主任，任期 4 年，从 2002 年 9 月 1 日开始履职。

2003 年 11 月 3 日至 5 日，联合国人居署、中国建设部与山东省政府共同主办的可持续发展城市化战略研讨会在威海召开。安娜·蒂贝琼卡女士因公务缠身，派全球司司长拉斯先生前来主持会议。然而，她没有忘记在巴西时对崔曰臣书记的承诺。一年后的 9 月 1 日至 5 日，威海举办“首届国际人居节”，开幕前一天晚上 11 时，安娜·蒂贝琼卡女士赶到威海，第二天出席开幕式并发表演讲，参加一些重要活动，当天晚上 11 时匆匆离开威海，在这里正好 24 个小时。

背景鞭策力

环境资源与人文历史，是威海的背景。

背景是客观物质和文化，是历史与自然的遗存禀赋。威海有这种背景作底气，浮出水面、走向世界是必然的。

令人振奋的是人居建设成就从中脱颖而出。

援引网上消息：2004 年 1 月 21 日，德国总理格哈德·施罗德承诺，德国将在其对具体项目计划提供支持的基础上，向国际社会人居建设提供资助，资助经费达到 50 万欧元。施罗德总理是在对非洲进行首次正式访问期间，在联合国驻内罗毕的办事处会见安娜·蒂贝琼卡女士及其他高级官员时做的上述承诺。会见时，蒂贝琼卡女士对德国政府的长期支持表示了感谢，并重点阐述了在加速城市化进程中面临的城市贫困问题，特别是非洲日益严峻的贫民窟问题。她详细介绍了正在非洲最大的贫民区——内罗毕基贝拉贫民区实施的一个改造项目。她说，该项目将彻底改善基拉贫民区居民的生活状况，并希望德国政府能够为该项目提供支持。

富人的施舍，对于生活在贫困线以下的穷苦人来说也许只是杯水车薪，人们只有靠自己的力量才能脱贫，同时他们希望有外援。因此，蒂贝琼卡女士从人道主义出发，呼吁施罗德伸出援助之手。她和她的人居署有一项雄心勃勃的庞大计划，即“千年发展目标”：到 2015 年将全世界缺乏安全用水和卫生条件的人口减少一半，力争 2020 年极大地改善 1 亿贫民区居民的生活条件。

中国是发展中国家，威海是中国经济比较发达的地区之一。解决温饱之后的威海人，想充分利用资源优势和外部环境，尤其是国际环境干好自己的事情，特别是解决好自已所面临的人居问题。如何干？出路在哪里？敢不敢大胆地跳出去瞄准国际水准干？十几年来，威海历届市委和市政府必须做出的选择就是：打环境牌、开放牌！

威海自古就是一方风水宝地。得益于大自然的造化，千里海岸线蜿蜒起伏，山有山姿，滩有滩势。海岬多奇礁怪岩，时而高悬，时而伏卧，连绵不断。沙滩则滩平沙细，内连黑松林，一眼难望穿。海内的丘陵土质肥沃，小平原一马平川。终年四季分明，气候宜人，冬暖夏凉，物产丰富，最适宜人类繁衍生息。据考古发现，早在新石器时代，威海就有土著人居住。历史上很少发生大的自然灾害，风调雨顺时五谷丰登，即便有灾害也不会是那种灭顶之患，灾后很快就能恢复元气。元代京杭大运河修通之前，这里是海运要津，加之当地百姓生活富庶，引得日本海盗疯狂进犯，因此明代在此设卫防倭。中日甲午战争结束，日本军队占领威海三年之久。英国认为这里军事地位重要，再加上冬暖夏凉的气候优势，适宜他们长江流域的水兵夏季来此避暑，便通过外交手段强行租占威海卫长达 32 年（刘公岛 42 年）之久。

近现代以来，海外势力长期占据威海，除去政治、军事因素之外，这里的气候、环境、物产及风情等是至关重要的因素。这种长期形成的独特地域文化，包括自然资源和历史遗存，是别处无法复制的。如何利用这种独特资源优势走向世界？早在 20 年前，国内史学家来威海论证刘公岛在未来开放中的地位时，就给出了答案：刘公岛是未来威海人民的金饭碗！其意义再也清楚不过了。

1987 年，正是联合国人居署推出“世界人居日”的第二年。经国务院批准，威海升格为地级市，把胶东半岛最尖上的文登、荣成、威海、乳山四个县市，从烟台市划出来，实现区域性强强组合，突出威海的个性化地域特点。从此，威海历届市委和市政府的建设方针更加鲜明突出：（1）建设不搞大进大出、以防污染，主要瞄准高科技和高附加值产业；（2）发展生态城市，突出地域风格；（3）在海上大作文章，大力弘扬海洋文化；（4）加快城市化进程，各项事业高起点，尽快与国际接轨；（5）人居住房水平达到国内领先。

只要选准了方向和路子，威海的做法自然会与国际人居理论战略相吻合。

威海作为自然环境和人文历史的优势城市，随着中国国际地位和参与联合国人居活动频次的提升，自然会与国际新的发展理念接轨。

夹缝中寻求问鼎之道

1987 年 10 月 1 日，威海地级市成立大会召开。

顺着这一天，把历史向后推 47 年，即 1930 年 10 月 1 日，国民政府经过长达十几年的谈判，终于从英国人手里收回了威海卫。从此，威海卫成为当时中国第一个特别行政区，直属当时的国民政府行政院。

19 年之后的这一天，即 1949 年 10 月 1 日，威海人民同全国人民一道迎来了中华人民共和国的成立。事隔 38 年，威海人民选择“10 月 1 日”这一天开庆祝大会，是一种历史的巧合，也是建市第一代领导人的良苦用心。这是威海走向世界的一次契机!

金秋十月。

刚组建的威海市委召开建市大会后的第一个常委会，会议在临时租用的办公楼简易会议室举行，议题为“研究城市发展总体规划”。

会议连续讨论了几天。最后决议：威海地处黄海之滨，置于辽东半岛、山东半岛和朝鲜半岛城市群之中。南有青岛，北有大连，西有烟台，东有仁川。讲基础，拼实力，威海处于劣势。在未来竞争中，只有打资源牌、打环境牌、打城建牌、打精致牌，威海才会显露优势。否则，置于强强城市群的夹缝之中，威海的优势难以发挥。

走精致发展之路是一种规律。早在县级市时，威海城市建设就打破了威海卫时代老城区的框子；成为地级市后，在城市发展格局上进行了大胆突破，打开向西发展、向南延伸的通途，城市风格初步形成“红瓦绿树，淡色墙面，白色门窗”的格调。发展经济不搞大进大出的项目，重点选准电子、医药、精密机床等产业，凡有污染的项目坚决不上。这种创新型城市建设的动作，立即引起国内专家和建设主管部门的关注。中央和山东省的领导对此予以充分肯定，威海在国内建设口逐渐名声大振，国内中小城市管理者来威考察的络绎不绝。

机遇给了威海施展抱负的空间。在建市大会之前，威海已经开始有所行动，组织了全国性城市规划研讨会，对未来威海的发展提出许多学术性思考。会后，市建委及规划、环保、房管、市政、园林等部门，分兵把口，开展大讨论，提出城市发展规划 16 字特色追求：山在海中，城在山中，楼在林中，人在绿中。进而，又提出关于具体操作的 8 大体系 32 字经：天是蓝的，水是清的，山是绿的，地是净的，路是硬的，城是花的，等等。用这种顺口溜的方式表述一级政府的大政方针，虽有落俗之嫌，但却直接指向了城市建设目的是为人类的居住环境创造最佳条件这一人文理念。因而，它是客观规律的科学创举。

正是这一时期，威海奠定了今后的发展战略。从而，开始向世界目标步步逼近，以至关于这座城市的诸多桂冠纷至沓来：

1990 年，获得全国首个“国家卫生城市”称号；

1995 年，被授予“全国造林绿化十佳城市”；

1996 年，被评为“国家园林城市”；

1996 年，被联合国评为“改造人居环境 100 个最佳范例”之一；

1997 年，被授予首批“国家环境保护模范城市”称号；

1999 年，被授予“中国优秀旅游城市”称号；

1999 年，被授予“全国创建文明城市工作先进城市”称号。

国家荣誉为这座城市带来了巨大社会效益。今后步子向哪里迈？正在这时，建设部向各地传达一个重要信息：自 1995 年起，联全国在全球开展人居范例城市评选活动，鼓励各地积极参与。由此，威海走向世界之梦出现了契机。

关键时刻，市委市政府发出指令：市建委牵头，一方面搞好城市环境综合治理，一方面组织班子整理资料上报建设部转报联合国。

市委一声令下，各主管部门迅速行动起来，各项预案和实际工作全面启动。数月后，市建委将一宗申报材料通过建设部转报至联合国。

自此，威海的名字继威海卫之后再次走向国际社会。

迪拜是阿联酋第二大酋长国。1995 年 11 月，阿联酋副总统、首相、迪拜市市长马克托姆提议，设立“迪拜国际改善居住最佳范例奖”。此举得到联合国的高度重视，组织100多个国家在迪拜举行会议，讨论“迪拜国际改善居住环境最佳范例奖”的有关问题，准备提交1996年6月伊斯坦布尔第2届联合国人类住区大会认可。联合国人居中心（人居署的前身）接到中国建设部转来的申报材料之后，即邀请威海代表参加迪拜会议。

至此，威海政府官员第一次走进国际社会。分管副市长带队，参加迪拜会议。1996年6月，伊斯坦布尔第2届联合国人类住区大会如期举行。会议初评时，威海首次入围迪拜国际改善居住环境最佳范例。对威海人民来说这是一次巨大鼓舞，但离获奖任重道远。

联合国人居奖是一项新事物，设有多种奖项而且各自的申报途径和评判标准不同。开始，国内许多人甚至负责申报的主管部门也难解释清楚，更何况在操作过程中还要把握公正、公平、严格、保密的原则。1999年开始，主管部门在推进事业的同时，加大咨询力度，进行再申报技术论证。

2000年4月，北京突然来人住进威海湾北岸的合庆山庄。他是联合国人居署驻北京信息办公室的杨学安，受建设部委派专程来进行实地考察。威海城市环境综合治理成效卓越，在1996年入围“迪拜国际改善居住环境最佳范例”之后，应直接申报联合国人居奖。这时，威海市委市政府主要领导果断拍板：搞清步骤，大胆推进。同时，在中央广播电视4台推出“威海是最适宜人类居住和创业的地方”形象广告，由此开了中国城市广告先河。

比奥与丁肯的感动

2000 年 10 月，“21 世纪城市建设与环境成都国际大会”在四川省成都市隆重召开。市里分管领导带队，组成工作小组奔赴成都，搞清了下步工作重点是城市环境综合整治，具体步骤为，申报资料提交建设部外事司审查同意报人居署；联合国人居署派员考察，形成报告后再派员来审查，同意入围后，再派若干专家秘密在某城市看申报资料；之后实行无记名投票评选。

2001 年是威海城市环境综合治理全面提升的一年，从市分管领导到具体工作人员分兵把口、扎实推进。

2002 年，申报进入实际操作阶段。早春，杨学安、郑广大等住进威海湾北岸的合庆山庄，3 天后，返回向联合国报资料。8 月，市建委副主任蔡洪波等 3 人赴包头参加联合国人居会议。

联合国官员“远在天边，近在眼前”。参加此次大会的两人是人居署常务副主任比奥先生和亚太地区协调员丁肯先生。大会日程紧张，外事礼仪严格，会议普通代表想同联合国官员对话并不容易。参会其他任务顺利完成，尤其是威海展板在包头同行的支持下，竖立在大会最显眼位置，得到国内外客人的关注。

会议最后一天的早上，蔡洪波正准备搭乘电梯去吃早餐。突然，身高 1.9 米的比奥先生走出电梯。这时，蔡洪波主动向比奥先生问候。建设部的参会代表向比奥介绍：这是威海市建委副主任蔡洪波先生。比奥高兴地说："看了你们的展板，威海是个很美的城市。"借此话题，蔡洪波利用进餐厅的空当，向比奥简要汇报威海争创人居奖的情况，并代表市长正式邀请他到威海考察。当邀请亚太地区协调员时，丁肯先生同意到威海考察，但必须经比奥先生批准。

比奥同丁肯第二天就要离开包头，必须积极争取。

次日上午 9 时，蔡洪波同他的助手准时出现在首都国际机场候机大厅茶座间，终于等来了比奥与丁肯先生。这时离飞机起飞只有 28 分钟，机会稍纵即逝，只有抓紧汇报才有希望。

蔡洪波是胶东农民的儿子，当过村干部，也当过乡干部，受过高等教育，对威海城市环境综合治理情况明、底子清，只要在规定时间内汇报说明到位就有希望。于是，两位联合国官员端起中国名茶，直勾勾地望着这位中国彪形大汉滔滔不绝，被精彩的演说吸引连茶也忘记喝了。比奥被眼前这位中国汉子所征服，竟然一激动，当场拍板让丁肯转道威海去考察。

难能可贵的 28 分钟，为争创人居奖赢得了机会。

当天午时，丁肯先生抵达威海下榻合庆山庄。

这是联合国官员第一次踏上威海大地。3 天后晚 10 时，丁肯先生由威海大水泊机场返程，临行前在机场候机厅起草了此行的考察报告。

至此，威海申报人居奖的进程全面提速。

12 月，分管副市长赴京到建设部外事司申办联合国人居会及签署初步备忘录。

2003 年元宵节，联合国人居署跨地区顾问沈建国先生抵威下榻合庆山庄。此行有 3 项公务：核实丁肯先生的考察报告，商讨联合国在威海召开会议事宜，拟定会议谅解备忘录。

4 月 4 日，联合国人居署、中国建设部、威海市政府在威海合庆山庄签署《“2003 年可持续发展城市化战略威海国际会议”谅解备忘录》，决定于 2003 年 9 月 2 日至 4 日在威海召开国际人居大会。因突如其来的非典，会议延期到 11 月 3 日至 5 日在威海合庆山庄召开。

这是继广州、昆明、成都、包头等城市之后，又一中国城市获得联合国人居会议的承办权，也是威海申办人居奖的一个实际步骤。

此间，威海申办人居奖受到山东省政府和建设部的高度重视。

济南。副省长赵克志多次写信和打电话给建设部分管部长汇报。建设厅厅长杨焕彩多次带领城建处、外事处负责人亲赴北京汇报协调。

北京。建设部外事司、城建司昼夜突击，向联合国报送资料。这年国内申报城市有 3 个，部长会议决定选报威海。

……

至此，威海人终于圆了 16 年前的梦想：威海走上了国际舞台。

十六年铸一牌

“联合国人居奖”是全球人类居住的最高奖项。然而，就奖牌而言，它值不值得威海几任党委和政府及社会力量为此奋斗十几年？要回答这个问题，唯一办法是看它自身的含金量足不足。

翻开近十几年威海投入的账本，打开威海发展规划的蓝图，追寻威海人的足迹，不难看出一个浅显的道理：凡投入必有回报。这种投入是包括智慧、精力、物力、财力和毅力的混合体。这种投入的回报不是急功近利型，而是荫及子孙型，利在千秋型，说时髦话就是可持续发展型。用这种换算方法估计威海人居奖牌的价值，衡量它的投入与回报之比，在普通经济学中很难找到相应的公式。然而，威海人用这种方法，能列出投入的持久力必将带来回报的持久性的方程式。

威海人不善空谈，看准的事立即行动。

威海虽然历史悠久，建城史比周边的城市都久，然而，威海历史上就是军事要地，特别是1949年后一直封闭，到改革开放之前，建城区仅有13平方千米，人口不过10万，城市基础设施相当薄弱。于是，在谋略威海发展战略这个问题时，全市上下很快达成共识——威海先从基础设施建设起步。

20世纪的最后10年，是中国经济和社会发生重大变革的10年。在这10年里，威海经过体制和机构变化的磨合，把推动经济和社会进步的切入点，集中在让这座城市尽快脱掉泥土气息，向着真正意义上的城市化和国际化推进。这个目标是不低的。公正地说，16 年来，威海人对这个原则把握得很好，尤其是前期发展的底子打得好。自 1987 年 10 月起，威海经过短短几年的奋斗，就跻身全国综合经济实力 50 强城市的行列。与此同时，这座城市不断报出令市民振奋的消息：

1988 年 7 月，威海机场投入运营，相继开通北京、济南、上海等航线，结束了威海无航空运输的历史。

1990 年 9 月，“金桥轮”首航韩国仁川，打通我国第一条对韩贸易的黄金水道。而后，烟台至韩国、天津至韩国、青岛至韩国的水路通道相继开通。

1994 年 12 月，威海境内第一条全长 45 千米的烟威高等级密封公路举行通车剪彩，结束了威海境内无高速公路的历史。

1996 年 4 月，桃威铁路全线开通，客运线路先后开通北京、济南、青岛等城市，结束了威海无铁路运输的历史。

同期，一批在国内具有领先地位与这座城市规模相配套的城市供水、供气、供暖、通信、医疗、教育等新建项目相继投入使用。

这一时期的基础项目建设，为威海以后的经济和社会发展，即人居建设打下了牢固的底子。

对于这一时期成果的描绘，虽然仅短短几句话，只有几百字，然而，它却是威海人勒紧腰带，经过数十年投入，用数百亿资金换来的。虽然有了这个基础，威海人却没有满足，而是胃口越来越大。在第一批基础设施投入运转之后，他们进一步理顺思维，调整视野，瞄准更高水准即可持续发展战略的目标，重新部署力量，开展新的攻势。权威数字显示：至2003年的15年间，威海用于基础设施建设总投资600亿元。中心城市污水处理率达到70%以上，工业用水重复利用率达80%，垃圾无害化处理率达到100%，集中供热率达到50%，城市居民用气率达到98%，自来水普及率、水质合格率均达100%，全市人均道路21平方米，市区每户装有一部电话……

威海历史上即有“小香港”之称，爱美和讲卫生是威海人的传统意识。当基础设施达到一定水准之后，环境整治是摆在威海市政府面前的严峻任务。党委和政府以及各级干部，抓住威海人这种群体特征，在引导的基础上，从健全规范法规体系入手，超常动作，加大环境整治的力度。归纳起来，用他们自己的话说，十几年全市上下实施了4大工程，即“蓝天”“青山”“碧海”“宁静”等4项战略行动。

蓝天行动——市区大气质量优于国家二级标准。早期，着重解决工业大气和民用煤气污染。十几年来，搬迁市中心污染企业70多家，拆除小型燃煤锅炉750台；引导居民改变传统生活习惯，拆除土炕、锅台、煤炉子，取消烟囱；对城区生产和生活实行集中供热供气。汽车全部安装尾气净化装置，建立空气质量自动监测和日报制度。空气质量一年中有一半时间达到自然风景区标准。

青山行动——全市绿化覆盖率达到39.8%。见缝插绿，找缝栽绿，造缝植绿。修一园绿一点，修一路绿一线，包一山绿一片。实施“多层次、多季节、多样性”绿化手段，把握绿化向立体化、园林化、森林化、城郊一体化发展走势。现在，全市已建成刘公岛等 4 个国家级森林公园，威海公园等 25 个大型综合性公园，人民广场等 12 个绿色广场，公共绿地面积达到 1160 公顷，环海林带 8000 公顷。全市人均绿地面积 17 平方米，天鹅、梅花鹿等野生动物群不断增加，生物资源近 800 种。

碧海行动——所有排进大海的污水全部达到排放标准。市区工业用水重复利用率达到 80% 以上，生活污水分级分档进行处理。对大气污染和水污染严重的项目不准上马。城市地表水、近岸海水和饮用水质均达到或优于国家标准。

宁静行动——市区噪声达标区覆盖率达到 80%。15 年前起，市区中心马路安装噪音测量仪，加大噪音污染治理，为居民创造安静的生活环境。

……

威海重视人居环境建设的成绩，引起了国内外媒体的关注。新华社、中央电视台以及美国有线电视网、英国路透社等国内外数十家媒体对此进行报道和推介。由此，威海的人居成果引起国际社会的广泛关注。

威海人为这枚奖牌而骄傲。

谁知道这枚奖牌到底能带来多大效益？看来，这道方程式只有后人才有资格去给出答案。

摘取皇冠之后

时光再回到 2003 年，回到巴西里约热内卢。

当崔曰臣书记在里约市政厅会议大厅走上领奖台，从联合国副秘书长安娜·蒂贝琼卡女士手里接过人居奖奖牌那一刻起，这位在威海工作了 10 个年头、出任过第 4 任市长和时任第 5 任市委书记的地方干部，突然想起了威海成为地级市以来的几任党政领导，想起了威海的老百姓，想起了过去 15 年走过的路程和今后的责任……因而，当联合国纽约总部中文电视台和威海广播电台通过全球通手机信号现场采访他时，他压抑着内心的激动，平静地面对着全球的电视观众和威海的听众，用一口略带德州方言口音的普通话（崔书记为山东德州市人）回答记者的提问，语气里反复强调上述几条理念。正是这种理念，驱使他走下领奖台之后，在人居建设事业中表现出那种务实、严谨、执着的工作作风，并认真践行自己的诺言——威海人居建设的起点和个性应当走在世界的前列。

兑现诺言的最实际办法是立即行动。

这是崔曰臣多年从事党政工作形成的习惯。

查证当时的出访日程，可窥崔曰臣当时那种急切、认真和忠实履行诺言的轨迹：

10 月 6 日（星期一）9:30 世界人居日及人居奖颁奖大会开幕；10:30 崔曰臣书记接受威海广播电台记者电话专访；12:30 接受联合国纽约总部中文台记者采访。

10 月 7 日（星期二）17:35 至次日（10 月 8 日）5:40，崔曰臣书记一行三人由里约热内卢转道布宜诺斯艾利斯（阿根廷）飞奥克兰（新西兰）。

10 月 9 日（星期四）13:00 由奥克兰飞基督城，后转车抵蒂马鲁市。

10 月 10 日（星期五）12:30 拜会蒂马鲁市政府；下午，参观东源水产有限公司（威海籍韩商王允国先生的跨国企业），考察座谈水产企业如何解决污水处理、垃圾处理和保护环境等问题（崔曰臣一直在思考如何解决威海的水产加工厂太多的问题）。

10 月 11 日（星期六）7:00 自蒂马鲁乘车去基督城转机飞奥克兰。

10 月 12 日（星期日）由奥克兰飞布里斯班（澳大利亚）考察城市建设。

10 月 13 日（星期一）听取布里斯班市政府介绍城市规划及发展计划。

10 月 14 日（星期二）参观黄金海岸，听取市政府介绍城市规划。

10 月 15 日（星期三）由布里斯班飞墨尔本，拜访中国领事馆，出席威海市经济信息发布会。

10 月 16 日（星期四）上午 9:30，访问墨尔本市政府，拜会市长；下午，考察墨尔本城市建设。

10 月 17 日（星期五）由墨尔本飞堪培拉，上午考察城市建设，中午乘火车去悉尼，晚上考察悉尼湾。

10 月 18 日（星期六）考察悉尼城市建设，参观渔货市场。

10 月 19 日（星期日）由悉尼飞韩国考察，经仁川回国。

出国领奖之前，在市委工作会议上，崔曰臣书记已经把编制城市长远规划问题列入重要议程。他提出，编制城市发展长远规划应立足于国际一流水平，作为城市党委和政府的战略任务，并通过地方立法的程序进行。此次出访之后，更加坚定了作为这座城市的“掌舵人”——市委书记，在城市发展战略问题上应尽的责任和义务。

此时，联合国威海人居大会倒计时只剩下几天时间——11 月 3 日转眼即到。在国际大会开幕的前两天，崔曰臣主持召开了由各届人士参加的全市改善人居环境、建设精品城市座谈会，他站在一个很高的起点，提出长远行动的 5 项战略：（1）破除自满情绪，确立城市规划和建设的更高起点，即国际一流水准；（2）加强发展规划的前瞻性；（3）抓住重点，一个难点一个难点地攻克。（4）确立全面发展观，统筹城乡关系，加快辖区内“三市三区”（荣成市、文登市、乳山市，环翠区、经济技术开发区、火炬高技术产业开发区）边沿对接，推进城市化进程；（5）树立生态环境为立市之基的城市经营哲学，既要金山银山，又要绿水青山。

各届人士达成共识，形成合力，有摧枯拉朽之势。

——在联合国威海人居大会上，市长宋远方博士发表演讲，向国际社会介绍威海今后的长远发展战略。

——规划、环保、城建、园林、电力、水利等部门的行政领导和专业人员纷纷行动，各自瞄准本专业的国际目标进行动作。

——国内外一流专家、学者纷至沓来，选择专题，进行研讨论证，为威海的明天献计献策。

——学术报告会，战略研讨会，经贸洽谈会，专业招标会，高校讲习班……全面提升城市内涵的专业和学术活动层出不穷。

2004年2月，“威海市城市发展战略规划研讨会”在合庆饭店国际会展中心举行。由这一课题承接单位——中国城市规划设计研究院专家作主旨发言，建设部、省有关领导及国内著名专家学者到会，市里几套班子成员及县市区党政主要干部全部到场。这是威海有史以来研究城市规划最重要的一次会议。会上，提出许多国际国内城市建设最新理念。

2004年7月，即在城市发展战略规划研讨会之后，崔曰臣将课题组及专家学者的学术思想及论点经过一番梳理之后，组织市委、市政府的智囊班子和专业机构，经过5个月的策划准备，于7月一个炎热的日子里，在中心城区召开了有各市区、各乡镇及中心城区办事处和村党政主要负责人参加的全市城市规划工作会议。这是威海有史以来在城市建设方面最重要的一次重要会议。崔曰臣将他自里约热内卢走下领奖台之后，在对当今社会发展潮流和威海的发展过程及未来走势作深入探索之后，将产生形成的城市建设新思维及发展战略，向管理威海全境的各级党政领导交底。同时，酝酿着如何发动普通市民共同关注和普遍参与未来的建设事业。

……

威海又开始了新的一轮投入。

不负历史厚望

历史走进2004年9月。

威海，秋高气爽，碧海蓝天。

国际社会和国内关注人居事业的领导及专家向这里云

集。9月1日上午10时，首届“中国威海国际人居节暨人居环境展住宅产业展”在山东省威海体育基地开幕。出席开幕式的重要来宾有联合国副秘书长、人居署主任安娜·蒂贝琼卡女士，全国人大副委员长乌云其木格，全国政协副主席孙孚凌，建设部、国家环保总局等部门的领导和专家、山东省政府领导，以及坦桑尼亚、英国彻特纳姆市、日本宇部市、韩国驻青岛领事馆、韩国富川市等国家和城市的官员与代表，国内16个省市的37个城市代表以及台湾企业界代表。

人居环境展和中国住宅产业展成为本次人居节的亮点。人居环境展分中国人居环境展区、获奖城市特装展区、山东展区和威海展区等4个展区，共计150个展位。北京、上海、天津、重庆、厦门、杭州、成都、沈阳、大庆、武汉、济南、青岛、大连、三亚、海口等大中城市纷纷参展。成都市市长葛红林，海口市委书记王富玉，厦门市市长张昌平，亲自带队参加展出和有关活动。

走进人居环境展，宛如走进锦绣中国的万国博览园。不同民族、不同地域、不同风格的人居文化得以充分展现。海口、三亚、南宁、泉州、北海等城市以及新疆、吉林等省的风情、民族文化和精湛布展技艺，令国内外来宾赞口不绝。其中尤以海口市为甚。

中国住宅产业展为国内房地产开发商提供了展示实力的平台。预定展位160多个，开展前即被商家订购一空。有人戏称人居节是房地产商的节日，因为威海的房价一年间涨价几百元。

开幕当天下午和次日上午，人居环境发展国际论坛在合庆饭店国际会展中心举行。两院院士吴良镛及建设部、各省市自治区和城市的领导出席。

安娜·蒂贝琼卡女士因公务缠身，于开幕当天晚上，出席由央视著名主持人主持的大型专场文艺晚会后离威赴青岛，次日飞往南京。离开威海时已是深夜11时。

同时，人居节还推出了“首届人居建筑设计大奖赛颁奖暨著名建筑设计师专题讲座”“中外著名建筑设计师作品展”“中韩职业俱乐部足球邀请赛”“大型焰火晚会”等专业和文体活动。

自市委书记走下领奖台到“中国威海国际人居节”落下帷幕，不足1年。不管它在今后人居事业发展史上能产生多大影响，就国家主管部门和威海的党政领导的本意而言，无疑是积极进取的。因而，安娜·蒂贝琼卡女士评价威海举办人居节是一种创举。迄今为止，它是人类历史上第一个以人居文化为主题的节日。

对此亦有不同声音，尤其是普通市民普遍担忧威海的房价会被炒得太高。凡事有其两面性，首先这是一种投入。尤其是威海市，一年来耗费了一大批人的精力，花了数目可观的一笔钱。凡投入必有回报，精明的威海人不会做亏本生意。但是，到底威海国际人居节将来会带来多大经济和社会效益，会出现什么问题，谁也不好一句话定论，只有让历史和事实来说话。这将决定人居节今后怎么办、路子如何走的问题。国际社会、国内各界和当地百姓，从一开始就聚焦于这个问题，并将拭目以待……

在这种紧要关头，威海人有一种底气，那就是历史的责任和担当。

人们永远不会忘记：1925 年 3 月，留美学子闻一多在纽约艺术学院毕业前夕写下《七子之歌》组歌，其中《威海卫》有这样的诗句："再让我看守着中华最古老的海，这边岸上原有圣人的丘陵在。母亲，莫忘了我是防海的健将，我有一座刘公岛作我的盾牌。"在闻一多组歌中，威海卫排在澳门、香港、台湾之后，名列第四，之后才是广州湾、九龙、旅顺与大连。虽然这种排列不具可比性，然而它可以让今天的人们看出，早在 100 多年前威海卫在国际上的位置。然而，百年过去，上述地区或城市都发展得在亚洲或国内具有重要影响，对比之下，威海相对滞后。不管事出何因，威海人不能沉默，必须跟上历史的步伐，让威海真正走向世界。

这是威海获得人居奖之后，威海人想得最多的一个问题。

凡是一个有良知的中国人，都应具有这种应有的血性和底气。

创人居奖、办人居节，不是威海人真正的意图。把威海的事情办好，让这座在中国现代史上颇具影响的海洋城市发展为国际名城，老百姓在这座城市里生活能得到具有国际一流水准的精神和物质享受，才是威海人为之奋斗的真实意图。

考察任何事情，研究过去的真正目的是为了未来。威海人用适度超前的思维，在研究区域特点的发挥和创造时，首先以国际一流城市的亮点为参照系，据此，借助国内外的力量，全方位研究这座城市的区域缺憾、与周边城市经济结构同化以及竞争力趋同等障碍，以趋利避害、扬己之长。

与周边城市比较，就区位优势而言，大家同处于亚太地区黄海经济圈和东北亚环渤海经济区的城市群，具有同等发展的机遇；论环境优势，每个城市各具特色，威海因独特的自然禀赋和地理位置，区域之内海岸长达数千米，它在京沪阳光海岸带上具有重要位置，这是其他城市不可比拟的；威海环境资源的开发和利用，比周边城市晚了几十年，当他们的城市地位显赫时，威海只是一个基础相对薄弱的城市。威海尚有许多待发展空间，因而，威海人对未来充满希望。

初夏。一溜黑轿车沿千里海岸带走走停停。市里主要领导带领规划专家，在当地干部的陪同下，实地察看由千姿百态的悬崖、白沙滩和黑松林连接起来的千里海岸带。两天下来，一队人马心中充满激情。

座谈会，市长办公会，书记办公会，市委常委会。

讨论，争论，对比，分析。

测量，绘图，控制。

……

在蜿蜒起伏的千里海岸线以内，威海辖区面积 5346 平方千米，中心城区由环翠区及两个国家级经济技术和高新技术开发区组成，下辖荣成、文登、乳山三个县级市，2004 年总人口 247 万。就产业结构而言，威海目前仍然处在从第二产业向第三产业提升的起飞阶段。因而，威海产业发展的重点还是做大做强第二产业。利用环境和区位优势，重点发展以电子信息、生物技术为主的高新技术产业；重点发展商业、金融、旅游等现代服务业；适度发展临港造船业和以工艺制造为代表的其他制造业，适度发展威海港；大力发展海洋产业。

城市发展走向，仅凭修补和调整难以兼顾未来，威海城市形态面临全新的变革。目前，城市长远发展战略规划，已通过中国权威规划机构的课题研究，未来城市发展的轮廓已逐渐清晰。全市上下开始行动，从理念上打破行政区划限制和城乡二元格局，把千里海岸带之内的区域作为一个整体来规划和建设，科学发展威海城市圈。

良好的自然环境、较低的人口密度、较高的社会经济发展水平，使威海具备了向生态城市目标迈进的物质基础。

威海人雄心勃勃，万众一心地打造集和谐性、高效性、持续性、整体性、区域性、全球性等元素为一体的国际化生态城市群。

威海人在行动。

如同 16 年前那样，千里海岸带建设工程已全面铺开。

一座适宜人类居住和创业的城市再出发了……

借题发挥：不是没有可能！

走进新时代，精致道路建设效应更加凸显。

“新中国成立 70 周年”央视新闻“壮丽 70 年奋斗新时代·山东威海”篇，以简洁明快的语言和画面，肯定改革开放以来，威海走出的一条生态理念、对外开放的城市发展精致道路。

这是一条人民走向幸福的路，一条前途不可限量的路。

已为历史和现实所证明的一条正确道路。

面向未来，威海人充满了自信。在新的征途上，威海必将迈出更加铿锵有力的步伐，坚定前行在新时代具有威海特色、建设精致城市的道路上。

本来写到这里可以收笔了，为了突显主题、前后呼应，在结尾强调性地说几句就可以打住了，我舒了一口气就想关机，突然放在一旁的手机收到我尊敬的一位长者发来的一条微信。打开是一条文字信息，由头条号“今日头条极速版”发布。再一看题目，我一下子蒙了：重磅！世界最美 100 个城市，中国仅一座城市入榜，那就是山东威海。

这时，我受到了强烈的震憾。

再往下看，一段类似导语的文字是这样说的：

> 世界上有很多值得去的城市，一个城市想要在无数城市中脱颖而出，吸引游客前往，就必须有一些“亮点”，自然景观也好，人文历史也罢。总之，必须得有让游客非去不可的理由。中国最美的城市，你们肯定会想到苏州、杭州。不是“人间天堂”苏杭！这个城市你可能万万没有想到，威海入选世界最美 100 城，中国仅威海一城入选！

下面，是世界最美 100 城城市名：巴黎、罗马、布拉格、佛罗伦萨、摩纳哥、威尼斯、尼斯、戛纳、威海……威海排位第九。名单之后，重点分析了威海入选的含金量，强调刘公岛自然和人文景观的分量，重温了威海获得的国家级和联合国的诸多重要奖项。

20多年前我有一次西欧行，前面这几个城市我基本都去过。当时，我总有一种感觉，威海的自然环境并不比他们差。当年正是因为威海独特的自然风光、气象气候和人文历史等条件的吸引，英国远东水兵在中国收回威海卫之后，还要死皮赖脸地在刘公岛又待了10年之久。

尽管如此，我心里清楚，微信圈里的东西不一定靠谱。但无论如何，这种说法对威海而言是正面的。对此可以一看了之，也可以从中得到某种激励、某种启发。何况我们已经走出了一条通向理想境界的发展之路。

我坚信，走精致发展的道路，前景广阔！

（摘选自《环翠文艺》2022年第2期）

大自然造化威海卫

威海卫为威海市域内明初设置的三卫之一。当时，明朝政府在国内沿海沿边设置了众多的卫，为什么后来别的卫都销声匿迹了，唯独威海卫，在浩瀚烟渺的历史长河中脱颖而出，最终成为闻一多笔下守卫“中华最古的海”的健将？

一、地理空间决定

锁匙之地，兵家必得。威海卫地处山东半岛的最东端，北、东、南三面濒临黄海，北与辽东半岛相对，东及东海，与朝鲜半岛和日本列岛隔海相望，西与烟台市接壤，位于黄渤海、东北亚和西太平洋交通要津，具有重要商业和军事价值。明洪武三十一年（1398年），经朝廷批准在此设立威海卫。

“北自卫八里至海，南自卫八里至接官亭，接文登县界；东自卫一里至海；西自卫五十里至初村庄，接宁海州界。”总面积约170平方千米，卫治三面环海，一城负山。“距登郡极东，东接高丽，南通日本、琉球，北达奉天、天津，岛屿联络，刘公岛最险，为江浙七省通商要路，货船停泊，海寇劫掠，每从此发。”[①]可见这种地理位置的战略价值。

海路畅通进出自如。“威海卫东至海一里，至刘公岛水面十里，南至文登县九十里，西至宁海州一百二十里，北至海十里，至登州府三百三十里。”“从成山过刘公岛，至之罘、沙门二岛，放莱州大洋，抵界河口，其道差为径直，转过成山，望正西行驶，前有鸡鸣屿，内有浮礁一片，可以避之，往西有夫人屿，不可在内使船，收到刘公岛西小门，也可进庙前，抛泊刘公岛。开洋正北行驶，好风一日到之罘岛。”[②]古时风船一天到达烟台，说明在这里设卫是必要的。

港阔水深终年不冻。“刘公岛悬处海中，东西长二十里，广六里，东北有二海口，水面宽阔，舟楫俱可往来，隔水两旁皆有高山环映。正东临大海，有礁石，出海里许。正西乃威海卫城，有巡检司驻扎。（光绪初年）岛上有新垦地三顷，居民三十余户。岛下水深四丈，黑泥，底可容百余艘避正北东北风。”[③]此外，“在卫东北三里海际”还有一处庙前海口，

---

① 转引自威海市地方史志编纂委员会编：《威海市志》，山东人民出版社1986年版，第27、28页。

②（清）毕懋第修，郭文大纂：乾隆《威海卫志》，第39~40页。芝罘岛，位于现在烟台市区北部的海面上，又称“芝罘山”。

③（清）李祖年修，于霖逢纂：光绪《文登县志》，第122~123页。

“山麓弯环曲抱，善避飓风”，能停百十艘船。还有一个最大优点，就是港湾里很少有暴风，可以停泊巨船。

环境优美气候宜人。海岸沙滩岬角相连，山水相间，称得上山清水秀，风景秀丽。属于温带季风气候，四季分明。尤其是夏天十分凉爽，是避暑胜地。据日本威海卫占领军在威海卫的调查，1896年，威海卫的最高气温出现在8月，为25.70 ℃，最低气温出现在1月，为0.05 ℃；1897年，最高和最低气温分别为25.60 ℃和0.09 ℃。[①]相比同纬度地区，算是冬暖夏凉。夏天有一个明显的特点，没有大雾不潮湿，是避暑胜地。

正是上述原因,成就了威海卫在近代中国历史上的角色。

二、历史机遇造就

唐虞至秦汉由旸谷、日主之地到设三县。光绪《文登县志》：“唐虞，青州莱夷地。”[②]《尚书·尧典》：“分命羲仲宅嵎夷，曰旸谷。”“县西之旸哩店即旸谷，尧命羲仲宾日处。”[③]今天威海市文登界石镇，至今有“旸里店”“旸里山”的村名和地名。据史载，这里考古多次发现有石匣状

①参见刘本森:《帝国的角落: 英国租占威海卫研究(1898–1930)》，社会科学文献出版社2018年版，第40页。

②“唐虞”指尧舜时代。莱夷，古族名，殷周时分布在今山东半岛东部，从事农牧。有丝织。鲁襄公六年(前567年)并入齐。见光绪《文登县志》，第39页。

③宾日，即礼日，设祭敬日，迎接日出。见光绪《文登县志》注释，第39页。

小坑，出土陶器混杂的木柴燃烧炭块，呈现出明显的龙山文化特征。《白虎通·封禅》：“燎祭天，报以意也。”此即是说上古祭天用的柴曰“燎”。这些遗留物的年代与龙山文化晚期相当，距今约5000~4500年，它是不是羲仲来此宾日时的遗留已无法考证，但古人曾在此祭祀却是不争的事实。

旸里山“燎祭”属民间行为，秦皇汉武以不夜城为行宫，亲赴成山祀日则属于国家层面的行为。《史记·封禅书》：“日主，祠成山。成山斗入海，最居齐东北隅，以迎日出云。”《齐记》：“不夜城，盖古有日夜出见于境，故莱子立城，以不夜为名。”不夜城遗址，位于今威海市荣成埠柳镇不夜村，至今通成山头的“官道”穿村而过。秦统一中国后，为皇帝巡游天下特别修建了专用的“驰道”和规模宏大的离宫别馆。“东穷燕齐，南极吴楚……道广五十步，三丈而树”，“属车八十一乘，备千乘万骑”。[①]自2007年起，国家和山东省组织考古人员，把成山日主祠和不夜城并联纳入八主祭祀研究范畴，连续多年住在遗址现场考古，发现大量商末周初至秦汉时的墓葬和出土文物。据考，不夜城在东周时期已为大型居邑，两汉时期很繁荣；成山头在秦汉皇帝莅临祭祀之前就是祭祀之地。

西汉时期，今威海境内的育犁县、昌阳县和不夜县属青州东莱郡所辖的十七县之三，治所分别设在今乳山市育黎镇城阴村南、今文登区宋村镇和今荣市埠柳镇不夜村。据考发

①王睿、林仙亭、聂政主编：《八主祭祀研究》，文物出版社2020年版，第225页。

现，迄今为止，威海境内已发现30多处汉墓，主要分布于“三县”治所附近，出土文物数百件。三县作为社会缩影，可窥汉代曾经的繁荣和文明。

（一）大唐开放的前沿

唐宪宗元和二年至唐武宗会昌五年（807~845年），归化新罗的中国渔夫后裔张保皋（790~846年），与友横渡黄海来对岸文登县赤山浦寻祖归宗，17岁入唐从军十几年，南征北战，屡建战功，退役后再回赤山浦。考古发现，赤山浦在春秋时代就是通向朝鲜半岛的重要口岸，大唐的开放和繁荣，使这里成为新罗人进出大唐的中心枢纽。唐朝中叶后佛教盛行，张保皋在赤山浦建成一座赤山法华院，以此进行佛教、交易和文化活动，并开设“武将地”训练出军队，禁绝海盗掠卖新罗人为奴婢。对此，日本圆仁和尚在《入唐求法巡礼行记》一书作了详尽记载：“他所到过的地方……都有新罗人留居”，“各地设有‘勾当新罗所’”[①]，“文登赤山村有新罗人张保皋所创建的法华院佛寺。有新罗常住僧三十余人……盛大讲经法会，新罗……参加的有二百多人”[②]。有资料显示，仅赤山浦一带，就有十几个新罗村。

圆仁自839年渡海经扬州入唐，经乳山浦来到赤山浦，在中国居留九年之久，先后三次在赤山法华院和赤山寺庄住了两年多。他每天坚持写日记，记录了有关赤山浦和赤山法华院及张保皋等的大量信息。这本日记的最早汉文抄本发现

---

① 勾当新罗所，中国政府专门为新罗人设立的翻译机构。

② 张政烺等：《五千年来的中朝友好关系》，三联书店1951年版，第40页。

后即被尊为日本的国宝，世人将它与《大唐西域记》《马可波罗游记》并誉为“东方三大旅行记”。在唐灭佛年代赤山法华院被焚烧一空，进入现代，日本佛学界和学术界，通过多种途径寻找被历史湮没了的赤山村和赤山法华院，却一直无果。1982年经学者呼吁，这件事引起荣成市的高度重视，最终破解了千年之谜，并于1989年在原址重建并开放了这座千年古寺。

（二）金元时代全真教的发源地

金世宗大定七年（1167年），咸阳道士王重阳来到东海昆嵛山一带，以掌门人身份，首开教门收下七个名邑入道，始称北“七真”[①]。首创文登“三教七宝会”，打开胶东创立“五教会”教团的新局。王重阳在终南山卧薪尝胆几十年，成熟之后却舍近求远来东海发展。威海这片土地，对王重阳的“全真梦”来说，就是一片“处女地”和“开发区”。何况大东圣境人才倍出，初来乍到，“七真”就唾手而得。经一年多，打开全真局面，王重阳率弟子回终南山传教，因病羽化途中。

王重阳死后，全真七子以昆嵛山为大本营，在北方广泛传播全真教，并各立支派，其中以丘处机的龙门派影响最大。其大多出身世家旺族，有一定的社会地位和文化修养，师承王重阳三教合一思想，虽各创一派，但宗教思想和修炼方式大致相似。历经五任掌教的不懈努力，特别是连续受到金廷

① “七真”指马钰、谭处端、刘处玄、丘处机、王处一、郝大通、孙不二。

的诏见和赏赐后，全真教的政治地位、社会地位不断提高，以至由道教最大教派升为宗教最大教派，在中国宗教史上留下光辉一页。

（三）元代海运的要津

元代弃河图海，南粮北运，唤醒了境内沉睡的海岸，使曲折复杂的威海半岛顶端航线成为元代海运的生命线，沿岸众多港湾口岸成为海运通行的咽喉。肯定地说，元代海运先后开辟的两条路线，北段皆在今威海境内的千里海岸上。进了乳山浦，经槎山、千步港、延真岛、成山头、九皋岛、刘家岛等处[①]进清泉夼[②]锚地。那时的刘公岛，凡海道开洋，过成山头，必至此停泊，休整补充，避风守冻。元朝政府给海运者以特别奖赏，以调动民间参与海运的积极性，促进了沿途海口岛屿和村镇的繁荣。境内土人、岛人以及淮人，做鱼虾、贩苓豆、卖纸币，往来熙攘水国。清泉夼成为繁荣商业小都市，南来北往的粮船停泊于此，灯火连万家，一片繁荣景象。一批先民暗谙海道，大显身手，名彪青史，由此引起日本海寇垂涎。元末，内战中失败的日本武士、浪人、海盗商人和破产农民，乘元明相交用兵之机，与内陆残余势力勾结，屡犯我东部沿海，盗掠抢劫，境内居民深受其害，这为明代威海卫的设置创造了潜在条件。

（四）明代抗倭的重地

随着元明大航海时代的到来，海上危机日趋紧迫，加之

---

① 千步港，今荣成靖海湾；延真岛，今荣成石岛西王家湾；九皋岛，今威海经开区崮山、泊于一带；刘家岛，今刘公岛。

② 清泉夼，元代威海卫城所在地的名字。

元明两朝定都北京所带来的拉动效应，威海卫京畿门户的地位日趋凸显。威海卫正式建制于明洪武三十一年（1398 年）。这之前，山东都司设下并无威海卫，到了 1398 年，因“倭患不息”，于是“析文登县辛汪都三里立威海卫”。当时的登州府“专城有四，威海系首卫，据上游而居要地，东省之屏藩寄焉”。[①] 起初，威海卫有防无城，到了明永乐元年（1403 年），威海卫指挥佥事陶钺奉命建城。威海卫城“砖石相间，高三丈，阔二丈，周六里一十八步，动宁海、文登夫役军三民七修之”。威海卫的衙门设在城内东街上，设指挥史一人，职责是治军理屯，战时防倭守土，平时组织耕种。到了成化年间（1465~1487 年），又在威海卫附近设立了百尺崖后千户所、寻山后千户所、海阳千户所。至此，威海卫、成山卫、靖海卫、嵩山卫海防设施基本完善，在文登营的策应联络下，与辽东半岛互为配合，保境安民，拱卫京师。境内政治、经济、文化等呈现前所未有的生机，因屯兵而引发的史上最大移民潮，改变了长期人烟稀少的生态状况。1980 年第一次地名普查资料显示，当时威海境内有 2946 个自然村，其中明代建村 1696 个，清代建村 1028 个，合计占 90% 以上。

（五）清末北洋舰队的基地

1874 年，日本兵犯台湾引起朝野震惊，一片哗然，清政府下决心整顿海防。一场大讨论之后，朝野上下开始谋划拱卫京畿的海军基地选址问题，有些人把目光投向了威海卫。“威海卫岛屿环拱，天然一水寨也。”“威海地势较烟

① （清）毕懋第修，郭文大纂：乾隆《威海卫志》，第 45 页。

似为紧束，三面皆系高山，唯一面临海，而外有刘公岛为之屏蔽……则威海一口可以为轮船水寨。”如此云云，说法众多。然，因国家拿不出钱，久拖不决，十年后李鸿章来烟台威海卫巡阅，才最终下了决心。“综览北洋海岸，水师扼要之所，惟旅顺口、威海卫两处，进可以战，退可以守。”①威海卫军事基地建设终于提上了日程。

不过，将威海卫建成军港已经成为清廷要臣的共识，甚至连西方人也有这样的认识。“近闻西人谈起，旅顺口形势不及威海卫之扼要，将来北洋似应以威海为战舰屯泊之区，而以旅顺为修船之所，较为合宜。”②后来的历史验证了这一说法。不论从地理位置还是从拱卫京畿的战略目标来看，李鸿章的选择都非常正确。虽然起步较晚，但相较旅顺军港，威海卫具有更多的近代特征，有更为优良的配套设施。因此，它也成为日军重点进攻的目标，成为甲午战后列强争相觊觎的良港。

（六）英国租占地

19 世纪末 20 世纪初，随德国、日本新兴资本主义国家的扩张，资本主义国家从英国垄断时代向列强竞争时代过渡。由此，为“争夺海军基地”，威海卫成为列强猎取的目标。1898 年对中华和威海卫留下了没齿难忘的记忆。当中国政府在伦敦向日本付清最后一笔战争赔款后，日军开始撤

① 顾廷龙、戴逸主编：《李鸿章全集》第 34 卷，安徽教育出版社 2008 年版，第 10 页。

② 刘本森：《帝国的角落：英国租占威海卫研究（1898—1930）》，社会科学文献出版社 2018 年版，第 52 页。

离威海卫，英舰“水仙花”号随即进占威海卫，在英国维多利亚女王生日这天，刘公岛上举行了接管仪式，上演了一处“国帜三易”[①]的历史悲剧。从此，威海卫沦落为英国租借地长达30年之久，成了泊流在外的七子之一。1930年收回威海卫后，英国海军又续占刘公岛10年，直到抗日战争爆发后才最终撤离。

今天站在参与国际化的角度，英租威海卫有关的三件事值得一提。第一件，第一次世界大战时威海卫作为最大华工出口地，先后从这里走出5万多人，共有15万名华工以工代军为中国赢得了战胜国地位，后因巴黎和会的不公正条约引发五四运动而催生了中国共产党。第二件，自1921年起，港英政府开始招收威海卫巡捕，一直持续到新中国成立前，威海卫警察成为一种历史符号持续至今。第三件，英租历史抬升了威海卫的政治地位。1930年后，威海卫作为一级特别行政区即省级的行政框架，持续到抗日战争爆发后，为威海卫日后发展产生了历史影响。

三、地域文化影响

东夷文化涵养传承的尚武血性。“夷”，字形“一人弓”或“大弓”，尚武崇仁出自多种籍典记载，奉为“君子不死之国”。考古发现，至少在七千年之前，境内已有骨箭镞即箭头，四千年之前即有石箭头。那时的威海先民称“海嵎”

① 指中、日、英交接时国旗的连续升降。

或“嵎夷”，最后融入自西退避过来的东夷。能征善战、仁义厚道、忠诚担当，成为一种人格力量并融进血液，世代传承下来。到了革命战争时代，这种骨子深处的基因被调动起来，境内出现将军县和烈士群体，中华人民共和国成立前夕威海地区走出四个军，由东北打到海南岛，为新中国诞生做出了贡献。

士人文化熏陶的治国平天下情怀。“至今鲁东遗风在，十万人家读书声”，这是宋代诗人苏轼对境内学风的赞美，说明这种读书风气由来已久。从秦皇“登山召士”到汉代郑玄来此定居讲学，境内大开耕读之风、弘扬士人文化。素以“文登学”著称的历代读书人，以“修身、齐家、治国、平天下”为己任，历代不乏精英名士。明清时代的丛兰、徐士林等廉吏名臣，革命战争年代成长起来的党和国家领导人谷牧、宋健等和一大批老一代革命家、军事家及先烈，他们的家国情怀，成为民族进步的宝贵精神财富。

渔捕文化历练的军人战斗特质。老辈威海人，生在海边、长在海边，以海为生，拉网一条梗，出海一条船，荣辱共享、生死与共。长期生活在这种环境的先民，养成服从和团结的品格，成为一支不穿军装的战斗群体，富有极强的潜在战斗力。当民族危机来临，他们敢于挺身而出，勇敢作战。早在元代，以米山刁通大将军为代表的境民应诏从军，南征北战，屡建战功。在革命战争年代，威海人民踊跃参军参战，表现出沿海子弟兵特别忠诚特别勇敢的潜质和风采。

红色文化培养的家国大义精神。威海境内的独有区位、自然环境和丰富物产，自古就引起外部势力的觊觎，特别是近现代以来，连番受到外侮，这里的民众背负了太多的民族耻辱。面对屈辱，威海人民再也忍不住了，族群的优秀潜质和奋起抗争精神，在不断的外侮刺激中得以升华，像一堆晒透的干柴，只待一把革命的火种来点燃。当革命时代来临时，富有战斗民族精神的威海人民奋不顾身地扑上去，以不怕牺牲的大无畏精神投身到革命和战争中去，书写着一代威海人的时代意义和精神内涵。

（摘选自《环翠文艺》2021 年第 4 期）

远芳侵古道

前言　野火烧不尽，春风吹又生

妹妹是山大（威海）教古代汉语的退休教师。她看了我最新创作的小中篇《戍边母亲》后，深夜里发来一则微信，晨起打开手机，赫然入目：

读了两遍《戍边母亲》，心动于如此这般地把历史与现实无缝对接。体味一番，就想起了白居易《赋得古原草送别》一诗："离离原上草，一岁一枯荣。野火烧不尽，春风吹又生。远芳侵古道，晴翠接荒城。又送王孙去，萋萋满别情。"考察"戍边”的古老话题，始于商周朝，《诗经·采薇》等作品的同类题材常见，但罕见从母亲的角度写出彩的。此文选题新颖深刻，戍边母亲们维护国家民族安危的举措与精神，境界同“野火烧不尽”一样，是世代传承的。白居易该成名作的寓意，当时便受到名诗人顾况赏识赞可举荐。所以，我觉得可借用一下，加深作品的主题。粗浅想法，仅供参考。

妹妹的一则微信，打破了我过去的认知。传统的戍边文化源远流长，“野火烧不尽，春风吹又生”。中华民族生生不息、延续至今，靠的就是一种不屈的精神。

于是，我接受妹妹的建议，以此深化主题，并把她的微信前置于开篇，是为前言。

夜航探母

一年前的初夏，6月一个金色的黄昏。青岛流亭机场，一架银机呼啸跃起，冲向天空，迎着金色阳光的余晖，瞄准大西北方向飞驰……开启了一次我考问人生、跨越时空的虔诚之旅。

飞机爬上了高空，嗡嗡前飞。头顶的凉气微微吹拂，身边的同事，肩披薄毯微闭眼睛，是为应对夜航远飞的惯性动作。由于爱好摄影，对光线很敏感，我静靠于临窗的座位上，透过窗外的机翼，看着遥远的天边。被金色余晖染成金色的紫色的淡红色的云彩，造型各异，变化无常……

陶醉和灵感容易催化心底深处的东西。

突然，透过彩云的缝隙，我惊奇地看到，从黄海之滨到三湘大地，从鲁西平原到江南水乡，乡间土路，山区原野，水岸码头，铁道线上，一队队胸佩红花高举红旗的女战士，搭渔船，坐马车，乘汽车，挤火车，沿着我乘坐飞机的方向，万众一心，兵锋西指，朝着大西北的进军目标，走去……走去……

面对眼下模糊的画面，我急忙掏出临行前公司为我配置的最新“武器”——红外线相机，打开镜头在视野之内扫视不停。当镜头转到胶东半岛东部昆嵛县山马区的中床村时，一个动人的场景让我情不自禁地固定了画面：百户人家的中床村，后倚二龙山，前临北床河。这天，村里煞是热闹，村里的老少爷们敲锣打鼓，欢送 16 岁的刘友兰（岚）参军赴疆戍边。只见母亲在佩戴红花的闺女身后追赶，边追边喊她的乳名：“幂呀！我的闺女，你还是个孩子，远行天边，娘我实在不放心啊！”

飞机嗡嗡飞，冷气微微吹。我一个冷战惊觉，似睡非睡，似醒非醒，想起方才的画面，本能地拿起随身的背包，掏出装着的此行日程和拜访的三个威海戍边母亲之一的刘友岚文字简介。日程显示：6 月 1 日（星期二），新疆时间[①] 00:10，抵达乌鲁木齐地窝堡机场，接机入住徕远宾馆；6 月 2 日（星期三）上午，乘车前往石河子市（路程约 1 小时 40 分钟），参观新疆生产建设兵团军垦博物馆、周恩来

① 新疆时间比北京时间晚两个小时。

纪念馆后，拜访两户乳山籍戍边母亲唐克勤和勇淑范；6月3日（星期四）上午，乘车前往五家渠市，参观103团知青馆后拜访文登籍戍边母亲刘友岚。

资料显示：刘友岚，女，汉族，1936年出生，现年85岁，山东威海文登人，1952年当兵进疆后在农四师医院工作，1986年入党，1987年退休，因与六师离休老干部李忠扬（已去世）再婚来到兵团干休所。自己未曾生育，丈夫有4个子女，均不在五家渠市居住，逢年过节来看望老人。她自己雇了保姆照顾其起居，现住在滨河大院安度晚年。

经过5小时的高空飞行，于当地午夜航班抵达乌鲁木齐地窝堡机场。走出机场，与机场名称相称的、令人感受强烈的浓重的屯垦文化扑面袭来。据考，乾隆二十二年（1757年），清政府安置移民在此屯田，屯田者因陋就简搭盖地窝子居住，部分居民为行旅客商设立吃喝店。从此，人们就把这里叫地窝堡，以至作为一种屯垦文化现象，延续到新中国成立初期。几十万屯垦大军集结新疆，大量地窝堡应运而生，成为新中国屯垦史上的重要文化现象。地窝堡机场，位于乌鲁木齐市西北郊，距离市区16.8公里，与昆明长水国际机场并列为中国两大国家门户枢纽机场。

从迪化到乌市，古今屯垦名城战略地位之显赫，可见一斑。

拜访按日程进行。在完成了前面两户戍边母亲的拜访后，6月3日近午时，我们走进了刘友岚老人的家门。一进门，宽敞明亮的会客厅摆满了时令水果，可以想象，在新疆自己的家里，接待数千里之外的家乡人，心情该是如何激动。

此时此刻，她那布满沧桑的脸，很难压抑那份思念故乡和亲人的情感，那种亢奋和喜悦无以言表。我能觉出来，面前的老人与前面两户比较，似乎有种不可名状的情绪难以掩饰。像今天的场面，前两户人家有老伴或孩子在现场陪伴，发自心底的那种喜悦恰到好处。后来每回想起当时的场景，我心里总有一种说不出的压抑。这种情绪难以言表。

那天，拜访结束时，最后握手言别的领导及陪同的工作人员离开后，我站在那里观察老人的表情。她拄着拐杖，站在沙发和茶几中间一动不动，脸上略带微笑，静静地目送客人离开，却对一旁站立的我视而不见。于是，我仿佛看见她那敏锐的目光掠向了东南方向，扫视着一个古老的村庄，那就是老人心中永远牵挂的故土——文登县北郊[①]的中床村……最终我按下了快门。本来，这张照片收进了我编辑的《威海戍边母亲》的图片报告里，但最终还是不忍心地把它撤了下来……

冒险远征

1952 年初夏的 6 月，一个旭日东升的早晨。教室里，正读 4 年级的刘友兰，听同学说了一句话："文登县城设了一个新兵站，正招收去新疆的女兵。"

说者无心，听者有意。第二天，又一个旭日东升的早晨，

① 1963 年撤昆嵛县并入文登县，今属威海市环翠区临港新区黄岚街道辖管。

新兵站刚开门，就走进来一个小女孩。“小同学你找谁？”“我来报名！”“啊！你还是个孩子呀！”

“我不是孩子，都18岁啦！”你来我往，双方拉起锯来。人家说她长得太小了，她回应说，俺妈说我小时候家里很穷，没房没地，吃不饱穿不暖，所以身子骨长得小，到部队吃得好，很快就长高了。我家里两个叔叔当兵时都很矮，在部队都长成大个了！一番话，把招兵站的人都说乐了！经她一番软缠硬磨，人家只好给她报上了名。第二天村里突然来了两个陌生人，在村口向一个小男孩打听刘友兰的家在哪里。这个孩子叫新华，是刘友兰小时上山下泊放牛的小伙伴，他当场把陌生人领到了幂姐的家。新华压根猜不到，这次房后树荫下的谈话，成为他与幂姐离别的动因，十几天后幂姐乘坐大马车，村里敲锣打鼓把她送走了……

70年后6月的一天，当我走进中床村采访时，房前房后为邻的新华老人，虽已年近80岁，但，他对幂姐的情况记忆犹新，提供了大量一手材料，并心甘情愿为我深入采访提线索、做向导。

还是16岁孩子的刘友兰，冲破重重阻力包括母亲的反对，远赴新疆，这不是一时的心血来潮，而由其背后深厚的社会背景所致。1936年，刘友兰生在文登县一个叫黄庄的偏辟小山村，取乳名叫刘幂。父亲刘孝成，母亲陈宗佩，是一对老实巴交的农民，靠长年外出扛活养家糊口。穷人的孩子早成熟。刘友兰自幼聪颖、勤快，跟随父母上山下泊，磨砺出一副好身膀和顽强性格。在她4岁那年，为了孩子的前程，一家人搬出小山村，来到县城北郊中床村一带扛活，过着房无间地无垅的漂泊生活。共产党是劳苦大众的救星。1947 年开展的“耕者有其田”的土地改革，使她一家人重获新生。不仅分了田分了房，刘友兰也上了学。从地狱到天堂的新生活，在刘友兰幼小的心灵打上了深深的烙印，也使她萌发出立志报国的根芽。一旦有机会，参军赴疆保家卫国的强烈欲望，是任何力量也抵挡不住的。于是，把青春献给部队，献给边疆，献给屯垦固边的壮丽事业，是刘友兰的人生追求和选择！

然而，理想是丰满的，现实是骨感的。当一群热血青年义无反顾地踏上这条道路后，无尽的艰难和凶险在等待着他们，有人妥协了，有人退缩了，而刘友兰自打到县城报名后，就从来没有动摇过！这就是她的可贵之处。

1952 年 6 月 20 日，刘友兰诀别亲人，告别故土，踏上西进征程。这一别，山水遥指，青丝白发；这一别，亲人分离，阴阳两隔。这一天，自古一家人的昆嵛县、文登县集结了 300 多名女战士，部队建制为三中队，任命 25 岁的范振荣为队长带队出发。一早乘马车到石岛港集结，十几辆马车浩浩荡荡，甚为壮观。踏上西征路的胶东革命老区的姑娘意气风发、斗志昂扬，一路歌声嘹亮、欢声笑语。傍晚时分抵达石岛港，接着，登船连夜启程，航船劈波斩浪，驶向青岛。接下来，乘火车几昼夜，轰鸣不停，向西向西，经济南直抵西安。

古都西安，是联结西北和内地的纽带。经此入疆分为南路和北路。南路途经路线地形复杂，道路崎曲，不少地区匪患猖獗，是这次入疆到达伊犁的必经路线。面对艰险，这支英雄的胶东女战士没有退缩，稍作休整，即转乘军用敞篷车，武装保卫前进。车队严格遵守纪律，按命令路线前进：途经张掖—酒泉—嘉峪关—迪华（乌鲁木齐）—昌吉—塔城—克拉玛依—博尔塔拉，最终抵达伊犁边境驻地。为了安全，车上配有战士，架起机关枪，随时准备投入战斗。途中虽无战事，却偶有险情。当车队行过兰州之后，进入戈壁无人区，夜里一片寂静与黑暗。每车30多人，很挤，大家只能蜷腿坐在备用的物资上面，时间久了腿又胀又麻，有人就把双腿搭拉在车帮上，以缓解身体的疲惫。突然，路边的草丛中窜出两个黑影来拖女战士的腿，危急时刻，大家奋力保护，残匪流寇被架机枪的战士当场击毙。不少女战士吓得痛哭流涕，甚至有人后悔了。这时，刘友兰站出来说话，做大家的工作，使大家紧张的情绪得以缓解和平静。从此，车队昼歇夜行，车距保持3米，车灯打开，以防范和应对突发事件。

跋山涉水，一个多月。从黄海前哨，到大西北国防边境，在“八一”建军节前夕，这支英雄的胶东女兵终于到达了目的地——伊犁中苏边界防区。

国家战略

赴疆第二天的下午，在“威海市女兵屯垦戍边座谈会”上，围绕威海戍边母亲这个话题，各代表发言之后，建设兵团搞史志研究的一位叫李梓的学者开始发言，他的发言直奔主题，不经意间，透露出一些一般场合不易获取的，且对屯垦文化和历史，具有学术性研究价值的内容。

他的语气平和，语不惊人，像是拉家常那样。开始并没引起我的注意，只是听听而已，下意识地收起了笔，合上了记录本。但，突然发觉不妙，平和语气说出的内容满是干货，我赶紧一面侧耳恭听，一面打开笔记本记个不停。归纳起来，有如下几方面的意思：一是山东女兵开始没有军籍，只有军服；二是起初女兵思想不稳，包括转业女兵思想也有波动；三是山东女兵与湖南女兵相比，湖南女兵的文化程度高一些，大部分人找了干部结婚，山东女兵择偶没有文化限制，到后来结过婚的、带孩子的也行；四是再后来没有扩招女兵，男的回自己老家娶亲，回来给配偶安排工作；五是60~70年代，一个连队一年有新生儿100~200名；六是最终山东女兵和湖南女兵把20万屯垦大军稳定下来了。最后的结论是，这场军屯民屯的婚姻，本质上是一场稳疆固边的壮举，远超一般婚姻的意义。

继而，他把话题引入历史。谈到古时“昭君出塞”，宫女为了皇家利益远嫁匈奴，是典型的政治联姻；清末的国家执掌者腐败无能，左宗棠虽挥师收复了新疆，不留战俘降了也杀，结果军屯安抚等国家战略不配套，导致清末疆域混乱，最终害苦了老百姓。

点到为止，没有展开，讲完会也完了，我却深陷于他讲的内容不能自拔。

安家立业，亘古不变。70年前，王震雄师横扫残敌，兵锋西指，新疆国民党军政举义，全境解放。茫茫戈壁，20万铁血壮士，唯缺女眷，欲图基业长青，先从平衡男女人口开始。一经国家发话，山东、湖南、江苏等地纷纷行动，发动女青年应征入伍，赴疆戍边。1952~1954 年，仅威海区划内的文登、荣成、乳山就有 2000 多名女青年赴疆屯垦戍边。当年，扼腕远嫁的亲人，其境界远超古人，国家战略令古人不可比拟。

回来后第一件事，趁激情未减时，用心把手中珍贵的图片和资料编辑成册，作为历史档案备存下来，并赠送课题组成员人手一册，目的在于昭告后人：新疆这扇国家安全大门绝不能出问题！今天的幸福来之不易，千万别忘了当年远嫁的亲人，今天的远方母亲！

新疆古称“西域”，屯垦文化历史悠久。汉代防匈奴，唐代抵突厥，清代除寇患，新中国稳边疆，源远流长的西域屯垦史由民族之争到外患之战，事关国家安全、民族安危，绝非危言耸听。当年，左宗棠率 8 万湘军大破阿古柏外寇，留下了千里“左公柳”至今荫及子孙；近代，王震统兵 10 万解放新疆、扎根新疆、建设新疆，创造千古戍边佳话。为大中华留下的新疆生产建设兵团，生产的粮食、棉花和哈密瓜、葡萄干、牛羊肉……子孙后代和全国人民享用不尽，并出口到国外。为证视听，披露新疆军垦博物馆展板和有关资料显示的两组数据：

新疆生产建设兵团现有 14 个师，11 个兵团管理的自治区直辖县级市，56 个建制镇，179 个团场，分布在新疆 14 个地（州、市）境内，辖区面积约 7 万平方千米。

截至目前，新疆生产建设兵团下辖 14 个师 100 多个团

2200 多个连 300 多万人。

即使青史有名的左宗棠，当年屯垦总人力不过区区 10 余万之众。

丰功伟业，震憾人心；戍边母亲，功莫大焉。赴疆一周年之际，我急忙翻出去年赴疆 3 天现场摄影、展板拍照和家庭相册翻拍的上百幅照片，以国家战略做主线编辑并配文，发了 5 期“图片记忆：‘威海戍边母亲’”的朋友圈，引起国内和香港友人的关注，特别是云南丽江泸沽湖畔摩梭族人阿夏丽女士的关注，出乎我的预料。

继而，在编辑图片档案和创作朋友圈的启迪下，又萌生出采写刘友岚等老人的中篇纪实的想法，并将去年拜访的两位乳山母亲朋友圈配图文字披露如下，以示敬意。

唐克勤（1934 —　），中共党员，乳山南唐家村，1954 年 3 月响应党的号召，赴疆加入建设兵团军垦大军。初期，在兵团七师二十一团六连生产第一线。1976 年入党，先后荣获过团级三等功，师级“三八”红旗手、优秀共产党员和先进生产者荣誉称号。长期坚持“安下心、扎下根、保卫边疆、建设边疆”，做到“献了青春献终身，献了终身献子孙”。1986 年 10 月退休后，随子女定居素有“军垦第一犁”之称的石河子市安享晚年。

勇淑范（1945.9 —　），山东威海乳山人，中共党员，主治医师，退休后随子女定居石河子市。援疆虽比前两位妈妈晚了些，条件好一些，但作为专业医务工作者，她把青春热血无私奉献给戍守边疆的壮丽事业，不愧为走出黄海之滨、齐鲁大地的英雄母亲。千百年来，为了疆域安全，不乏女英雄前赴后继、代代传承。其中，勇妈妈以其优异业绩，在中华屯垦史上打下了一枚当代巾帼白衣天使的厚重印记！

黄岚与友岚

胶东自古八百里，属典型沿海气候，丘陵地貌，具有鲜明特色的生态文明和地理文化。

山岚多生长一种叫柞木墩子的灌木，俗称“椁罗墩子”。远看，层层叠叠蜿蜒起伏，被当地人称为“柞木岚子”。深秋来临，视野之内，阳光照耀下广袤的柞岚一片金黄，于是就有了黄岚说法，以至成为地名标志。到了明代，国家在此设卫屯兵有了威海卫，随民屯移民的增加，先后有了东黄岚、中黄岚、西黄岚和黄岚南庄等一批带岚字的村庄。新中国成立之初，这里曾设立过区或乡的行政区划，1958 年正式命名为黄岚人民公社。此时，当年一身稚气的刘友兰，已成长为一名救死扶伤、治病救人的白衣战士，她在与亲人通信时，得知家乡命名黄岚公社的消息，随即把名字改为刘友岚，意在怀念故土，留住乡愁。

遥遥黄海之滨，茫茫戈壁长滩，黄岚在这头，友岚在那头。

当我决定重点采访写作刘友岚老人时，手里唯一的资料，是我编辑的《威海戍边母亲》这份图片报告，里面有关于老人 200 字左右的简介。顺着这条线索，我终于找到了她的故乡——黄岚街道中床村，并继续追踪跟进，找到老人的出生地，即黄岚街道辖区的黄庄村。

即将跨进6月门槛的那一天，我临时动议，找朋友联系，急三火四地赶到了黄岚街道中床村。一位叫新华的老人，虽年近80，当说起他的幂姐时就来了精神头儿！述说条理清楚，头头是道，很快揭开了我心中的雾团：一个时代和一个人物的轮廓清晰展现，走进幂姐那个时代的曙光就在眼前……为此，我找到了采访的突破口，这是我原来没想到的。

1936年。

国破家碎在即，一片阴云笼罩。古称“泷河”[①]的高格河流域西侧，偏僻的山岚之阳，静卧着的小山村叫黄庄，突然，一声女婴长啼，划破小村寂静，家徒四壁的刘孝成家有喜了。虽然当爹了，他却连自己的“窝”也没有，与父母和下边几个兄弟挤着三间草屋度日，靠打工扛货帮老人养家糊口。家贫如洗的他，不知何故，却给女儿取了个在今天也很雅的名字“幂”。后来，在日本铁蹄践踏下，家里日子实在难以支撑，合伙的日子不得不分开。分家时，刘幂爹妈每人分得了一双筷子一个碗，开始过流浪打工的生活。

4岁那年，刘幂一家沿河床溯流而上，来到了“泷”北三床，即临河北床而居的西床、中床、东床三村。这儿地势平坦，莽莽黄色山岚缠绕，前临泷河，后倚二龙山，村里人说此处是风水宝地。为了孩子前程，刘幂爹妈当场拍板不走了，在西床富人家打工栖身。或许是“龙”带来的好运，

① 古名县北泷。“泷”字有龙，可以治水，故以水名称地名。

1945 年日军投降威海解放了，刘幂一家时来运转。赶上“土改”，在中床村分地分房供孩子上学。

快乐时光，瞬间飞逝。正是在这段日子里，幂姐与房前屋后的小兄弟新华结下了孩童友谊。姐姐读书聪明，胆大心细，遇事不慌。上山下泊干活，河里抓鱼摸虾，河床放牛割草，走哪儿领着她的新华弟，新华弟成为姐姐标配的“跟屁虫”。这种姐弟之谊，两人至今珍惜难忘。听说幂姐要走了，6 岁的新华特别懂事。文登兵站工作人员来姐姐家做最终甄别时，在房后的树荫下谈了好长时间。幂姐母亲舍不得女儿走这么远，躲在后窗竖耳听了半天，新华弟陪老人又听又观察，真心实意为老人助阵当参谋。姐姐走的那天，姐姐母亲含泪送多远，新华跟在后面就等多久。老人抹泪，他也抹泪。后来，新华上学识字了，姐姐每次来信他就自告奋勇读信，尽管读得半截子苟离[①]。但当我采访时，他的介绍却令我刮目相看，能把来龙去脉说得清清楚楚，情况符合逻辑，语言富有张力。

由此，我更加坚定了克服困难采写下去的信心。

黄庄寻根

6 月 1 日，去年这天是夜航飞疆的日子。

今年的这天，我专程来到中床村，接上新华大哥做陪同，一个时辰，来到了翠岚掩映静卧坡阳的黄庄村。远望，村前

① 方言，读不成句子。

村后的坡上，水果飘香，园子里有成片的果树，上面彩色的包装袋挂满枝头，一串串，一枝枝，一片丰收景象。一条主街，由进村的土路贯通南北，一眼能望到头。街的两旁，排列着不同年代风格的红瓦房，多数是由原来草房换了顶的。没有整齐划一强调一律的痕迹，各自保留各家的风格。不少院落自己捡石头，只把两面垛一垛，遮挡遮挡，前面临街这一面挡也不挡，全敞着。村中有条半截街，生长着一棵百年老银杏，深受村人的敬畏。路边房头的荫凉底下，三五乘凉的中老年女人，露出稀奇的目光，审视着走过来的外人。

穿过三五条街，来到最前排临街的房子。一道散石院墙，连着前后两排红顶瓦房，原本为一家人住的二进院，院里的老柿树遮了半个院落。刘友岚老人三叔曾经住过的屋子，象征着老家的祖居，请来几家的亲人，通过现场采访，传递远方亲人的思乡之愁。

乡愁是一座老屋、老山头，乡愁是家乡亲人和老邻居。眼前的老院墙老山头，让我心底油然而生一缕乡愁。以此为背景，我分别为老人的亲属和邻居合影，留下一份穿越时空的期待。

接下来，我当场拨通了老人的电话，并按下免提和录音键。这时，现场气氛马上变了，一场电话会议或说是现场直播即将开始。拨电话的铃声刚响，对方就接通了。因一天前，我在家里和老人通过电话，说了一个小时，所以，这次说了几句，老人就好意提醒我这是长途电话。当她听说我在她的出生地，黄庄的老祖居，和她的亲人、老邻居在一起，并且用免提直播来共享乡音乡情时，老人的反应异常兴奋。她拔高声调喊道：“大家都好吗！”“都好啊，幂姐！”接着，她熟悉的亲人，新华老弟，老邻居、老党员，纷纷与她隔空喊话。这些人，有不少每次回来时都见过面，突然又听到了久违的声音，这种其乐融融的场景可想而知。乡音袅袅，情真意切，令人动容。我在一旁感受着这一切，眼圈开始泛红。

隔空通话只是前奏。我重点想搞清楚，70 多年里，老人到底回来过几次，每次由谁陪着。当我提起这个话题时，她略微迟顿，接着，详细地回答我。我问她说，事先并没有准备，老人即席回答，偶尔稍有停顿。所有在场的人，都对老人的惊人记忆力赞叹不已。

1961 年，她自己第一次回家。三年困难时期时，日子极度艰难，吃不饱饭，两个弟弟瘦得眼圈发黑。为缓解父母压力，她卖了自己的小罗马手表，领走两个弟弟；1973 年领着下乡的小儿子李健回来的，现在儿子在伊宁市工作；1979 年第三次；1984 年和老伴一起回来。我急忙问清了她老伴的情况：李忠扬，战斗英雄，河北衡水饶阳县人，1939 年参军入党，作战勇敢，屡立战功，跟随王震在三五九旅，参加过三泥湾大生产，入疆后任兵团农四师团长。退休后，经批准按师级待遇，夫妇进了兵团干休所；1997 年第五次。

每次回乡，都回黄庄村，回中床村，看望亲人和乡亲。

采访进入尾声，老人再次亢奋。话筒里，传来类似一场成功大会的结束语：“代问亲人和乡亲们好！”“幂姐好！”回答异口同声！此时，我就像一个现场主持人，时间一到，戛然而止，即刻结束一场意犹未尽的电视节目。

鸿雁传书

经过发酵，黄庄隔空喊话的消息不翼而飞。一瞬之间，从边疆的五家渠市、伊宁市，到黄海之滨的黄岚中床村和黄庄村，戍边母亲故土之恋的故事被传为佳话。突然，这天我接到一个来自伊犁的电话，说是刘友岚老人的大弟刘军先生云云。一番通话之后，他通过刚刚建立的微信，发来一篇他受当地媒体之约，写他大姐的一篇回忆文章。读后，深深折服。本来要收官的写作，又加了一节。将其文字压缩后引用如下，以飨读者，是为敬意。

1949年11月，我出生在山东昆嵛县郊北的中床村。1961年春天，12岁的我和6岁的弟弟友明，在大姐的照顾下，几经辗转来到了新疆伊犁，开始了我第二故乡的生活。后来才知道，姐姐回家前，因重病切除了一个肾，农四师医院的院长说她活不过3年，所以她第一次回老家，是准备告别亲人和故乡的。从此，我立志长大后好好照顾姐姐。初来时，我俩在四师子女学校小学住校，我读书弟弟上保育班，星期天回姐姐家，她像母亲一样给我俩洗澡，买学习用具。

1964年，农四师医院大批医护人员分到各团场，我姐被分到一个叫高尔基农场的团场，即现在的四师七十三团。姐姐在卫生队当医生，我和弟弟在团子女学校上学。这里风沙大，环境恶劣。听老军垦说，这里是四师最穷的地方，兔子不拉屎。走过半个多世纪，现在已变成伊犁农四师的第一名。2019年7月，七十三团搞上山下乡50周年大庆。主持人走下台，把话筒递给我。我说，当年从老军垦人手里，我们接过两样宝贝——钢枪和锄头，在一代又一代军垦人的努力下，边疆安稳，人们生活蒸蒸日上，团场旧貌变新颜。就是这简单几句话，全场掌声不断。我到五家渠告诉姐姐，她高兴了半天，说我已不是当年的刘军了！

后来，没到中学毕业，“文化大革命”来了。学校不上课，我们戴上红卫兵袖章，整天到各单位去搞串联，写大字报，批判走资派。姐姐的卫生队，也分好几派，有些医护人员去搞“斗批改”，不好好上班，但姐姐从不参加那些活动，手里有忙不完的活。给群众看病，洗注射器，洗针头，有时间我也帮着洗。满满一高压锅，搬火炉上蒸煮消毒。我对姐姐说，人家都说，你只低头拉车不抬头看路。姐姐说，都不好好上班，谁给百姓看病，毛主席说的救死扶伤实行革命的人道主义，不成了空话。随他们说啥，我就是要坚守岗位，我是医生，治病救人是我的责任。姐姐白天忙，晚上总是叫上我给她作伴，去别人家看病。晚上，有人偷偷找我姐去家给看病，大人看了，小孩有病也给看。我说这些人都是走资派，我姐悄悄对我说，你不懂，这些人我都知道，他们都是跟着王震将军，打了半辈子仗，一路走到新疆，又拿枪，又拿镐，开荒种地保边疆，他们都是好人呀。就是这样，一大批干部，都得到我大姐的医治保护。我们团子女学校的金俊明指导员，因受批判被关起来，他的儿子金星得了重病，我姐知道后，晚上偷偷去给金星看病，使其由危转安。后来，这孩子考上大学，留北京工作，他给我姐打电话，说刘阿姨你是个好人，我的命是你救下来的。有一次晚上我姐去“当权派”家看病，被一个造反兵团司令看到了，说这是反革命家你来干啥！我姐说他家小孩病了，这个司令说，你老实在家待着，但我姐总是想法去治病救人。后来，作为被管制分子，姐姐被发配到最边远的五连接受改造。几十里路外，全是以班排分散的牧民，姐姐为了更好地给牧民看病，她怕我一个人留下别学坏，把我也带去五连，要我替她给病人家送药，我也学着给病人打屁股针。由于她热心为农牧民服务，学会了一些简单的和治病的民族语言，所以只要大姐去牧区巡查，牧民就拿最好的酥油茶和馕饼招待她，说她是亚克西（好）的医生。有次晚上，一个牧民骑马从很远的牧点赶来，外面电闪雷鸣，姐姐跟随那个牧民，和另一位医生一起消失在茫茫夜色中，第二天下午很晚才回来。后来才知道，牧民的老婆生小孩而且还是难产，但在我姐和同事的协助下，产妇和小孩都保住了，牧民都竖大拇指称赞她。1970年初，大姐被平反了，又调回团医院。五连的牧民得知后，组织了一个马队，直奔团部，找戴领章帽徽的团首长，为什么这么好的医生你们要将她调走，要首长一定给个说法。首长说，这个刘医生，浑身到处都是病，你们知道吗？然后一一列举出一大堆病，牧民听后，只好对姐姐家说再见了。但在姐姐的一再请求下，最终将她调到离团部近的修造连当一名普通的卫生员，并且为照顾她的身体，派一名实习卫生员当她的助手。

总之，几十年来，我大姐为新中国屯垦大业，贡献了她全部的青春和力量。为此，她曾获得过伊犁州、新疆自治区人民政府，及劳动部发的奖励证书。我为我的家族里，有这样一位血管里流淌着胶东人民的热血、吃着胶东大地乳汁成长起来的英雄姐姐而自豪！我为英雄的胶东儿女而骄傲！

补充完这一节，我心中一片释然。我终于明了去年到她家探访时，在兵团准备的一张刘友岚文字简介的最后提到，老人已通过法律文书形式，把个人的遗体、眼角膜等，捐给有关机构和个人。

为此，我的心情有些沉重。

尾声：为什么总是五六月

在写作和查资料时，我发现一个现象：自清末左宗棠到胶东女兵，进疆时间都是在夏初的五六月份。包括我们，去年正好是“六一”这一天入疆，于是，我的采访写作也选择了这个日子。而唯独一次，是开国大典刚结束，即 1949 年 10 月 12 日，王震点兵挂帅入疆。据此，可否说明，此为正常与非正常之别。初夏时入疆，无论历史和当下，选择进疆最佳季节，达到最佳战略目标，才是最终目的。而王震率 10 万大军西征的时候，已经失去了时间选择的条件。对胜利而言，条件从来是创造胜利，而不能决定胜利！于是，为了胜利，当时的决策者和大军，已经顾不了那么多了！

资料显示：虽然 1949 年新疆和平解放了，但是结合当时新疆的情况和国际形势分析，有迹象表明，新疆随时有被分裂的可能性。假如新疆出事，就会威胁到蒙古，威胁到北京。所以，毛主席亲自点将王震，并对他说："王震同志，我希望你到新疆后，能够超过左文襄公，把新疆建设成为美丽富饶的乐园。"

壮哉！美哉！当年，一代伟人为新疆绘就的蓝图终于实现了！

（文章标题原为《戍边母亲》，发表于《时代报告》2022 年第 6 期。收入本书时改题为《远芳侵古道》，并加前言。）

难忘东南乡

一片被鲜血染红的土地

1938 年 2 月，迫于当时的形势，曾在素有“东南乡”之称的文登、荣成、威海三地交界处，设立临时中共边（区）工委，史称“文荣威边区”，亦即民间所谓的“小苏区”“小延安”。由此，“鸡鸣三县”“脚踏三地”的桥头集一带，被冠以边区、老区、红色东南乡等称呼。

此举虽为权宜之计，受形势所逼不得已而为之，但其历史价值却不容小视。当年，暴发于东南乡那座无峰山的武装举义，以及举义地周边的再举义，点燃了红色胶东武装抗日的烽火，并以此推动全民族抗日统一阵线的形成。接着，在部队整编、建立胶东抗日民主政权之后，我党政军领导率领“三军”迎敌西上，一度造成我党在文荣威出现力量的“真空地带”。

大敌当前，形势错综复杂。这个节骨眼如稍有不慎，局势一旦生变，失去我党武装抗日的政治影响力，嗅觉比狗鼻子还灵的各种反动势力就会逆历史潮流而动，把刚出现的民族武装抗日新局面扼杀于摇篮之中。危难之际敢于亮剑，是我党一贯的政治优势，迅速把党的有生力量和骨干集结到文荣威边区，形成一个拳头，管控和应对随时可能出现的问题，给各种妄图钻空子、占地盘、鱼肉乡里的反动势力以有理有力有节的打击。

在复杂形势面前，东南乡广大人民群众保持清醒头脑，张开怀抱，为临危受命、力量薄弱的边区党组织和进步力量遮风挡雨；挺身而出，同形形色色打着抗日旗号的反动势力做针锋相对的斗争；积极行动，以自身力量促进和参与联合抗日的民族统一战线。患难中建立的党民齐心红色边区精神，成为敌我态势恶化、斗争形势严峻时期战胜敌人的强大精神武器。

抗战初期，在民族抗日统一战线这杆大旗下，集结于东南乡的抗日联军，在这块狭窄地盘的周边连续打了几个胜仗，给日军以重创，也因此极大刺激了日军。日本对我国觊觎已久，间谍和情报机构早已大量搜集具有战略价值的资料和信息，并建立起资料库。桥头作为控制文荣威的咽喉，关于它的有效信息早已被日军收入囊中，也把它当成严密布防的“死穴”来点，也视东南乡为眼中丁、肉中刺，欲除之而后快。

此决非危言耸听。当时，敌人的凶残可用4个“最”来证明。据点最多：以各据点控制地盘比较，威海卫沿海和交通要道平均25平方千米设一个据点；而桥头区只有12.5平方千米竟设了5个据点，而且孟家庄和马井泊两个据点的兵力是其他据点的3倍。耳目最灵：大量收编被三军打垮的杂牌军，后来的伪军有1000多人主要是当地人，很多是东南乡人，几乎村村都有，多则几人十几人，与当地人有千丝万缕的联系，对我党和抗日力量安全构成极大威胁。统治最严：为加强边区管控，从城乡入手推行保甲制，十户为甲，设甲长；十甲为保，设保长；一户出事，株连一甲各户。专设警察署（局、所），对抗日志士实行强力监控和统治。手段最惨：方寸之间，连起祸端，四野惊惧。江家口惨案敌机连番把村庄炸成焦土，炸死村民、炸毁房屋；盘川夼惨案一次抓走40多人，残杀6人。

一方水土养育一方人。地处接合部，长期处在“三不管”的东南乡边区，自古地杰人灵、民风淳朴，历史上饱受外侮欺凌，长期积累起来的压抑和憋屈，使此时的东南乡像一堆干柴，只待一粒火种去点燃。1937年严冬，天福山亮起一团火光，点燃了武装抗日的烽火，东南乡的仁人志士、普通民众，义无反顾地投入保家卫国、抗击日本侵略者的洪流中去……

面对穷凶极恶、手段残忍的敌人，同根同源、血脉相传的边区人民情同手足，深明大义，甘于奉献，是我党和军队真正靠得住的铜墙铁壁。边区人民没有被吓倒，关键时刻挺身而出，保护了党和革命的有生力量。

滔滔石家河岸畔，巍巍正棋山、伟德山脚下，山峦原野、村村寨寨，炊烟袅袅，山光水色之间隐藏着一条看不见的战线，正在与敌人捉迷藏。一方耳聪目明，进退自如；一方耳背失明，成了聋子瞎子；时常，敌人刚气喘吁吁踏进边界，远远就被暗哨盯上了，一进埋伏圈就被打晕了。

历史证明，在斗争的紧要关头，尽管党的临时边（区）工委设立时间暂短，仅有几个月时间，却在威海抗战斗争史上产生巨大影响。英勇的边区人民，为民族独立和人民解放事业，协力同心、同仇敌忾，不分彼此、不讲你我。这种敢于牺牲、勇于奉献的边区精神永载史册，历史和人民将会永远铭记。

血浓如水、恩重如山，打虎亲兄弟、上阵父子兵，文荣威原本是一家。

饱受欺凌和憋屈的年代

元末明初，以及近现代以来，这片富庶美丽的家园一直被外国列强长久窥视，以至垂涎欲滴、明火执杖，屡屡闯进家门来打劫。家仇国恨，山河破碎；国人奋起，前仆后继。英雄的土地流淌着前人的鲜血，不断上演着悲壮的乐章。地处黄海前哨、位于威海卫东南方的桥头一带，因元代海运兴起，至明初海盗倭寇袭扰日甚，不堪重负。鸦片战争，甲午战败，最终把灾难深重的中国人打入苦难谷底，这片土地蒙受的外侮欺凌和屈辱，令人不堪回首。

白马河前哨战稍战即退。甲午威海卫保卫战一开战胜负即见分晓。为切断后路，日军由成山卫登陆后，兵分两路从陆路包抄威海卫：一路走南道，经桥头、温泉汤、虎山等地，北至威海卫，称为芝罘大道；一路走北道，经北港西、鲍家村、崮山后等处，穿过威海南帮炮台后路进攻威海卫，称为威海大道。南路自古是官道，好走；北路属民间小道，难行。1895 年 1 月 26 日，日军兵分两路向西进犯。为了阻击日军前哨部队，1 月 22 日，清陆军总兵孙万龄率军开到桥头北面的五尚地村、白马村一带设防。孙坐阵白马村，在白马河西岸设防埋伏，以阻日军西进。同时，在桥头集驻防，在桥头北山和孟家庄北兴隆山各设行营炮两门。1 月 24 日，日军前哨骑兵深入白马河东岸观里村时，遭清军骑兵伏击，日军想占领白马河东岸各村，一进姚家圈村，清军即趁敌立足未稳发起攻击，夜战一小时，毙敌军官 1 名、士兵 10 余人，逼迫日军向东撤退。此战，只是大仗前的一次小仗，史称前哨战，属敌人大部队前来探路的。然而，最令国人失望的是，阵仗庞大的清军陆兵，刚拉开架子，对阵小股部队略获小胜，就夸大战果，奏报北京。而私下各设防清兵派系之间互不配合，不待再战，四门行炮也没发挥作用。其他设防部队弃阵西去，孙万龄部成为孤军不得不撤出阵地。1959 年，史界学者调查观里村的几位亲历者，如夏锡奎、夏元吉等，大家普遍认为有的史料显然夸大了战果，与当时他们见到的情况不符，成为国人的悲哀与憋屈。

桥头街清军兵营被强行驱离。甲午战败后，按《马关条约》条款规定，除赔款 2 亿两白银外，同时派军占领威海卫，而且宣称，清不按规定时间赔款日本不撤回军队，付清了赔款但不履行《通商行船约章条约》也不撤军。占领军为“混成一旅团，约为八千人”，占领区由威海湾沿岸向外推移“照日本国里法5里以内地方，约合中国40里以内，为日本国军队驻守之区”。而且，占领区之外推出40里为控制区，这个范围内“无论其为何处，中国军队不宜（逼）近或驻扎，以杜生衅之端”。也就是说，在距离海口湾沿岸80里之外的地方，才准清兵驻扎。这个范围大约是西北面到初村及双岛湾北海岸，向东经草庙子、桥头至泊于家到海西头和大岚头海岸。在这个区域内大约有四至五个清军兵营，其中只有桥头集前营450名清兵驻扎占领区之内，其他酒馆集左营和上庄中营等，驻地超出占领区，属控制区范围。日军通过外交途径找北京同山东交涉，最终把桥头兵营驱赶走，其他兵营最终则不了了之。正是这次日军占领划定的范围，为英国强租威海卫打下了边界基础。两年半之后，日军撤走，英国人在北京签定条约，表明租占地盘由威海湾沿岸向外推出约16千米，大体就是这个范围。这次猛然把威海卫地盘扩大了几倍，由原来辛汪都三里，扩大到温泉都八里（桥头、杏树夼等为六里），总面积达730多平方千米。

马井泊“垛山顶惨案”骇人听闻。英强租后第三年开始进入堪界前后，在威海卫城乡引发大规模反堪界斗争，最终在东南乡发生了骇人听闻的“垛山顶惨案”。1900年4月25日，中英双方联合由西向东堪定边界并埋界石。前三天进展顺利，共埋了25块，28日东移到草庙子。29日这里聚集了2000多人反抗，这时中国官员撤离现场，英方自行又埋了9块，并将营房东移9千米至马井泊村南的临泉河河套。5月5日，爆发激烈冲突。1500名农民袭击兵营，英兵开枪射击，边打边退至南面的垛山山坡。双方激战，反抗民众牺牲19人。6日11时，反抗民众约3000人包围兵营，双方交火，交战1小时，被英兵击溃，牺牲10人。这次事件史称“垛山顶惨案”。有资料显示，这两场冲突的领导者共9人，涉及靠租界内数里的村庄，如西武林村于冠敬（秀才）、马景山（捐班监生）、孙家滩村孙义清（廪生）、草庙子村杨希亭（屠户）、徐家疃于渐海（曾任清一印右堂）、江家口子村刘景山（武秀才）、江正己（武秀才）、南虎口村徐仁山、圈于家村于仁山（绰号“巴仁子”）。总体看，除后两人身份不详，其余领导者基本都是有地位、有功名的人。

东南乡起源于划进英租界。史料记载，千年古县文登，自唐宋时起以县领乡，元时县下设都，明代以都领里，清代仍沿旧制。编民百户为里，婚姻、死丧、疾病、患难，里中富者助财，贫者助力；春秋耕获，通力合作，以教民睦。雍正十三年（1735年）裁撤三卫设立荣成县，从文登县7都70里划朝阳都11个里，温泉都一里、二里、三里、四里、五里、七里、九里，云光都六里、十里，计3都20里754村归荣成。史志记载，桥头集一带历来属温泉都六里。明洪武三十一年（1398年），析辛汪都三里设威海卫，直到裁卫置荣成县时，温泉都的11个里划走7个给荣成，还有4个里，如六里主要是桥头集一带的35个村，以及八里、十里、十一里仍属文登管辖。而这时的温泉都六里及周围一带，与辛汪都三里的威海卫相距甚远，没有直接联系，只是后来租借威海卫时英国人强行扩大地盘，才把桥头集一带与威海卫两地连在了一起，并划进了英租界。从此，历史上一直处在辛汪都、温泉都、朝阳都三地边界的桥头集及周边区域，摇身一变，成了文荣威三地的边界了。英租后，经过1898~1906年的磨合，威海卫的行政管理开始走向成熟。特别是堪界时发生的震惊朝野、骇人听闻的马井泊“垛山顶惨案”，让新任威海卫行政长官骆任廷开始研究“以夷治夷”的管理手段。以租借地原来沿续下来的辛汪都和温泉都区划为基础，大胆改革创新，建立起村董和区总董制。把租借地划为26个区，每区平均12个村；村董由村里决定，区总董由选举产生。为方便管理，分设南、北两个行政区。北区管9个总董区，由副华务司负责，在爱德华港埠区办公；南区管17个总董区，由正华务司庄士敦主管，官邸设在温泉汤。自此，桥头集周边一带分别归属十、十一、二十四、二十五总董区，辖桥头村、西山后、于家夼、孟家庄等33个村。1912年辛亥革命结束后，裁都里，设乡改区，成立三区后改集贤乡，辖区含今崖西、荫子及桥头西南部101村。

那时的南区因地处威海卫东南方位，远离行政中心爱德华埠区，虽属穷乡僻壤，却偏安一隅，宁静淳朴，乡情浓郁，深受刚由香港前来上任的庄士敦喜爱。时间一久，这里在租界便传出一个俗称，就叫“东南乡”。从此，从民间到官方到历史记载，“东南乡”在民间流传广泛，朗朗上口，大俗大雅，成为一种地域文化标本广为流传。

咽喉要津兵家必得

始于春秋的官家要道。史载，西周（前 1046~ 前 771 年）莱子国在域内东侧即今天的埠柳建起一座不夜城，工程之繁、规模之宏、历时之久，都是前所未有的，由此域内也确立了不可替代的官道要津地位。如果孤立用古驰道与不夜城说事，可能有牵强附会之嫌；一旦把发生在域内的事件联系起来，就可能另当别论了。

有资料披露：1987 年冬天，桥头黑石村村民宋显祥发现一口西汉古井和一把汉代铁镢。10 年之后，《考古》杂志 1997 年第 5 期对此做了高度评价。据《汉书·地理志》记载，从汉武帝开始在全国设铁官 40 多处，其中山东境内就有 12 处。今威海市在汉代属东莱郡，这次发现的这件铁器当是汉代东莱郡铁官所属第一号作坊的产品。问题的关键在于，结论这么肯定，而且出土文物的年代背景，与设不夜县治和汉武帝狩巡成山等历史事件如此吻合。尽管许多问题一时还说不清楚，但用出土文物和典籍记载求证，就能说明这片土地的历史积淀真的不一般。

秦始皇（前 259~ 前 210 年）两次巡狩成山必经之地。不论走芝罘大道，还是穿文山（文登）皆需从桥头经过。事隔百年之后，汉武帝（前 156~ 前 87 年）两次登临成山，虽浮槎而来，但都需经此驻跸不夜城。有资料显示，当时不夜城仅各种服务的人员就多达一两万之众，如此庞大的队伍和物资不经过官方古驰道是进不来的。西汉高祖六年（前 201

年）在此设不夜县，域内县治辖地的区位优势愈加凸显。东汉（25~220 年）时期裁撤不夜县，但是在昌阳古县、文登古县的保护下，不夜城作为东莱古城得以传承下来。至清代后期，文登县令还时常经过桥头集来不夜城赋诗休闲。

成山自古兵事频发，桥头历来是必经之地。史载，太和末年，大魏北疆名将田豫受皇命欲挂帅征讨辽东郡叛军，最终“率众讨吴将周贺于成山，杀贺”，以解东吴与辽东密谋反魏之计；唐代名将苏定芳由青州率 10 万大军由成山渡海征百济，高句丽、新罗、百济于朝鲜半岛成对立之势，百济居半岛最南岸，与成山一海水隔；显庆五年（660 年），唐高宗命大将军苏定芳自成山渡海攻打百济和高句丽，以助新罗；明代成山卫、靖海卫每年春秋两季京操，数千军队往返京城与防区之间。清初，皇太极派兵登陆成山攻陷成山卫，等等。历代成山兵事，都需通过桥头这条千古驰道。

桥头大集闻名遐迩

史书有记载。据光绪《文登县志》记载，明万历年间，“温泉社学在桥头集”，说明在万历年间，桥头集已影响广泛，被一县方志用来标明某种事物区位。清乾隆十二年（1747 年），河东总督王士俊疏中有“西以文登县桥头集为界”的陈述。有史料显示，北洋海军成军后，“时正常开集市的共计 11 处，即崮山后、温泉汤……桥头村及卫城内”。据载，英租时威海卫一共有 6 处集市，分别位于威海卫城、凤林、崮山、桥头、草庙子和羊亭，除了威海卫城外都在南区……

这些集市中最重要的是威海卫城、桥头和羊亭的集市。

地处位置重要。腹地面积、人口密度、交通占位、经济物产等正是桥头的优势，可谓天时地利人和皆占。有史料评价，兴盛于明代的官道对桥头大集的形成起到了重要的促进作用。这种说法可谓一语中的。明初为整饬海防在文登县北部和东部沿海连设三卫，这种不可多得的国家战略项目，为文登县沿海边疆老县提供了百年不遇的战略机遇，特别是大三角形的三卫前期建设开发和战事训练期，地处县域北部朝阳都、温泉都和辛汪都三都交界并已显雏形的桥头集，集山货、海货、粮油、疏菜、水果等物资大全，应有尽有，是三卫施工建设、军事行动和官方动作的必经要地，是批量团购和自由买卖的首选集市。外部骤然的强力刺激，使桥头边区小集以跳跃的方式向区域大集跨越了一大步，为日后发展打下重要根基。

货物门类齐全。中华传统集市文化源远流长，行规衡量标准约定俗成。凡酒肉、疏菜、粮食、牲畜、木植、棉花、柴草、鱼鸡鸭等8类货物齐全的，其为大集；缺牲畜、木植的，其为中集；只有酒肉、菜粮的，其为小集。按此标准划分，桥头堪称大集，当之无愧。

项目特色鲜明。市场门类齐全，人无我有，人有我特。具体以下几点地域特色。伙计市场，即人才招聘，亦称“功夫市”或“劳务市场”。这种先进的市场理念或始于英租时期，常年有30~50人在功夫市上等待雇主。每年农历九月二十七日的功夫市，是威海卫唯一也是最大的招聘会，据说鼎盛时期能聚近千人。赌棚市场，旧时赌博成为时尚，好像男人不赌则不像男人，尤其每临年关凡男人都会赌一把，桥头大集顺应风气就开了赌棚。参赌形式多样，打铁宝的、推牌九的、猜草棍的，应有尽有，赌资有大有小。多数人图个乐、走过场，亦有赌徒往死里赌，报信村有赌徒一下午就把祖传的30亩泊地赌个精光，多亏本家兄弟出手赌了几把赢回输光的土地。日用乌货市，主要经营民用大海碗、药吊子及少数陶器。羊汤市场，秋冬来临，集市街上支起露天大锅，俗称野垒锅。冬天雪花纷飞，寒气逼人，劳累的农人来一碗热气腾腾的羊汤，一解全年的疲劳。至今，桥头羊汤作为特色名吃仍名扬胶东，名不虚传。年关“半半集”，精明的桥头商家在腊月最后一天上午仍继续开市，把剩余的年货用半天时间作半价处理，使买不起年货的穷人少花钱过个年，是以著名的桥头“半半集”。

信义之乡到红色之乡

据传，古时的石家河是一条野蛮的无名河，每临夏季，河水暴涨，洪水肆虐，使两岸的人隔水相望。只有到了枯水季节，两岸的人才能相互走动，互通有无。东岸有十户人家，见河水总是隔断乡情，非常痛心，决心改变。经潜心研究和探索，采用当地的刺槐树做成叫“河马子”的桥墩子，在河水暴涨之前架起来，铺上木板成桥，以解两岸人燃眉之急。自此，有人立碑谓其“十家河桥”，日子久了，河就叫“石家河”，此地就叫“桥头”。传承至今，这里已由“河马子”时代的传统信义之乡，升华为有着家国大义情怀的红色东南乡。旧中国，桥头作为三不管边界，尽管是交通咽喉之地，谁也不会来此投资建桥的。只有桥头人，发扬当年十户人家建“河马子”的“石家河”精神，把几棵粗大的槐树干捆绑起来，以河水自流选择点固定成桥墩子，后用大石条加固以防水冲。十几个墩子用槐木板子铺装固定，则可行车于上，但每年“立冬支起，立夏收起”，其程度之难可见一斑。

20世纪50年代中期，桥头人咬紧牙关，6个劳力抬动一根石条，每年搬抬上百根，冬季垒起石桥，夏季来临前拆除。坚持数年之久，为新中国的建设不停地拆桥和建桥。这种家国大义和诚信情怀，令天地动容、令历史感怀。桥头人永远不会忘记，1970年5月，县人民政府建造了桥头大桥，正式通车，从此结束了“河马子”的时代……鲜明的地域文化和坚持不懈的传承，成为不同族群共同生存的精神家园。自明代设立三卫开始，不同地域的人从四面八方聚集而来，带来了不同的生活方式，造就出各具特色的区域文化品格。

不畏强暴、不甘屈辱的抗争精神，成为东南乡鲜明的人格秉性。一面临海三面环山，典型胶东渔捕文化、农耕文化和商旅文化格局，即黄色与蓝色的融合，成为鲜明地域个性和独有的文化底色。特别位处古文登县三都和文荣威三地边界，长期受士人文化的熏陶和卫所文化的影响，胶东人那种“以天下为己任”“先天下之忧而忧，后天下之乐而乐”“修身、齐家、治国、平天下”的士人精神与“忠义、服从、勇武”的军人品性、家国大义，在东南乡人身上表现得尤其突出，成为一种地域化的品质特征和人格形象。特别近现代以来，这里的民众连番受到外侮之痛的刺激，背负了太多的民族耻辱。连续不断的屈辱，深深刺激了东南乡人民的灵魂。面对屈辱，东南乡人民再也忍不下了。这个族群的优秀潜质和奋起抗争的精神，在不断的外侮刺激中得到升华。饱受压迫和侵略的东南乡民众，就像一堆晒透的干柴，只待一把革命的火种来点燃。于是，在中华民族最危险的时候，这里发生了在我党我军历史上著名的天福山起义、威海卫起义，以及周边的连锁起义，打响红色胶东武装抗日第一枪，并在日后的民族解放和人民解放战争中打出了国威军威，从这里创建发展起来的四个野战军，为新中国的诞生做出了巨大贡献。

“红色租界”与“提包袱的”

抗战初期，日军集中优势兵力重点围剿东南乡，连续制造“雅格庄惨案”和“盘川夼惨案”，到处弥漫着阴沉之气氛。敌我势力悬殊，威海卫的抗日武装组建晚、战斗力弱，无法在境内创建根据地，党政军群机关不得不离开家乡，转战文荣边区，开辟建立根据地。革命党人冒生死转山沟，同敌人捉迷藏，思乡之余便有了“住租界”的说法。

这与当年东南乡的英租界有本质区别，堪称“红色租界”。在东南乡的崇山峻岭里经常见着这样一群人，他们人数不定，行踪多变，着便装，行动快，腰间系着大约半臂长短的包袱，包袱虽小但“五脏俱全”，拆开不消一会儿，眼前便成了一张“办公桌”，主人席地而坐，泰然处事。当地村民路过，也不惊讶，仿佛和自家兄妹打招呼一般，可亲切地喊道“提包袱的”，被招呼的人更亲切地回应，时间长了，来这里办公的工作人员一律被称为“提包袱的”。对于“提包袱的”而言，这里有天然的屏障与庇护。据史志记载，在1940年8月至1944年9月，威海卫抗日大队驻过34个村庄，其中文登县22个，有邓南庄、泊子、榛子崖、郭家庄、前北风口、后北风口、沟王家、沟曲家、马家岭、东仓、西仓、青口岚、埠岚、西字城、长夼沟、后长湾、杏树夼、沟于家、方格庄、岳家口、院夼、五岔口等村；荣成县12个，有彭家埠、朱埠、大山口、小山口、东双顶、西双顶、东板石、西板石、三冢泊、姜家泊、丛家庄、卧龙等村。它们先后成为威海党政群机关和县大队驻地，是稳固可靠的抗日根据地。对此，自幼就接触并经历过那个年代，并对此有刻骨铭心记忆的崮山镇岭后村籍作家王彩然，1980年创作并发表在《山东文学》上的《有感于“提包袱的”》一文是这样描述的：

战火纷飞的抗战年代，我们八百里胶东是著名的革命根据地。那时候无论正规武装还是地方武装，老百姓们概称为八路，就不用说了，而那些廉洁朴素的区、县干部，以至跑交通的等脱产工作人员，也被呼为“八路”，或称“提包袱的”。那时在老百姓心目中的词典里，“八路”和“提包袱的”是同义语。时至今日，有的老乡亲仍称公社下乡干部为“提包袱的”。“提包袱的”这词儿，今天四十岁以下的人是难以理解了；而对年长一些的人们来说，那就跟自己的手足一样，何等熟悉与亲切啊！那些浑身沾满泥土气息的勤务员们，年无分老幼，职无分高低，一律戴着毡帽头，穿一身农民自纺自织的粗布裤褂，提着一个神妙的小包袱——文房四宝、衣食用具，都在这里头了。有的虽是“长官”，但这种提包袱的“长官”进村，人们不说张政委（县委书记别称“政委”）李部长来了，而是挺亲昵地说“提包袱的”来了。他们仿佛没有家，可又到处都是家，随时随地都有事干，山南海北都可吃和住。办公吗，那就解开小包袱，席地坐下，两腿一支撑，膝盖就是办公桌。在老百姓的眼里，他们就是亲兄弟、亲姊妹、亲骨肉呵！只要能办到，百姓有求他必应。

咳！就是这小包袱啊，替多少亲人抹去了辛酸的泪，给人民以生存的希望和勇气！这，怎能使人们从记忆的碑石上忘却呢？不！无论时间过去有多远，是不能忘却的，就如同历史长河洗磨不掉高山石，少年时的经历，有的像野鹤行云一闪而逝，已不复记忆了；但有的却如同珍贵铭文，深深镌刻心底，在记忆的屏幕上始终影像清晰，每每给人以巨大的鼓舞与力量。当年，我家就曾是“提包袱的”房东。这个“提包袱的”是当年我们的区委书记，全国解放后担任省委的处长和县委书记的王宝金同志。他的职务和级别以及工作地点，曾几经变迁，但“万变不离其宗”，始终保持“提包袱的”本色，

布衣粗食，步行如初，两袖清风；顶叫人赞叹的是
不带家属，做到了“革命即为家”。前年退休后，
又回到老家文登农村，“有一分热发一分光”去了。

至此，笔者心情沉重。尽管今天不同于那个时代，但这种“提包袱的”精神，能给当下我们党所倡导的“反对官僚主义、反对形式主义”，有何种启迪呢？

（摘选自《环翠文艺》2022 年第 6 期）

老街老村和我的外宾读者

1

栖霞街是威海市区目前唯一存留的百年老街。它是1898~1930年英租威海卫时期，英租界爱德华商埠区的商业娱乐区。经过世事沧桑巨变之后，老街基本还保持着原有格局。一条长约200米、宽不足10米的街道贯穿东西；街南一条巷道向南延伸百米，街北一条石巷深几十米又横出一条东西巷。主街东西的尽头，皆是一面子街的临街房。建筑结构多是黑砖瓦的四合院。现有居民790户，3100人，属环翠区环翠楼办事处红光居委会社区管辖。

栖霞街是在英租界商埠区南区布郎路和新大路的基础

上发展起来的。至 1930 年中国政府收回威海卫时已初具规模，1931 年在这里命名了栖霞街、清华里、绥远街、青云巷、建平街，1949 年新中国成立后合并为栖霞街、绥远街、建平街，1967 年统称红卫街，1987 年 7 月改名栖霞街。

1949 年之前，栖霞街设有红灯区、游艺社、茶社、大剧院和医院等，是典型的东西方文化交融的产物，是这一时期威海政治、经济、文化的缩影。

1895 年 4 月甲午战争失败，威海卫沦陷，日本出兵 8000 人控制了威海湾沿岸 5 公里腹地。与此同时，德国占领胶州湾，沙俄控制辽东半岛，英国在控制了香港及长江流域的同时，暗中同占领威海卫 3 年之久的日本政府达成条约，以代中国付给战争赔款为借口，把铁甲战船开进威海湾。开始，英政府只是把威海卫作为远东水兵避暑的地方，由英海军部管理。后被这里的环境所吸引，把威海卫纳入与香港同等地位开发，划归英殖民部管理。于是，威海卫由单纯军事基地转向经济开发，重点开发位于威海卫东城墙外侧与东海岸之间的地区，将之命名为爱德华商埠区，分三大区域实施。先期开发城东北东码头区和行政区，建成官邸和兵营，开办学校、医院和民宅，形成商埠中心；接着向南开发体育区，利用老城与东海之间开阔平地，建成当时中国为数不多的运动场，亦即大操场，在中国开了足球运动的先河。

栖霞街与街北侧的迪化街、青云里、吉祥里同时形成英租界南区的文化娱乐中心。1918 年，威海商人阮长生投资在迪化街（今延安街）兴建同乐大剧院，成为威海第一个营业性的现代剧院。后来，天津商人韩德兴投资，在栖霞街清华里开办“华乐茶园”小舞台，每天有“花宝珠”“花宝金”“花宝银”等十几位女歌手登台卖艺。每位女歌手都有自己的折子，客人想听谁的歌就拿谁的折子点歌，唱一段一吊钱，一段为一个货。歌手的名字写在黑板上，挂在舞台前面，谁唱一个货就在谁的名字下画一个“O”。客人想捧谁就多点谁的货，多给谁画“O”。小舞台有时一天最多演6场。栖霞街清华里是当时英租界唯一的红灯区，有妓女十几户，40余人。

栖霞街所有房产均为私有财产。建国后，对一些逃亡户和业主死亡无合法继承人的房产，政府房产部门进行代管和托管。代管和托管期间，分给城市无房居民居住或机关企业单位使用，产权归国家所有，居住者可以自己修缮，但无权变卖。不论居民或机关企业，均按规定缴纳租金。1953~1956年，根据房屋质量、用途、位置划分等级，收取租金。每平米租金1角4分钱。当时，作为居民住宅或机关企业用房，不论是位置还是质量，栖霞街都是最佳选择。

1958年，国家采取“赎买”政策，对私有房产进行社会主义改造。凡房主出租在50平米以上的，均由国家经营。1962年开始纠正这种做法，1978年中共十一届三中全会之后，栖霞街凡是不应该“赎买”的房产全部清退给原房主或其继承人。在这一时期，栖霞街还是市区最佳位置。原市党政机关与栖霞街一路之隔，不少领导干部就住在这附近，许多机关企业设在栖霞街，如市水产局、标牌厂等就在栖霞街的西侧。

如今，栖霞街周围被现代化街道、楼房和绿地所包围。老街里的年轻人多数已搬迁离开，老房或出租，或留给老人住，当年繁华的街区变得异常落寞。尤其是在人们上班时，老街静悄悄的，只有老人、孩子和妇女。郭秩东老人今年85岁，1952年在栖霞街分得一套房子，在这里生活了50多年，6个孩子成家后都已离开，只剩下老俩口还住在这里。

位于栖霞街西侧的亚洲医院，是英租时期威海人谭松涛开办的。1947年业主离威去烟台开办诊所，委托朋友鞠德民代理经管，1953年鞠德民医师收购其产权，开办公私合营诊所至1971年，房屋产权由其女儿鞠学兰继承。1990年，鞠学兰退休后继承父业，同儿媳在此创办“学兰牙科诊所”至今。

如今，栖霞街已是风烛残年。但还保持着传统民居风格。临街大门上至今可见当年的门饰：由铁匠锻打的铁门环，虽然锈迹斑斑，但仍发挥着它拉手和门铃的作用。街上的百年老屋，除个别房顶的小黑瓦在20世纪60~70年代换成了大黑瓦或红瓦外，建筑结构依然如故。虽然街道路面铺了一层粗糙的沥青，巷子里至今仍保留着原来的石头路和泥土路。

栖霞街，一条百年老街。有人希望它长久保留，有人主张开发。最近，街头传闻政府已决定改造栖霞街，开发商开始同居民协商搬迁价格。据说，每平米出价8000元，讨价还价后18000元。

看来，百年老街即将在这讨价还价之中永远地消失。

2

峨石村是威海境内荣成市俚岛湾沿岸一个明清时期的

老村，隶属俚岛镇，有 800 户，2000 人，由 4 个行政村组成，即峨石一村、峨石二村、峨石三村、峨石四村。

峨石村因“恶石山”得名。与俚岛湾东侧山峦相对，海湾西侧有一座美丽的石头山，它在月色下形成的“峨石瀛波”，是明清时代当地的八景之一。然而，美色之中暗伏杀机，山上的老虎时常下山吃人，后来有能人搬来用以恶制恶的“恶石”堵于老虎洞口，镇得老虎不敢下山，从此山下太平。至此，山叫峨（恶）石山，村称峨（恶）石村。

据考证，峨石村形成村落据今有 400 多年，是明代初期东部沿海设卫防倭之后，朝廷实施“移民实边”政策的产物。据峨石村杨氏家谱记载：粤自云南归德府怀成县北四十里杨家村，迁居山东省登州府牟平县五台村与养马岛诸处，后因人丁繁衍复移荣成各寻居处，有安业于圈里村者，有安业于峨石山村者，具分四支。

峨石村早先的村民，共有田氏、王氏、杨氏三大家族。

清代康乾时期，峨石村人凭借俚岛湾这一天然良港，发展经济。

丰衣足食之后，峨石村人开始置办产业，修学治业。清代末期，村人杨世章取得功名后，被朝廷任命为八府巡按，身为高官的杨世章，此后又帮村人修建了杨氏祠堂。关于这座祠堂的恢宏气势，峨石村人在 2001 年撰写的《祠堂印象记》中作了追忆：

峨石山村祠堂……其建筑规模为全县家庙之首：仪门两侧耳房对称，后有正殿三间，东有院墙，西有偏厢，左右皆如民户比邻；殿墙上下，两色搭配，上为灰色古砖，下为白色花岗石，互为映衬，相映成辉；顶形状及扣压方式如古庙无异；门窗工艺及梁柱结构，俱以宫殿风格体现中国院子的文化传统；与周围民宅相比，巍峨壮观，有大姓望族之显赫。

跨入祠院，氛迥异；走兽在殿角翘檐上如腾如跃，兽头耸踞殿脊，张牙舞爪，龙子非龙，各司其职……

村民杨玉景今年55岁，年轻时在俚岛港扛包，1980年后包产到户自己干。现在，儿子从北京理工大学毕业后在中央电视台任职，女儿嫁到邻近的港西村自己开网吧。2003年老杨被女婿聘用看网吧，一年给开1万元的“工资”。村民杨振国，带领儿子多年经商跑运输，资产达到百万元以上，成为村里首富。

现今，峨石村的年轻人大部分都去了荣成或威海的市里谋职。村里的重体力活，如养殖海带、管理农田等，则大部分由来自河南、安徽、内蒙古、黑龙江等地的民工承担。

峨石村海草房历史悠久，保存完好。最老的有几百年的历史，最新的约20年，至今村里还有几位老苫匠，不停地为村民翻新海草房。村民们留恋的，就是海草房的冬暖夏凉。

近几年，峨石村开始拆除老房，拓宽马路，修建楼房。不过，海草房仍然占民居主流，峨石村是荣成沿海一带海草房保存最好的村庄。

深深老巷，暗红石板路，灰白海草房，长寿老人，成为峨石村几大亮点。

3

为了赶上“威海国际人居节”开幕，我的摄影文学集《老村·老街》先于一天由上海（上海人民美术出版社出版）仓促运到饭店，并把它作为企业文化的“土特产品”备在客房书吧，本意是让客人翻翻而已，没想到竟引起外宾的关注。

9月18日清晨，头天刚在我们饭店举行的“城市规划·旅游发展”国际论坛上发表主旨演讲的科林·克拉克和普拉德奇，就派工作人员到大堂找我，要求我带他们去看老村。此时，正是我最忙碌的时刻，但我还是通过大会资料迅速查清了客人的身份——科林·克拉克，英国旅游标准委员会主席，曾任英国旅游局办公厅主任，世界旅游组织的休闲旅游专家；普拉德奇，泰国原国家旅游局长，现任顾问。搞清客人身份后，我如同又走进老村拍照时般激动。

峨石村是威海境内荣成市俚岛镇明清时代的老村。5年前，当第一次走进村子时，我立马被眼前成排成片又参差不齐的海草房所吸引——灰白的海草房顶，暗红的石头墙，弯曲的石板路……一种特别的感受猛然将我抓住，如同久别之后的重逢那样令人兴奋。然而，就是这种在中国乃至世界上独一无二的海草房民居到底还能保持多久？面对村中央宽大马路两旁高傲的小洋楼对海草房造成的威胁，我生出一种无名的惆怅。从此，我开始迷恋老村，一次又一次对海草房进行轰炸式地拍照。几年里，我竟积累数百张片子，也同村里不少人成了朋友。

次日清晨，在头天处理好各种事情之后，我换上摄影服，背起轻重“武器”，以作者、摄影师和饭店老板三重身份，陪同读者和客人朝老村的方向奔去。

一小时后，当车平稳停在峨石四村（共4个行政村）村委办公楼门前时，里面突然传出勾人的京戏唱腔，给一进村的外国客人带来意外的惊喜。此时，只见身材高大的科林·克拉克已迫不及待地冲进楼里，我只好背着相机狼狈地追进去。于是，欧洲人风趣、浪漫、大胆的风格迅即表现出来：这位年过五旬的不速之客竟然夺过一位老人的京胡，一腚坐下，仿照别人姿势，带一幅滑稽表情，随着节奏顿首跷足地拉起了京胡。此时，打眼一看，谁也看不出这位英国乐师滥竽充数的破绽。与之相对，泰国官员则表现出亚洲人在公众场合那种含蓄、矜持的神色，但怎么也掩饰不住已被撩起的内心喜悦。只见普拉德奇双手抱臂，随着演唱的旋律拍打肩膀，眉目紧闭，嘴角微动……正在演唱的老人中，拉的唱的帮腔的，长胡子的戴眼镜的，黑脸的白脸的，我却分不清谁是退休回乡的，谁是一生守着土地务农的，只见一张张充满和善的老人脸。这些镜头被我一一固定在了底片上……

午饭前客人必须离开老村。我不得不甩开陪同的人，反客为主地引导客人转弯抹角地寻找被我熟记的老村亮点。

老苫匠杨成书耳朵听力失去七成，近年村里的海草房全由他主苫。当我第一次与他相遇时，看我不停地为他门前的海草房拍照，他突然冲到我面前，竖起大姆指，用结巴生硬的语言对我说："你……有……功！"当我以他苫的海草房为背景为其拍照时，他的脸上溢出只有父亲才有的幸福感。当外国客人出现在他眼前时，他竟然高兴得说不出话来。他向我投来深深的一瞥时，我能理解他此时的心情。一旁的科林·克拉克拉着老苫匠的手，激动地对记者发表感慨："这种海草房子太神奇了，太美丽了，它让我想起了遥远家乡稻草做的房子……"他竟然如此动情。

一条三百年前的老巷子弯曲地向前延伸，脚下暗红的石板路被历代村人磨得光亮。远来的客人在巷子里徘徊良久，并陷入沉思，好像是回到了记忆里的年代。然而，当我的摄影镜头对准他们时，他们迅即又换了一幅神态。

一口老水井旁有几位村妇正在洗衣，客人走过去站立着，眼睛死死盯着被井绳磨得失去原有本色的井口，还有那一旁村人院墙上的拴驴桩。看的时间久了，洗衣村妇也停了手里的活同客人一起看，好像突然间也发现了什么。

客人走进杨子明老人的大宅院时，突然被屋里墙上变色的老照片吸引住。20 世纪 40 年代老人在青岛结婚，60 年代初响应国家号召返乡定居。半个世纪过去，老人至今仍保持着城里人的风姿，墙上一对新人的光彩令客人惊奇不已。有意思的是，炕上的老太太被老外长时间地评头论足，居然表现出一种年少时独有的忸怩神态。

时间不充裕，不允许客人久留，但是，三百年老槐树，老磨，老家什……都令我的读者依依不舍。此时此刻，我想起了来时在车上科林·克拉克对我说的一段话：我们飞行十几小时来到中国，不是来看山看水的，而是来看这里的历史和文化。

次日，客人先后回国。再次日，我突然收到一封电子邮件，译文如下：

尊敬的杨机臣先生，现在我已经从威海回到家里，一到家我就写信想告诉你，遇到你，我是多么的幸福。感谢你安排去老村的参观，那顶帽子（临时制作带有老村标志的遮阳帽）是很好的纪念。通过围绕《老村·老街》这本书的讨论，两个村子（另指吃过午餐的荣成河口村）的未来引起了各方面的关注，我希望能有所帮助……

科林·克拉克

我算了一下，收到电子邮件时客人到家还不足一小时。这应感谢老村和老街。

（摘选自《美文》2005 年第 12 期）

渔乡风情摄影集配文

单元1：荣成海草民居

在威海，由北海岸双岛湾向前环行，经刘公岛至成山头、石岛湾、埠口，直至银滩，谓之千里黄金海岸。此岸弯曲错落，风情万种，物华天宝。威海城区与荣成、文登、乳山地界各有千秋，风格迥然。特别是荣成沿海有了让人难以置信的变化，令人始料不及。谁能想到，在急速推进城市化的今天，城乡建设无不充斥着现代信息符号，而这里竟有众多村庄依然保留着从明清时代沿续下来的海草房。操一口浓重方言的父老乡亲，身居草屋，出海下田，日出而作，日落而息……十几年前，当我背着相机第一次闯进这片神奇土地时，这种场景与画面令我感到不可思议。

海草民居在威海沿海历史久远。典籍记载，西汉时这里称“石落村”。凡村必筑屋，筑屋必有海草元素。元代大兴海运调运南粮，刘公岛为集合补给地，威海成为中国南北海上贸易中转站，时称“清泉夼”。彼时人口大增，沿海村民就地取材，以石垒墙，以海草苫顶，筑屋而居。自元末起，日本海盗长期侵扰，成为中国沿海一大祸患。明洪武三十一年（1398 年），明廷在此设卫戍边，威海卫、成山卫、靖海卫诞生。这种以军隶卫、以屯养军、军屯自给、军户世袭的实边机制，使得人口激增，沿海村庄发展带动海草民居进入大繁荣时期。此间，海草民居在结构、造型、施工、装饰、保护等方面的技术达到精湛和成熟，被广泛推行。清代以来城乡更加普及。

海草房早年民间称“海苔房”，是因这种“海草”那时称“海苔”。这种称谓之别是时代差异的体现，我小时就住的是海苔房。其实，海苔、海草皆浅海（深 5~10 米）生长的一种宿根野生海藻，其叶窄长过米，短亦过尺。春生秋熟，叶子自然脱落。海苔鲜时翠绿，干时紫褐色，富含大量卤和胶质，质地柔韧，防虫蛀，防霉烂，不易燃烧。因而，海草房素有墙宽顶厚、风吹不透、雨淋不透、冬暖夏凉、百年不烂等优点，深得胶东沿海人喜爱，千百年来经久不衰，代代相传。

大约在半个世纪之前，我的家乡始推红瓦房，家家拆草房建新房，几年之间海草房几乎绝迹。时至今日，唯有荣成北部沿海的港西、成厢、马道、俚岛、寻山、东山、宁津等地，还大面积地留有当年的海草房，不少村庄尚有二百多年的房子，甚至有建于明代屯田军户时期的海草房一条街。今天，当我们用新视角审视眼前这些保存完好的海草民居时，那种失而复得之亲切感受及强烈程度便可想而知了。

有专家指出，今日之荣成海草民居，是世界上最具代表性的生态民居之一，已成为一栋栋活的中国建筑生态标本和文化标本，成为胶东独有的标志性民俗符号。

令人深受鼓舞的是，近年荣成市出台了保护海草民居的地方性法规，社会各界开始了对这一文化遗产加以保护利用的探索之路。宁津东楮岛村因海草房保护完好，2009 年成为中国 36 个“中国历史文化名村”之一。

单元 2：海岸风光

走遍四海，还是威海。其虽广告语，但足以说明威海自然环境之美，尤其是海岸风光。不同季节里，环行威海千里海岸，那种自然纯朴之美很难用一句话来形容。这种美，不同于名山大川，区别于坝上风光、黄山、庐山……这里没有奇峰异景，没有鬼斧神工，有的只是那种纯真自然生态与人文生态的结合之美。

威海地处北纬 36° 41′ ~ 37° 35′，东经 121° 11′ ~122° 42′。三面濒临黄海，海岸线长 985.9 千米。东西最大横距 135 千米，南北最大纵距 81 千米，总面积 5436 平方千米。境内地质属山东胶北断块隆起结构，以褶皱构造、断裂构造和岩体构造居多。地貌起伏缓和，为典型谷宽坡缓的波状丘陵区。山丘中谷地开阔，平谷居多；平原多为海滨平原和山前倾斜平原；多低山，最高峰昆嵛山泰礴顶海拔923米。海岸类型属港湾海岸，岸线曲折，岬湾交错。大小港湾30多处，岬角20多处，大小海岛114个，其中居民岛6个。典型温带海洋气候，四季分明，冬暖夏凉。实属天赐风水宝地，自古少大灾大害，适宜人类居住。自新石器时代始就有先民繁衍生息，或男耕女织，或猎山猎海，世代勤劳耕耘和开拓这片美丽富饶的黄金海岸。

千百年走过来，沧海桑田，生态依旧，只是被世人打扮得更加纯情娇艳。在自然经济时代，这里作为净土不被破坏保持原始状态是一种必然，而当现代化、城市化风暴一浪高过一浪席卷而来时，威海作为经济发展强势不减的沿海城市，海岸不被大开发、大工业、大物流所侵蚀，而今能保持自然形态给人以世外桃源之感，实属不易。或许此正是威海人聪明之处，几十年前就公开发布：凡污染厉害产业严禁上马，宁肯放慢发展步子。留得青山在，不怕没柴烧。此举高瞻远瞩，国之幸甚，民之幸甚。

如今，千里海岸村庄密布，均从明清时代沿续至今。芸芸众生，辈辈世世，生于斯长于斯，深情眷恋这片海洋与土地。朝出夜归，耕海犁田，精耕细作。春梳理，秋打扮，把海上田间装点一新。大自然是一幅风景画，画中无人点缀不是好作品；经过男耕女织，则田显灵性海生娇媚。海上田间，只要有了人，有生产活动，大自然美色方可淋漓尽致表现出来。季节和气象，是大自然美景必不可缺的条件。春之美在于生，夏之景在于长，秋之色在于收，冬之韵在于藏。早晨晚边，太阳斜照而色温低，景象泛红，肯定比大白天阳光普照到处一片煞白好看。

冬去春来，节气更替。

海岸田园，渔人农人。

渔帆点点，男渔女织。

村庄渔市，炊烟袅袅。

…………

单元 3：渔乡表情

威海沿海人口密集，景物众多，一眼望去，贯穿其间的原始风光与自然景物绵延不断，视野中满是星罗棋布的村庄、田野、海上养殖、海产捕捞与加工等生态标志物。有数据显示，这里每年海产品总产量居国内同类城市榜首。如此之巨的生产量包含巨大的生产力，何况农耕式操作依然在渔业生产中占据相当比重。

在海上田间这个舞台上，各式生产和劳作科目复杂，场面宏大，变化无常，时常受到季节、气象、环境等条件制约。尽管如此，各等操作者一旦进入角色，必忘我发挥，演得淋漓尽致。这种劳动密集型渔农生产方式是松散的，场面的更替，人员的组合，工具的调换等，变化无常，出奇不意。这种情节发展的不确定性和瞬间变化，表现于一年四季的不同时刻、不同场景，实在是丰富多彩，时时处处都会给人以新奇和震撼。

沿海人勤劳朴实的秉性是大海养育的。海里的鱼打上来必须连夜加工好，不抢时间争速度就会烂掉；明天男人出海，今天必须把田里的活干完。辈辈世世这种扎实肯干的劳动精神和习惯，成为沿海地区宝贵的精神财富。为了生存和生活，不论酷暑严冬，不管农人渔人，只要节气时令或汛期一声令下，海上田间，人喧马叫，老婆孩子倾巢出动。自古至今，历来如此。这种场景，随时能出现某种戏剧性情节与故事，构成了一幅幅色彩饱和的风景图画。

婚丧嫁娶，生老病死，年关节庆，农时节气等，是每个沿海人家必须面对的现实。尽管不同的家庭与村落有不同的表现方式，但大致有一套约定俗成的规矩，即风俗习惯。它虽不见条文却比条文管用，它渗透民心，家喻户晓，妇孺皆知，直接关乎人的精神生活。

大事小情，重要节时，吃饭喝酒，礼尚往来，是沿海人根据当时当地生产力水平和人们文化素养慢慢形成和发展的。早期先民以海猎与山猎为生，独来独往，居无定所。随着农耕海捕发展，人际关系由次要地位上升为重要问题，成为生存关系。特别是以海捕为生的，一家一户，单打独斗很难抵御大海灾难，不得不寻求邻里援助，联手向大自然进军。此间不可避免出现磨擦和矛盾，造成恩恩怨怨，以至争斗与敌对。化解矛盾的最好办法就是吃饭喝酒，包括礼尚往来。有了大事小情，来到年关节日和农时节气，有能力的杀猪宰羊，摆几桌酒席，把左邻右舍、七大姑八大姨请来，大碗喝酒，大块吃肉，一醉方休……许多矛盾由此化解，一人有难八方支援。久之，亦形成积弊，国人请客送礼之风日甚，其根盖源于此。

每当我在不同场合拍下这些震撼人心的场景，内心那份激动久久难以平静。

单元 4：女人的金海岸

胶东女人素以吃苦耐劳、勇于进取、贤妻良母等美誉而著称于世，此誉加冕于威海沿海女人理所应当。如果没有女人支撑，沿海渔农生产必然瘫痪。此说不是赞颂之辞，而完全是女人们干出来的。

古时女人缠足，三门四户不出，但对沿海女人而言，并非如此。女人裹足只是封建社会成熟后富贵人家的一种审美追求，沿海普通女人助耕助渔极为普遍，“三寸金莲”显然不合时宜。鱼上岸，稻麦熟，人手紧，男人忙不过来，女人必挽袖相助。进入近代，一场“反缠足”的思想大解放，沿海女人首先迅速迈入社会大生产之中。

新中国成立后，男女平等，沿海女人成为新社会生产力之重要成分。新中国成立之初至 70 年代，“铁姑娘队”“女民兵”“海上女模范”，一批“红霞”满天飞，村里一群姑娘叫“小芳”……为当代女人在沿海地区地位攀升打下坚实根基。改革开放以来，经济大繁荣，男人闯四海，把女人再次推上风口浪尖。今非昔比，蓝色经济空间广大，沿海发展势头迅猛。远洋捕捞，近海养殖，海产加工，地里稻麦熟，坡前苹果红，男人不在家，缺人怎么办？用人之际，新时代新女性不在家享清闲，必结伴而行，成群结队冲上去。

然而，情况不同以往，即便留守女人倾巢出动，也难以解决劳动力资源匮乏问题。生产的迅猛发展所导致的劳力需求与实际的巨大差缺，引来了山东西部及山西、河南、安徽、甘肃、四川、西藏、广西、辽宁、黑龙江等地大批打工女人。其实，这是一种新时期的移民现象。

外来打工女人春来冬去，相对集中于沿海从事海产加工，以海带养殖业为主。冬季育苗，春天做前期生产准备，夏季收获并加工，秋再育苗。一年一年，循环往复，春来冬去。不少妇女拖儿带女携夫全家来此打工，在沿海村庄租屋定居，长住亦有几年之久。年轻女子在火热生产中遇真心男子，双双有情结为配偶，遂在此落户安家。

当地女人多为中壮年妇女，一般家境较好，男人有固定职业，孩子成家，在家无聊便串联同村伙伴，以怡心悦性为追求，亦可以可观收入补贴家用。这些女人穿着时髦，口操当地方言，一望便知。

大场面劳作，以女人为主，间有男子。有规律表明，农田大场面生产，女人皆为当地家庭妇女，一般由三里五村召集，朝出晚归。如遇渔汛码头大场面生产，则很难分清当地和外来打工女人，一般二者兼有，少数男人间杂其中。不过有些码头织网的大场景，不少人来自辽宁庄河等渔乡，一般全家终年以渔为生，随汛季而动，长期承包码头，春来秋归。

反正，在沿海地区没有女人肯定不行。

单元 5：渔家脊梁

沿海人评价男人在家或在社会的地位时，常用一句话：

他能挑大梁！此言一语中的。海上田里作业，受环境、气候、生理等诸多因素制约，大自然已为男女做了分工。男耕女织，自古已成规律。

时代变了，男尊女卑、养尊处优等受到严重冲击。古时，腐朽封建文化将女人视为玩物或依附品，男权至上，歧视女性，女人不可能发挥应有的社会作用。新社会新时代之男性，既自挑大梁，也任由女人发挥价值，是为真正的男子汉。沿海男人正是如此，天塌地崩决不推卸责任。这就是渔家汉子，渔家脊梁。

当代沿海男人面临新挑战。沿海经济勃起，一批渔农工贸大集团应运而生，信息化，产业化，国际化，竞争，角逐，淘汰；一批渔家汉子勇当弄潮儿，出国考察，谈判签约，西服革履，喝酒演讲。这批人真有能人，胆大心细，敢做敢为，真正挑起了沿海发展的大梁。然而，仅有这样一批人还不行，必须有一大批一线操作者。没有这些人，只有大老板、精英人物，谁来干活？这亦是沿海发展的当务之急。

好男孩上大学，有本事男人进城。沿海如此发展，粗活脏活累活谁干？除大多劳动密集型作业女人承担，许多操作离不开男人。这些男人大多为中壮年，一般文化程度低，能出力，会干活，本分老实，不善言辞。其中不乏有人膀大腰圆，手脚笨拙，专干出大力的活。他们能吃能睡，力大无比，不偷懒耍滑，海上山上都受欢迎。亦有猴脑尖腮的，心术不正，干活掂量算计，拨弄瞎话。沿海男人数量虽微，却责任重大。他们上有老下有小，既要费神谋划家事，又要铺下身子干活出力。长年累月，家里家外，海上田间，操劳不停。

近年，打工升温，一改过去只有女人沿海打工的状况，男人也走来了。有拖家带口的，也有只身或聚堆过来的。多数人相对固定于几家大公司，也有到处跳槽者。不少海上作业打工者，开船，拖网，收海带，同当地渔人在一起，分不清谁是外来的。

长年风吹日晒，男人脸色紫黑，只有一口牙齿洁白。抽烟喝酒者多为本地汉子，劳累了吃饭时总要喝一口。一堆人聚在一起，张嘴能听出浓重方言，南腔北调，嘻嘻打闹。

风平浪静时，男人节奏慢腾腾的，显不出多大能耐。一旦风暴骤起，险象环生，男人就青筋暴起，目瞪须张，呼着号子，猛打猛冲……

他们是真正的渔家脊梁。

单元 6：土地守望者

蹲街头，倚墙根，晒太阳，拉呱聊天，是渔乡老人不可或缺的生活享受。阳春三月，寒退暖进，老人屋里熬过一冬，禁不起室外太阳的引诱，推下碗筷拾起小凳，出门来到村中央人们聚堆的地场，迎着日头半倚墙根儿坐下，脸无表情，但眼珠滴溜转……

老军人（指新中国成立前入伍并有战史）在乡的已为数不多。1947 年国民党部队进犯胶东解放区，年底李弥部由威海北岸登陆占领市区北部山地。胶东军区领导东海军分区、昆山部队、天山部队及威海卫市三支武工队，发起威海卫保卫战。胜利后主力南下，地方部队陆续退役还乡。

如今，战火硝烟散去，老人们依然沉浸于记忆之中，无声无息度日，平静得让人不解。

老模范（新中国成立初期）仍然大有人在。大跃进，大炼钢铁，人民公社化，涌现出一大批乡、区、县（市）、地、省和全国劳动模范。谁一旦当选，全村敲锣打鼓戴红花送喜报，然后，到县里、地区、省里和首都开大会。至今，家里土墙上还贴着当年的喜报，虽斑驳变黄，却记录了一个时代和老人的荣耀。

老社员（人民公社）的身子骨还硬朗着。他们对那个时代的情结始终不能忘怀。当年由互助组、合作社到人民公社，费很大劲把农民合起来，多有不易；到头来，又分田到户搞单干。正应了老辈人的话：合久必分，分久必合。一定瞪大眼看将来怎么办。

老退休（早年退职）不忘当年穿过“四个兜”、吃过“国家粮”。新中国成立初期发展经济势头很猛，各级都大办企事业，跑步建设新国家。三年困难时期后缩减调整，下放回乡一大批人。在乡人眼里，他们是“出外的”（指离村在外谋差），吃国家粮（供给制），穿“四个兜”（中山服）。谁走到这一步，简直是老祖宗的坟头冒青烟了；可见乡人想离乡之迫切心情。如今回顾起来，心里甜意尚存。

老太婆为数不低于老头儿。老军人遗孀，老模范双双健在，老社员由老太婆伺候，老退休身子骨不如老太太，还有一批孤老婆子。无论乡间城市，女人比男人高寿，已为世人所公认。

乡间老人不纯是没有条件离乡。不少领导干部的子女，力劝老人进城养老。老人心里嘀咕：年轻时就不稀罕城市——吃喝拉撒不如土房方便，左邻右舍有人说话串门儿，进了城像进了牢，一点自由没有。如今好入土了，这把老骨头更不可能离了老窝儿……

年年岁岁，沧海桑田。他们守着几间老屋，还有几件老家什……儿孙满堂者有之，相依为命者亦有之，孑孓一人者少。对外面的精彩世界，他们不太在意，好像在等待什么，盼望什么。

日复一日，他们守着这块热土……

单元 7：乡土童真

孩子是文化传承的主体，沿海孩子必定是海文化的继承者。然而，沿海经济发展强劲，人口资源在流向城市的同时，自身危机也日益凸显，加之渔乡幼儿管理教育不如城市正规，为数不少的渔农家庭孩子，特别是外出务工家庭儿童的教育管理出现了盲区，学前教育管理阶段呈现自然放牧的特点。

孩子问题，焦点依然是独生子女教育管理问题。沿海独生子女教育管理，主要是改变现有学前幼儿的放羊式管理模式。渔乡儿童，父母或城镇谋职或渔农作业，无双方老人或亲属看管，只能把孩子临时托管或随身领着。这种传统型幼儿管理模式令人担忧。时代变了，今非昔比。社会环境、风气、安全隐患及家庭结构等，皆对独生子女成长构成潜在危险。我们那个时代尽管孩子多，一家养好几个，大街上到处是社会主义的孩子，但那种一家一户自然管理形态井然有序。各家孩子各家管，长幼结伴，长护幼，幼随长，自然传递出不同家庭成长文化。虽然大人不在身旁，海滩上，石硼间，山里泊里，孩子尽情玩耍……不觉间就长大了。今天不同，社会形态及人的生存状态都变了，各家只一个孩儿，父母为保饭碗东奔西跑，老人不在眼前，孩子没有自家人带了，只好托付他人。而此时，正是孩子启蒙期，没有城市那种正规的入托教育，更没有自家哥姐那种贴心呵护与安全保护，也没人去灌输属于家庭的文化。孩子不仅孤单无趣，而且生活学习没有规律可循，到处游动，无固定居所。或随别家孩子打游击，或只身游荡，近似流浪儿。这些孩子不同于家庭条件好的——两边老人侍候，衣食无忧，衣来伸手，饭来张口。这种生存条件，虽可以培养其自立能力，但也有随不正经人学坏、沾染恶习的可能。此为家庭和社会忧心之所在。

沿海外出务工家庭的独生子女有不同一般的生存状态和特点。好处是同父母朝夕相处，可感受家庭温暖。拖儿带女的务工者，或用工者解决住处或租用民房，住所虽简陋，但总归有安身之处。有了自己的窝，孩子或随父母朝出晚归，或临时寄居于家，晚上一家人总能在一起，令人感到安慰。不足的是孩子的教育管理不同于城市孩子，缺乏正规的文化知识启蒙教育。这是大家普遍关心的。可喜的是，近年来一些用工单位开始逐步解决务工人员孩子的入托和入学问题。

单亲独生子女数量增长，应引起社会关注。沿海经济建设的迅猛发展，给家庭结构稳定造成了很大冲击。家庭缺陷必然给孩子带来心理缺陷，自卑、孤独、恐惧等情绪皆影响其健康成长。在追求渔农业大发展的同时，不应该忽略了孩子的成长问题，尤其是单亲孩子的成长问题。关心下一代，是社会文明的标志。

后记：“三杨”的痴迷

“三杨”是三个搞摄影的：杨广键、杨机臣、杨建清，不妨称其为老杨、二杨与三杨。他们是个小组合，十年前开始拍民俗。其间，情投意合，意志坚定，每每称奇。由此，三人开始痴迷。扬言“唯民俗不拍，要拍只拍民俗”，云云。

老杨是荣成宁津人。传说这里是杨家将水葬地，家乡的神奇令他幼时离家后永久地依恋和铭记，在60年从艺生涯里始终盯住故土不松手，由此他在美术与摄影圈里越走越远，频繁创作出高端作品。十几年前，是他把我引上了摄影之路，又是他把我领进了荣成沿海，走进令我向往已久的宁津大地。自踏进这片大地上的村庄、渔场和农家的那一刻，我仿佛回到了令我梦牵魂绕的地方。尤其是北海岸的成山、马道、和俚岛，东海岸的寻山、东山、宁津和人和，给我的第一感觉是震撼：现代文明与原生态物件共存。一面是楼群林立，高等级柏油路四通八达；一面是古老村庄里造型各异的海草房，并由此衍生出千姿百态的老街老巷和老景，还有那浓重的乡音俚语，规模宏大的劳动场景，各种意想不到的生活画面……对于在城市生活了几十年并跑遍名山大川的我而言，这无异是一个似曾相识又十分陌生的新大陆。那份惊奇与喜悦，那种爱恋与亲近，对于摄影人而言那份强烈程度可想而知。于是，在老杨带领下，二杨、三杨紧随其后，开始了长达十年之久的艰辛跋涉。

拍民俗是苦差事，一年四季盯着农时节令，夏摄三伏，冬拍三九，走渔场，进村庄，穿街走巷，专往人堆里钻。荣成人豪爽、义气、热情，听说搞摄影创作，多数人支持并提供方便，亦有少数人说怪话，不配合，甚至弄得大家很难堪。每到此时，老杨总是以老乡或大哥身份化解尴尬。特别是拍人物，人家不配合，每到此时都是老杨出面促成。老杨和老乡交朋友，每次洗好的片子总是捎给人家。有的时隔几年，孩子长大成人了也不忘记送人家片子。乡人见其，皆不拒之，谈笑风生。此间是抓拍的好机会，必出好片。十几年里，我因事务缠身出去少些，成为落脚影友，但却同样享受“三杨”民间创作的人脉，走到哪儿都受照顾。

资源共享是“三杨”小组合的潜规则，也是老杨做人行事的风格。好片子的关键在于资源和题材，有了好线索好现场就能出好片儿。有些搞摄影的听影友说哪里有好题材，第二天撇开人家自己偷偷去拍下来抢先去发表。有的摄影杂志编辑，见到投稿中有好题材，却把人家的片子扣下来，自己去拍了再发表。对此，老杨嗤之以鼻。我杂事多，有时精力不及，老杨和三杨便二人行动，去寻找题材和现场。常常几周下来没有收获，空手而还。但一旦发现好题材，俩人先去试镜头。一看能出好片子就电话通知我，礼拜天一早行动，三人起程直奔目标而去。这时一般不会空手而回。

老杨自幼摆弄相机，三杨读书时就学摄影。二人熟通相机机械及光学理论，各种用光参数运用自如。唯我半路入门，对相机性能及参数一知半解。每当我拉不开栓时，人家总是停下抢拍给我现场摆弄，让我也拿到同样效果的片子。

可以断言：我的摄影和这本书，没有老杨和三杨，二杨就是“二虎”，不可能有今天。对“二杨”我鞠躬以谢，对“三杨”我永记心间。

（摘选自《中国作家·纪实》2012 年第 6 期。）

发现宁津

宁津东楮岛像一条狭长的玉带，神奇地镶嵌于桑沟湾南岸。

岛上有一个村庄以岛命名，被国家公布为历史文化名村，这里是我多年搞民俗摄影的重要拍摄点。每到周末，约影友二三人，合伙搭车，或朝发午归，或朝出夜回，亦有晚上住下次日一早起来拍摄。影友中有公务员、警察、法官，亦有退休干部。上了车，皆影友，不分职位高低。有时影友时间不便，我实在忍不住内心那火苗窜突的瘾头，便自己跑单邦来到东楮岛村。

白色的桑塔纳汽车，急速穿过石岛湾畔蜿蜒宽大的柏油马路。与车行方向相反，路旁的景物在撒欢地往后跑。

路灯，侧柏，紫叶槐，大片草坪，新型建筑，很快被甩得老远，与远处的黑松林和白沙滩相连了，又一起拥抱着旁边蓝色的大海。几年前，在港叉与田野间杂着零星小厂房，近年因石岛重镇的拓展，已同中心城市崖头连成了一体。按此框架推进，荣成全境的乡镇将建成次级城市中心，初步形成一个区域城市网络。在此基础之上，它们将与威海方向延伸过来的千里海岸风光旅游带及交通网络并网。不出几年，在胶东的最东端便出现一个以中心和次中心为框架的半岛城市群，而在这一推进过程中，荣成地盘上的石岛、宁津已明显胜出一筹。

正当我为此而心动时，飞奔的汽车突然一个急转弯，一头扎进了宁津的地盘，沿乡间柏油路向东楮岛方向驶去。侧目车外，眼前的情景变了，我突然走进了另外一个世界——仿佛回到了记忆中的胶东渔村。最惹眼的景物是古朴的海草房，一片连着一片，一片过后又是一个村庄。海草房是胶东传统民居，我们的先人就地取材，自行建造，用海草苫成的房子冬暖夏凉，百年不烂，养育了一代一代的胶东人。20世纪50年代初，我的村庄还是一片海草房。我们这个时代的人，童年是在海草房里度过的。房子的屋檐是燕子和麻雀生存的地方，于是，孩子们攀着高梯掏麻雀，捉燕子，其乐无穷。然而，记不起是哪一天，村里的海草房全部换成了红瓦房，而且换得很快，无影无踪，在人们的记忆里几乎失去了全部的信息。因此，一旦碰到如此的景象，我心中那种恋旧情结便可想而知。不是海草房一侧的红瓦小洋楼和车下的柏油路提醒，我真的想不起这是哪个时代的乡村。还有那红红绿绿忙碌晒海带的人们。每个村头，都竖着一块造型大方的石碑，用红色石岛石砌成，上面刻着每个村庄带有故事色彩的村名……东钱家，东王家，林家流子，止马滩，马栏耩，走过这几个村庄，前面就是东楮岛。

在当今中国城乡迅猛发展的房地产开发浪潮中，城市化铺天盖地，覆盖着每个角落。然而，在这里，我见到的是现代文明与传统文化的和谐相处，城市化的凸显衬托出乡间原生态的古老文明。捕捉眼前村庄、田野、海岸以及这一空间里不同形态的人物与瞬间变化，是对历史符号的记录，对摄影人而言，既是一种责任，更是一种享受。由此，我对这片土地和这片土地上的这群人刮目相看。

几年前，我因领冰心散文奖的机会，去过一次江南古镇周庄和同里。在那里，小桥流水人家的情境触动了我，回来后始终想不通，为什么人家如此有先见之明，老祖宗传下的东西保留得完整无损。后来，我又因陪妻去太原治疗类风湿病而游览了平遥城，这种埋于心底的感受再次爆发。不亚于同里周庄，相比之下，我的家乡威海卫是明代为防倭建设的老城，不论军事价值还是文化价值在国内外都享有盛名，我们的先人为什么在新中国成立初期就急急忙忙把老城扒掉？至今数百年的老城痕迹全无。看今朝，乡间的传统民居可能是经济进步的缘故，全部旧貌换新颜。而因摄影走进宁津，发现一个个至今仍保留完好的从明清时代走过来的海草房老村之时，我便想不通了：论经济它们并不差，属中国百强县市之内的强镇强村；讲百姓的家底也厚实，村里出过不少读书人、大艺术家、大企业家和军界高级将领，甚至国家领导人。为什么他们对百年海草房如此善待？能够成建制地保留下来？我反复思考这个问题，一时很难找出答案。于是，我只能怀着崇敬的心情，多次走进东楮岛村去拍摄原生态的东西，同时像当年在机关那样搞起乡间调查来。

“七里沙滩，八里崖，不带干粮回不来。”我的摄影老师杨广健是所后庐家人，当车驶至马栏耩村头海边一条高若数丈的长崖时，他便讲述起小时来这里赶海的故事。七里沙滩，指东楮岛与陆地相连的只是一溜沙滩，长达七里；八里崖，是邻村马栏耩海边的一条长崖。当时人们进出岛，必需经过这七里沙滩和八里岩石海岸。邻村的人如果到这里赶海，经过这番路途的折腾，中午不带干粮肯定回不来。由此可见，当年东楮岛的封闭与寂寞。

车穿过八里长崖，进入七里沙滩。这是通向海岛的唯一通道，建立在原来由两边海水涌起的沙滩脊背上，路面明显高于两侧。路外侧依旧是一片沙滩连着大海，沙滩上晒满了大片大片的海带，一直连到路边。路内侧沙滩开阔，外面栽满了黑松树，往里建满了楼房和海带加工厂的厂房，外面又被大海包围着。路两边长着茂盛的红碱柳，对沙脊梁上的柏油路起保护作用。如果不是一辆接一辆装得像小山一样高拉海带的拖拉机从对面通过，我们的车很快就会穿过七里海滩，进入东楮岛。

这是一方风水宝地，以半岛状的姿势横卧在荣成东南海岸线上，因其过于突兀和张扬，便将黄海海滨一分为二，南有石岛湾，北连桑沟湾。在两湾之间的土地上又横亘着一座架子山和一个八河港，贯穿全境，荫及众生，于是，大海，山川，河流，使这片土地五谷丰登，鱼虾满仓。2005年因石岛湾设立省级旅游度假区，宁津与周边的几个乡镇同时被划归此范围，由石岛管委会管辖，由此宁津摘去了乡镇的帽子，冠以“街道办事处”称号。在这片古老的土地上，这是一个重要的信号。它表明，经过人们的世代繁衍生息之后，这片大地告别了传统的乡村管理模式，开始了城市化的伟大实践。然而，主持这方土地的新一代“掌舵人”和“一班人”没有因此而头脑发热，而是始终把眼睛盯在“农业、农村和农民”问题上，不断使出新招。其办法之一，即从挖掘当地传统文化入手，把农民世代居住的海草房作为一种文化遗产保护下来，首先从特点鲜明的东楮岛村入手，请专家规化设计，同时，向国家申报文化遗产保护项目。

突出区域特色，为更大规模的经济开发创造文化氛围与背景，这是一个很高层面的思考与动作，与一味拆旧建新急功近利型的操作形成对照。

因摄影而发现了这一课题，于是，奔着这个课题我再次走进东楮岛，在搞调查的同时是不会放弃摄影的。

大半下午时，车停在被两边大海包围的村办公楼前。阳光西斜，天色尚早，村里的王会计请我等进屋喝茶，我说抓紧时间，先转村子，再看渔码头，拍片看海草房问情况方可一举多得。

三五人一行，沿柏油马路徒步前行。一侧海浪拍岸，白沙滩上晒满了海带；一侧路边镶着一溜绿化带，外边是一排五成新的红瓦白墙楼房，顺着村里的办公楼向前延伸，时断时续，有进有出。路两旁的红碱柳时断时续，却多出了两道石墙，高约40厘米，可供路人临时一坐，主要用来防海沙侵袭，却不煞风景。此时，我等已进入岛的中部，因路边楼房遮挡，村中百年海草房始不见踪影，只好耐着性子跟在王会计后面行走不停。

走过几幢楼房之后，一条街道横在眼前。走进之后，与穿过石岛湾宽大马路驶进宁津地盘的感觉一样，一个原生态的东楮岛村落出现了。街道不规则了，有进有出，路面高低起伏，房子宽的很宽，窄的很窄。屋顶高的过于张扬，低的显得保守，有元宝形的，马鞍形的，也有平行四边形的。房龄不同，海草色泽也不同。王会计说，发白的有20年左右的房龄，发灰的是50年上下，暗无光泽有腐烂迹象的应在百年前后。砌墙的石头随年代和主人的能力不同，有方块石上面抹白石灰盘的，有散石到顶的，有黑砖勾缝的，还有完全用石硼石盖房子的，石头上原来被海浪冲刷出的粗糙纹路至今清晰可见。不少墙上依旧保留着当年的栓驴石。门窗大多保留原来老式的木头门窗，年轻人和一些讲究的人家换成了铝合金门窗。

街上走动的人，多是孩子、女人和老人。几个孩子蹦蹦跳跳，个个水灵，着装新潮，看不出是城里还是乡间的。走过来的年轻女人，抱个孩子转悠着走进一条深深的巷子。对面过来一个中年妇女，包白色头巾，推辆小铁车与我擦肩而过。对面小菜园里，几个女人正在拔菜。几个老头蹲在墙根边儿，抽着烟袋，聊天侃大山。老太太三俩人，站在街口拉呱，说东家里短，传村里新闻，对街上的情况发表见解。见我穿摄影背心戴遮阳帽背大相机走来，便呶呶嘴，使个眼神儿，一齐瞧着，明目张胆议论一番：你看，这是电视台的，咱村的海草房出名了，村干部也陪着照。当我端着相机对准她们时，老人并不躲避，竟然一阵大笑：咱也上上电视。

走进村中央一片开阔地，周边被各式海草房包围着，类似城市的中心广场。地面平滑坚硬，宽街窄巷从不同方向汇集而来，不经意间有三两男女从那条街巷出现。穿过偌大的广场需要半个时辰，愈发显出这片开阔地空旷有余。开阔地中间，被一条大街贯穿，一侧，并排着两棵未曾见过的大树。树冠虽无遮天蔽日之势，却显示出它们的张扬和大度，观其形，树龄不低于几十年。此树是楮树吧？王会计闻言露出惊奇神色，他哪里知道此前我已查阅了此岛不少资料。

东楮岛村的村名源于楮树。史料记载，明神宗万历二十一年（1593 年），日本丰臣秀吉派兵侵入朝鲜，在釜山登陆后到处“放兵淫掠”，汉城、平壤、开城等地“数百里间，荡为灰烬”，“八道几尽没”，朝鲜难民纷纷外逃，很多人乘船逃到山东半岛避难，其中一船在海上遇风暴，抢滩登陆一无名海岛，全船人得以获救。为此，生还者在岛上建庙祭祀，并在庙宇周围栽植楮树生荫，之后荫及全岛，由此有了“东楮岛”之称。至今，东楮岛村已有 400 多年经历，有王、毕、张、姜、吴、杨等六姓村民近千人。

面对眼前老村我思绪万千。

胶东文化源远流长，胶东海草房民居独一无二。宁津这种保护之举一闪现，立马引起当地政府的关注，于是荣成全境便展开了对这一具有传统文化价值课题的探索。依我之见，它在未来的意义不亚于新建了几座工厂。

此时，我站在浩瀚大海岸边，思绪信马由缰地飞向了蔚蔚蓝天，飞得很远很远……

（摘选自《威海日报·海岬》2009 年 4 月 4~18 日。）

西港：1958~2018

“两个半渔业社”起家

“乾坤转，社会变”，总有一种力量在制衡和支配着事物的发展，哲学称其为“规律”，传统文化视其为“道”。顺道者昌，逆道者亡。天地间的事需要时间来证明，凡事走过 60 年而不衰，其中奥秘不言自明。

60 年前的 1958 年 9 月 10 日。这一天，受了半辈子穷的一群贫困渔民，在一个叫苗华谟的共产党员的带领下，把散落沿海“两个半”渔业社的渔民组织起来，成立了威海市田村公社渔业大队。他们是西涝台“红旗”渔业社、毕家疃“建威”渔业社全部家当和前双岛“双联”渔业社部分渔民及生产工具，故有“两个半”渔业社之称。此举在胶东沿海一带引起震动：把分散渔业资源组织起来，人多力量大，战天斗海，可谓壮举！从此，一辈一辈单打独斗的渔人有了自己的组织——渔业大队。

渔业大队下属 3 个捕捞队，走出家门口跨海域作业：以“建威”社为基础建立捕捞一队，驻麻子港；原“红旗”“双联”社合并建立捕捞二队，驻小石岛港；另从两个捕捞队调 20 名劳力组成挂子网专业队，驻合庆湾。大队共有渔民 235 名，大小船 38 条（无机动船只），网具 377 块和 120 扣挂子网，钓鱼线 340 筐。全部固定资产 12 万元。

这一年为戊戌年。论阴阳五行，天干之戊属阳之土，地支之辰属阳之土。走过一甲子后回头看：当年，威海湾北岸这群被世代受穷吓怕了的穷苦渔民，选择这一天组织起来是选对了日子！

孤单落寞，势单力薄，凶险灾难，等等，是渔民恐惧忌讳的恶魔。西涝台村渔民出身的苗华谟对此的感受是深刻的，他在村里带头成立了“红旗”渔业合作社，为势单力薄的渔民找到了生存之路，渔民对他的那份感激与期待，使他更加坚定了领着大伙共同致富的念头。成为一名共产党员后，他有了更大决心和勇气：一定要把更多贫困渔民组织起来……或许这就是共产党人今天不应忘记的初心。

渔业大队是渔民合作组织。一家一户，你出一条船，他拿一张网。有出 200 元的，有出 100 元的，也有贷款的。没钱没物的，就出劳力。这些，都是渔民身上的肉。

胸中装乾坤，心中有苍生。作为这个命运共同体掌舵人，苗华谟把渔民利益看得比命重。为少花一分、多挣一分，多年来，苗华谟没有自己的办公室，天天在渔民堆里转。出海打鱼，现场办公，船上办公，发扬穷棒子精神，勒紧腰带，穷则思变，有条件要上，没有条件创造条件也要上。大家公开提出：吃不馋，穿不怨，勒紧腰带攒钱买对机帆船。仅是生产自救这一年，就自己动手改造两条大船，投资 12 万新增一对 60 马力机帆船。人人吃大苦，个个耐大劳，一船多具，间轮作业，处处呈现出勃勃生机。

一路走来越战越勇，面对挫折百折不挠。

有人要拆散渔业队搞单干，苗华谟和他的“一班人”坚决不答应。每到关键时刻，他就领着“一班人”学习毛主席教导，忆苦思甜，开展社会主义教育，以此坚定走社会主义道路的决心，推动大干快上，大胆创新创造，不断扩大生产能力，发展新动能添置新网具，使生产规模和集体收入大幅扩展和成倍增长。

关键时刻，每每成功。由此，田村渔业大队引起上级政府的关注和重视。1966 年 2 月，苗华谟出席了山东省劳模、积极分子代表大会；10 月，因苗华谟得病住院不能出席，由大队长丛俭滋代表参加了国庆观礼，受到毛主席、周总理等党和国家领导人接见。1969 年，山东省革命委员会授予渔业大队“海上大寨”光荣称号。1979 年《新烟台报》以“海上大寨”为题，作过专门报道；此后，《大众日报》《人民日报》《解放军日报》和中央、省级广播电台等新闻媒体先后对其进行过宣传报道。中央、省、市领导也曾亲临考察指导，并给予较高评价。

从此，田村渔业大队在国内省内名气越来越大。20世纪70年代初，我作为当时高中毕业生中语文基础比较好的学生，被选进市机关作为文字工作者苗子培养，从那时起我就开始关注田村渔业大队。之后，作为工作，我参与撰写总结田村渔业大队先进管理经验并在全市范围推广的文章，至今令我记忆犹新：从建队到70年代末，他们沿袭了多年形成的“五统一”管理体制，即统一计划、统一调配和使用劳动力、统一调度船只和设备、统一作业海区和统一供销。在分配上，先保税金和积累，后保分配，兼顾国家、集体、个人三者利益。同时，承认行业差别：同等劳力，远洋高于近海，近海高于养殖，养殖高于陆地。大队对各生产单位采取“五定一奖”（定产量、定产值、定成本、定人员、定工具，超产奖励）的办法，各生产单位再把各项指标分解到小队或班组，渔民和职工各凭出勤和基本工分参加分配。

今天在我看来，当年集体经济积累下来的这些行之有效的管理办法，至今不失它的积极意义。

这本小册子序言震撼了我

1958~2018，按干支纪年计算，这个过程天干转6圈，地支转5圈，从戊戌到戊戌一个循环正好60年，也叫“一甲子”。

一甲子走过，随工作变动，我对田村渔业大队的情况了解得越来越少，后来信息中断，甚至过去仅存的印记开始淡化，并慢慢消散。

突然有一天，我接到朋友电话约我去小石岛西港水产集团采风，提到小石岛，我隐约想起了当年的田村渔业大队，虽心存向往，但出差在外想去也去不成啊。之后，又苦于公务缠身无分身之术，心想这事就算过去了。谁曾想，出差回来适逢国庆黄金周，我突然又接到朋友电话约我再去小石岛，说要组织几个作家为其走过 60 年写点东西。朋友之托不可怠慢，何况再托。因此，激活了我几近消失了的对当年田村渔业大队和苗华谟的记忆……

1972 年我高中毕业后，因喜欢写点东西被选到机关，1975 年被晋级为“三不脱离”（不脱离农村、劳动和群众）干部。之后，我竟然发现苗华谟也作为“三不脱离”干部被选进了机关，担任市水产局副局长。从此，我们一拨人同在市委机关食堂摸了几年勺子。当时，在这批人中我算是年轻的，如今也年近七旬了，随着时光流逝，愈发想念曾经一起共事过的老人。为了这份心结，冥冥之中我不自觉地就答应了朋友的邀约。

黄金周前一天，文友侯善坤受朋友之托，专程开车陪我去小石岛。沿海滨大道，由经区南绕过中心城区向高区西北方向直奔小石岛去了，约莫一个时辰，终于走进了久违的小石岛。车停在当年人民公社时代的大礼堂门前，还未下车，我们就被眼前扑面而来的那个年代的气息所感染：曾几何时，这座为田村渔业大队社员引以自豪的大礼堂里，或人声鼎沸，或笑声欢快，或情绪激愤。在这里，聆听分享过国庆观礼代表受毛主席、周总理接见的幸福，召开过闯渤海、战黄海、南下舟山动员誓师大会，搞过“斗私批修”，演出过革命样板戏……恍惚中，耳边仿佛响起锣声阵阵，掌声不断……后来大礼堂“退休”了，变成生产场地，当了库房……再后来没了用处，荒芜了，荒废了……直至风雨飘摇，陈旧破烂，不堪入目……

眼前的大礼堂虽已修复：红色铁瓦楞屋顶，窗台石之上本是黑砖砌墙，却抹成了白色水泥墙。这装束很刺眼，好像纯朴的乡下女人穿了一身时髦女郎的服装，怎么看也找不回原来的感觉。

往深处走去，一排排闲置已久、被凌厉海风吹褪了色的高大生产厂房和办公的砖瓦小平房，层层叠叠，蜿蜒曲折，绵延不绝。此时，我终于走进了田村渔业大队的年代，找回了当年的感觉。

1973 年夏秋之交，我以学员身份跟随市革委报道组宁运久老师，陪同山东广播电台烟台记者站曲站长来此采访“海上大寨”事迹，就吃住在眼前这片小平房里。初出茅庐，涉事不深，其他事情记不下了，只记得海边蚊子很多，睡着了蚊帐里也跑进了蚊子，每早起来抓蚊帐里吃饱喝足后贴在纱帐上的蚊子。一觉醒来，隔帐可见身材高大的宁老师舞动双手以掌击蚊，啪啪掌声富有节奏，伴随着一口蓬莱话夹杂本地土语的发音：“哎，个蚊，哎，个蚊……”连续几天早晨，我和曲站长被他的动作逗得前仰后合，在床上直打滚！现在回想：拍掌的节奏，幼稚的喊声，笨拙的身姿，打造出一种舞台和口技融合的小品感觉，至今想起我仍然忍俊不禁。

与岸上相对，港湾里出现巨大时代反差：一面，是 20 世纪六七十年代闲置下来的建筑，灰蒙蒙，暗乎乎；一面，海湾里摆满了一片体量不等、造型各异的白色游艇，被阳光一晃，仿佛二十几年前我去欧洲考察时的那种感觉！

相对之下，两边的景色使我感情的天平向哪边倒去？

在走向码头岸边简易办公房的路上，我心底翻腾不停。

游艇业或成下一个“汽车产业”，市场潜力巨大，它不仅能够带来精神享受，更是拉动经济发展的一个强力引擎。据业内人士分析，游艇每1美元的产值能够拉动10美元相关产业链的发展。这是当年田村渔业大队、今天西港人的骄傲和未来的希望。

岸上这片闲置多年的厂房和大礼堂虽然已失去原有风采，却是一笔宝贵财富，能保留至今反映了西港人的战略思考。应在科学论证基础上，打造成人民公社历史文化记忆区。届时，期待全国和世界各地客人来到小石岛，住人民公社时代保留下来的房子，吃“人民公社大食堂”（大礼堂），品海洋牧场钓的鱼，坐西港游艇驰骋西港海湾……

时近晌午，公司办公室主任邹吉巧女士为我们引见了公司退休职工李源启，公司对退休老同志的尊重令我生出深深的敬意，这与一些股份公司搞家族化而怠慢退休人员的做法形成鲜明对照。

临行前，邹主任送我一本记录公司前期历程的小册子——《西港渔业史料集萃》。书虽小含金量却很高，返程路上我翻看不停，爱不释手，一口气读完。1991年，政协威海市环翠区文史委为配合区委中心工作，选择当年田村渔业大队作为文史资料征辑编写试点。编写组成员大多是当年培养我写作的师长，如张吉义、宋一华二位，为我的写作费尽心血，操劳很多。虽然他们离开人世已久，然而睹物思贤，让我对当年培养帮助我成长的领导和老师顿生思念之情。

书的主体由概述、回忆文章、文献资料、群芳谱和沿革、名录等部分组成，配以大量照片，文图并茂，极具史料价值，是一本难得的好书。书中有两位省部级领导题词，其中刘明祖书记是我出道就跟随多年的县级威海市委书记，时任广西省委副书记、人大主任。他的题词是“自力更生艰苦奋斗的典型”，苍劲有力的笔锋，让我再次领略老书记书法的风韵。书的序言，由西涝台村走出的大才子苗枫林①先生所写，通篇只有五六百字，却立意高深，言简意赅，铿锵有力。20多年前他的那种士人精神和家国情怀跃然纸上，堪称一篇难得好文。在此，为缅怀已故的苗枫林先生，特全文摘录他的序言：

> 二十世纪的后五十年，中国人是以怎样艰苦卓绝的精神去建设自己的国家的？
>
> 这是世界现代史上的一个重大课题。对于这个问题，经济学家在研究和回答，历史学家也在研究和回答。中国人在研究和回答，外国人也在研究和回答。当代人在研究和回答，后代人也将饶有兴致地研究和回答。
>
> 威海《西港渔业史料集萃》一书的可贵，正在于它以一部极其通常的创业史而又那么精当地回答

---

① 20世纪90年代由中央机关空降山东任省委常委、宣传部部长。

了这个历史课题，如同人们从一滴水中看到了整个太阳那样。

威海西港，是我的故乡，是生我养我的一片热土。旧中国对这个破败的渔村，曾经设下三匝贫困包围圈：第一匝是收成低微的盐碱滩，第二匝是寸草难生的流沙丘，第三匝是咆哮的大海。谁能想到，五十年过去，盐碱滩变成良田，流沙丘让位于黑松林，大海也变得那样驯顺，成为珍贵海产的养殖水面。

是谁改变了这里的河山？是一群普普通通的劳动者。他们中的带头人，恰恰是我少年时代的伙伴。我少小离家，对家乡很少贡献。但面对五十年前那破败渔村和如今生机盎然的西港，我这个渔人之子，却成了有权威的历史见证人。正是出于这样的原因，我为威海《西港渔业史料集萃》写了上面的一段话。

五十年的变迁，已是换了人间。今后五十年的西港又将是什么样的呢？这要留给后人去作回答。

威海《西港渔业史料集萃》，是由渔业总公司同政协威海市环翠区文史委合作编纂的。感谢他们为我们提供了一部生动的历史教材。

早在28年前，从苗枫林前辈的这番话中，可读出今天中华民族走进新时代的最强音。

走向小石岛的深处

如果没有这本小册子，没有册子里的精短序文，我的采访也许就停止了。想不到，读完了这本小册子，我立马改变了主意。因为，情理之中，我无法停止已经张开的思维翅膀……

或许，是因为我伴随着共和国成长走过了一甲子又6年？也许，是因为苗华漠他们开创的业绩唤醒了我对那个年代那群人的记忆？很可能是因为，近两年我参加了胶东（威海）党性教育基地打造过程，受郭永怀、沈秀芹事迹感染，所以，一触碰到那个年代就激动，就容易浮想联翩。

在那个火红年代里，一群贫困渔民，从发展生产、集体致富的初心出发，组织起来向大海进军，这本不是新鲜事。但多数人半途而废、无果而终，真正能坚持下来，走到今天的为数不多。到底是什么力量支撑了他们？他们究竟做对了什么？ 60年的旅途，有多少沟坎和死穴，多少险滩和暗礁、多少磨难和凶险，在等待着他们，考验着他们。一招不慎，全盘皆输！一旦翻船，全军覆没！搞不好，到今天不知死了几回了。本来，第一个回合后，他们就应偃旗息鼓、各鸟分枝。三年困难时期后的调整恢复时期，很多国家项目都解体了，下马了，散去了，何况几个散漫的沿海渔民？在以后的日子里，他们的生活虽有好转了，但风险和危机只增不减。政治的，经济的，人为的，自然的，内部的，外部的，哪个环节出了问题，都厄运难逃！庆幸的是，他们都走过来了，而且是一路歌唱……这到底因为什么？

带着这个问题，我再次走进小石岛。黄金周第4天，经电话预约，我拜访了隐退数年的公司第二任掌门人苗丰禄先生。

1961年，18岁的苗丰禄，高中读了两年就辍学到捕捞队当小伙计，干出纳。1965年国民党叫嚣反攻大陆时，他入伍参加地方武装代训兵，迅速成长为军事骨干并入了党。渔民的血液里一旦注入了军人的血脉和共产党人的基因，这个人的特质便可想而知了。3年后，公司用人之际，苗华谟要他回捕捞队干书记，接着，担任了大队党总支副书记，成为大队长徐华成主抓捕捞的重要臂膀。方圆之内的人都知道，徐华成是出了名的“海赖”，无论什么险恶天气，他都不会轻易撤退，就和大海拧上了，而且，每每不会失手，总是鱼虾满仓而归！大家见了眼红，又没有人家那两把刷子，只有心酸地送人家一个怪名——海赖！大战之际，海赖需要好帮手，总是盯着自己手下的人观察，终于发现苗丰禄是个材料。此人胆量过人，出手不凡，甚至比自己还狠还赖！于是，两个人联起手来，在70年代渤海湾大会战中，抓住恶劣天气下鱼虾容易聚堆成群的规律，屡屡上演“打风头，战风尾，大捞一把”的拿手好戏，由此，田村捕捞名震渤海湾。后来，苗丰禄被派到烟台水产学院学习一年。

多年狂风恶浪的摔打，将苗丰禄铸就成了海上勇士。进入70年代后，田村水产大队称雄烟威渔场。苗华谟在徐华成、江天威、苗丰禄等几位助手的扶持下，水产大队如日中天。1975年，田村公社为加强全社渔业生产，把苗华谟借调到公社机关管水产工作。直到 1977 年，苗丰禄接任了党总支书记职务。

上任后，他宣布了一项令大家吃惊的决定：为加强远海捕捞生产，我的全部精力放在捕捞一线，家里日常工作由老领导姜天威副书记全权当家。现实中，有人宣布这种决定是为了搞眼前花，说放权实际不放搞背后操作。苗丰禄光明磊落，说到做到。不但没有食言，而且十几年如一日，在一线“带兵打仗”。常常是几个月回来一次，住一晚上第二天又出发了。结果，十几年过后，许多人竟不知道谁是这里的“一把手”。十几年来，“一把手”虽然不主政，但是，各项工作井然有序，是生产发展的最佳时期。

苗丰禄的为人和海上功力我早有耳闻，但是因工作关系已多年与他没有接触。虽然许久没有谋面，两人见面后却没有生疏感，好像心灵相通，没有废话，单刀直入，直奔主题。

苗丰禄年过七旬，行动虽然迟缓，但见面后还是坚持陪我乘他们自己生产的游艇在小石岛海域转了转。在工作人员引导下，通过岸壁浮桥我们登上了等候已久的白色游艇。船员主动向老董事长问候，把船开得格外稳当。坐在舱里，游艇在海面穿梭，美景如画，但我俩的心思还是放在了对话上。

对于我提出的问题，他很快把话题集中到老书记苗华谟身上。他对这位公司创始人流露出一种深深的敬意。他深情地说，没有老书记，就没有西港集团的今天。老书记心里装的全部是渔民和集体的事，唯独没有自己和家庭的事……平淡的表情，平常的话语，令我对眼前的这条硬汉生出一种真诚的敬意。大体匡算一下，老书记 1975 年被借调到公社机关工作，后又调任市水产局任副局长，总支书记空位两年，由副书记主持工作。1977年苗丰禄接替书记职务，至今已有40多个年头了。这么多年过去了，苗丰禄依然对去世多年的老书记记忆犹新。

在那个贫穷的年代，苗华谟靠他微薄的工资养育着7个孩子。他家境贫寒，又把全部精力放在渔业生产上，每到年底，大家出于同情帮他补贴点家用，但每次都被他拒绝了。孩子大了，公司想把孩子安排到公司就业，他坚决不开这个口子。结果，7个孩子全都窝在村里下田，生活都过得困难。

调到机关工作后，老书记总是放不下渔业大队的事，时常利用休息时间帮大家研究问题，并一次次渡过难关。然而，来到年关时，大家见他一大家子人困难，就派人送点钱给他过年，每次都被退回了。

后来，苗华谟调到企业工作，退休后转成了职工身份，由此，生活更加困难了。苗丰禄有意安排些事给他做，最后，事都干了，他却坚决不要公司的钱。没法子，苗丰禄公开聘请他做公司顾问，最后，顾问的事干了，顾问的钱却坚决不拿。

怎么办？苗丰禄又想出点子。借大队改公司机会成立了老年协会，把退下的老人组织起来帮公司出出点子，干点力所能及的事儿。这样，名正言顺地把老书记抬出来领大伙一起做点事。借这个题目，给参加的老人发点补助，也可以多给老书记多补贴一点。大家知道他困难，都赞成这样做。他却说：大家都有的我可以有，但多给我不行，老了更不能搞特殊！

老年协会过年时发点待遇，老书记一直盯着追问职工有没有。在他的倡导下，多年来，每到过年时，公司为每个职工分 1000 元的年货。另外，公司每年拿出 10 万元，为退下的老职工搞福利。多年来，公司拿不出钱来分红，近几年可以分点了，但是，每年要从分红中提取 30% 的份额分给职工。对此，老书记看在眼里打心底里高兴！

时间关系，虽然没有与新任董事长苗杰海和党委书记张伟见面，但从苗丰禄的言谈中我听得出，他对年轻人充满信心。正如苗枫林先生在 28 年前指出的那样：五十年的变迁，已是换了人间。今后五十年的西港又将是什么样的呢？这要留给后人去作答。

我相信，苗杰海、张伟他们这一代，是不会辜负前人的期望的。

一甲子何以不衰之问

一甲子而不衰，其道自在其中。
顺之者昌，逆之者亡。
中华民族就是这样走过来的。
放下按键，我的心终于释然了。

（原题《走过一甲子》，摘选自《中国报告文学》2019 年第 8 期。）

我们村的“五好社员”

——献给为共和国农业崛起战天斗地的那群人

群贤毕至：一百单八将亮相东大院

1964 年 2 月 8 日，这天是腊月二十五，家家户户开始张罗过年。威海市凤林公社杨家滩大队东大院，正在上演一场“杨家将一百单八将群英会”年关大戏。一早，6 个生产队、渔业队和果业队等 8 个单位选举的 108 名“五好社员”齐聚这里，“四清”工作队、大队书记、大队长等领导成员也全部到场。

无巧不成书。1963 年底杨家滩大队“五好社员”评选一揭晓，108 这个数字引起领导和社员的兴趣和关注。本来，我村过年就有唱《杨家将》京戏的习惯，杨家将“血洒沙场、精忠报国”的英雄气概历来为村中老少爷们所推崇。当时，国家正处三年困难时期的调整阶段，百废待兴、百业待举，时代呼唤广大农村社员战天斗地，发奋向上。因而，这个敏感数字一出现，人们就把“五好社员”与梁山泊英雄、杨家将等联系起来，甚至演绎出“杨家将一百单八将”说法。赶巧，这年又是三年困难时期后的丰收年，这里面饱含了“五好社员”冲锋陷阵的汗水。于是年关来临之际，大队领导借题发挥，专门从威海城里请来大型摄影座机和专业摄影师，来到大队部驻地东大院，用高大海草房做背景，把“五好社员”们洋溢于表的那种喜悦、坦然、自信、坚毅、睿智神情记录下来。大队集体合影时，工作组和大队党支部成员参加，分生产队合影只有大队党支部书记和大队长参加。最终，留下了这组空前绝后的中画幅、大画幅人物群像。至今，半个多世纪过去了，这组人物群像仍不失为精品之作。不仅画面景物取舍恰当，而且在人物组合、瞬时拍摄、结像清晰度等方面都表现出较高造诣，更可贵的是，这组老照片传达出共和国初期农村火热生活的人文历史、精神风貌和当时社会政治、经济、文化等重要信息。

利用事物的偶然性借题发挥以达到一种境界，即使放在今天，这对一个穷乡僻壤的村子也实属不易。没有一种信仰和追求，没有坚定跟党走的决心和忠诚，村里老少爷们不会放着大过年工夫去搞如此动作。我村地处威海湾南岸，与刘公岛咫尺之隔，自元明时代就是抗倭前哨、甲午战场、反英租前沿和红色胶东重地。经过长期抗击侵略者、保家卫国斗争的锻炼，村民具有强烈的家国情怀和跟定共产党的信念，一旦成为新中国新农村的主人，他们便义无反顾、一往无前，以主人翁责任和担当精神，积极投身人民公社化伟大实践中去，人人争当“五好社员”。

半个多世纪过去了。当时的时代宠儿——“五好社员”已退出人们视野，面对一张张熟悉的面孔，我突然茫然了：“五好社员”是指哪“五好”？然而，我抠心挖胆、苦思冥想，却怎么也答不上来！

历史背景：那个年代那群人

“思想好，劳动与工作好，守法好，团结好，持家好”；“政治思想好，集体劳动好，爱护公物好，团结互助好，勤俭持家好”。

上述两条文字，是经过挖掘后发现的不同地区的“五好社员”标准。前者是威海市 1963 年 1 月 20 日召开的全市农业先进单位、劳动模范代表会议闭幕式上，大会向全市人民公社社员致的一封信中提出的；后者是天津人民美术出版社，1964 年 11 月出版的精品年画《人人争当五好社员》中的内容。同时我发现，1963 年第 4 期《前线》署名张志玉的文章也有对五好社员的描写：“北京市密云县城关人民公社前粟园大队，几年来他们坚持补选五好社员，表扬在生产和各项工作中不断出现的好人好事，广大社员生产情绪高、劲头足，常年出勤率都坚持在百分之九十左右，社员的爱国爱社思想不断提高，在生产的各个战线上出现了大批的积极分子。一九六〇年他们评选出十九名五好社员，到一九六二年就增加到七十多名。”

从以上资料可以看出，那个年代开展“五好社员”活动有如下显著特征。（1）范围：是全国性行动，不是局部或区域性活动。（2）时间：从“人民公社”化初期，我国三年困难时期开始。（3）标准：各地因地制宜、灵活把握，不搞一刀切，从实际效果出发。（4）比例：实事求是、不搞死规定，但数量呈逐年增长态势。（5）表彰：精神鼓励第一，年终或开大会频发奖状、奖章，或敲锣打鼓上门送喜报。（6）目的：最大限度调动人们生产积极性，战天斗地、克服困难，发展生产、增强国力。这说明，1960 年在全国农村广泛兴起的“五好社员”活动，是我党领导社会主义革命和建设事业的一项战略导向，是 1949 年新中国成立后对发展生产关系与生产力的深入探索。在这一特殊时期，国家需要这样一批人起带头作用，自力更生、苦干实干，战胜一穷二白的状况，以打破帝国主义对我们的封锁。

这种探索极其艰难，并为此付出了巨大代价。28 年疾风暴雨式武装斗争胜利后，如何把一个地域广、人口多、底子薄的贫困大国的农民组织起来走共同富裕道路，党中央进行了艰难探索。早在新中国成立前在广大解放区实行代耕代种、互助组等尝试，新中国成立后又做了生产管理区、初级社、高级社等形式的试验。在此基础上于 1958 年全面实行“人民公社”化，经过三年困难时期纠正“大跃进”等极左冒进错误，在不断探索完善的基础上建立起三级所有、以生产队为基础的社会治理体系。在这种体系下，生产队作为最基层核算单位，实行工分制，社员多劳多得、少劳少得、不劳不得。

过去，从一家一户搞单干到组织起来搞集体生产，社员热情高干劲大，但经过天灾人祸几次大折腾后，积极性严重受挫，各种消极因素暴露无遗。为了充分调动人们的生产积极性，一场“五好社员”评选活动在全国各地悄然兴起。

共产党员、共青团员、各级领导、民兵、青年、妇女、贫下中农积极分子踊跃争当“五好社员”，积极参加集体生产劳动，处处时时起模范带头作用。春耕春播、夏收夏种、“三秋”（秋收、秋种、秋季田间管理）会战、冬季农田水利大会战等关键时刻和最苦最累最脏的时候，他们总是冲锋在前，吃大苦，耐大劳，大干苦干加巧干。青年突击队、民兵突击队、铁姑娘爆破队等，都是那个年代的先进团体。总之，他们为共和国的崛起做出了积极贡献。

力争上游：三队出现整体塌陷

面对“五好社员”一张张熟悉又陌生的面孔，我对这批老照片爱不释手，不停翻看。突然有一天，我发现村里本是6个小队，加果业队、渔业队合照，总共应7张照片，怎么却只有6张？唯独就缺了三队！

带着疑惑我走访了当年的几位“五好社员”。时光走过半个多世纪，当年龙睛虎眼的几条汉子，今天皆为耄耋老者。我刚提出这个话题，几位老人眼珠陡然一亮，几乎同时说出了当年村里流行的一段歌谣：“一队低，二队高，三队拉拉稀，四队吹牛皮，五队不放声，六队拉的炕上。”这段歌谣，令我顿悟，耳畔响起了童年时代村里流行一时的童声……

当时考核业绩，一看粮食产量，二看劳动日价值。按这首歌谣排序，很明显二队为上，生产和收入是我村的头名状元。但是，第二位是谁？生眼人很难看出来，没有想到竟然是父亲干队长的第四队。

如果以粮食产量衡量，四队和二队不相上下，甚至通过赶超四队已经略胜一筹。然而，社员最为看重的却是劳动日价值。用老百姓的话讲，大家起早贪黑、撅腚拉胯干一年，每天能拿多少钱？这是全村人最关心的大事。每年一到冬季，男女老少齐上阵，顶风冒雪，搞农田水利建设和冬季田间管理，唯有小队会计和大队会计坐在家里把算盘打得噼里啪啦响，用一冬天工夫来搞决算。老少爷们干了一年，眼巴巴盼望今年一年能劈多少钱？全家老少就等着新年前分饷这一天。社员按工分制分配：十分为一个劳动日，年终分配看一个社员全年能挣多少个劳动日。各小队把全年粮油收入和副业收入汇总后，扣除全年生产成本和大队提留，可以分的钱除以全队总劳动日就是这个队的劳动日价值，如八毛、九毛八分、一块一毛二，等等。但这项决算必须经大队统一核算，最终经过批准方可对外公布。于是，为了保证大家年终按时分到钱，每到新年前夕这几天，大队会计和有关人员都要通宵达旦，连夜奋战。每个社员全年挣多少个劳动日，乘以这个队的劳动日价值就是他一年的收入。一个队男女老少上百号人，每天能挣 10 工分的只有三四人，于是，评工分是小队生产管理十分重要的环节，一年几次，队长主持，大家现场评议。一般先在社员中树起不同类型的劳力做标杆为参照系，然后以此比照逐人评定。这时，一个队的基础和风气很重要，需要共产党员、共青团员起带头，“五好社员”做标兵，以此保证一个队、一个大队的好风气。

社员当家作主人不光要吃饱饭，还要有钱花有衣穿，过上好日子。大家为了这个共同目标，心齐，劲足，气正，干起活嗷嗷叫，这样的小队就会一路领先。二队、四队都具备这种素质和氛围，只是二队在生产管理上更灵活，他们在搞好农田生产的同时，兼顾副业，除大忙季节外，长年坚持派人到威海城里去揽包工活，多挣点钱增加队里收入。因此每到年终决算时，劳动日价值高出一筹，超过一块或高达一块一二毛钱。剩下的几个队不光粮食产量低，劳动日价值只有七八毛钱，特别是三队最拉脚，社员少拿钱就不正经干活，慢慢形成恶性循环，越苦越拉绳，最终导致风气下滑，人的思想和行为整体塌陷，全面下滑，甚至选不出队长，评不出“五好社员”。

面对二队遥遥领先的局面，其他队安于现状不敢叫板，唯有四队虎视眈眈公开挑战。在粮食产量超过二队后，急起直追，千方百计增加副业收入，于是，就有了“四队吹牛皮”的歌谣。

那时，国家严格实行统购统销粮油政策，兼顾国家、集体、个人三者利益，做到交足国家的，留足集体的，剩下都是自己的，以最大限度调动农民生产积极性。村志显示，人民公社化初期，我村耕地达到2800多亩，平均每生产队460多亩；粮食平均亩产突破200斤大关，总产达到六七十万斤以上（含地瓜），仅小麦一项年上交10万斤以上，成为全社乃至全市主要粮油交购大户之一。

怀念父亲：勇于赶超的四队精神

四队的照片我最熟悉，上面的“五好社员”都是父亲的得力干将，赶超二队就是靠他们冲锋陷阵、一决雌雄的。

“比学赶帮超”是开展“五好社员”活动根本之计和出发点。我村自然环境优良，地广人多，自古就是粮窝子。人民公社化经过三年困难时期之后，公社领导把多打粮食目标压在了我们村，通过大村队促进和带动，在全公社掀起“比学赶帮超”社会主义劳动竞赛高潮。此时，国家贫困急需恢复经济，集体怕穷，社员怕饿，在这个节骨眼动员社员开展劳动竞赛，多打粮食，增加收入，是大势所趋、人心所向。在父亲带领下，四队社员一呼百应，紧张行动，瞄准先进目标努力赶超，不达目的誓不罢休。

打铁先要自身硬。父亲是 1930 年生人，自幼涉身农田，13 岁起挑起了下田干活重担，一小练就了硬功夫。1945 年威海解放后建立村民主政权，在党教育下他成为村互助组、初级社生产能手，又经过新中国成立之初到人民公社成立时的磨砺，三十而立进入人生成熟期，是不可多得的生产高手，成为人民公社第一代生产队长后光荣地入了党。从此，他一门心思、全身心地投入到领导四小队生产劳动中去。他精力旺盛，专攻农田细工，工夫在身无所不通；他身体力行，精耕细作，重要技术活必亲历亲为，从不马虎；他一身正气、两袖清风，团结队委会“一班人”，吃苦在先、享受在后、早出晚归，全队呈现风清气正、大干快上局面。

父亲擅长团结和调动各种力量形成合力，知人善任，用人之长，发挥妇女半边天作用，充分调动社员生产积极性。我记忆犹新的是，小时候父亲和副队长大华子叔每天早晨晚边碰头议事，常常耽搁了吃饭时间，时而低声细语，时而争吵不休。二人分兵把口，各显神通，再复杂的事情两个人也能打理得井井有条。身为副队长，大华子叔不光以身作则，还严格要求自己四个兄弟。小华子叔、德子叔、小谦叔、运丰叔，个个冲锋在先，处处起模范带头作用，人人成为生产能手和骨干，被誉为“五虎将”，他们兄弟有三人被评为“五好社员”。小华子叔是四队社员，在大队干主管会计兼大队团支部书记，虽公务缠身却不忘抽身帮父亲一把。社员长年扎在田里干活，生活很单调，他就利用业余时间骑自行车往返 40 里，跑威海城里买戏票。社员突击完田里活傍晚提前收工，步行去城里看革命戏剧，完了深夜返回，这样既丰富了文化生活，又调动了大家的生产积极性。大叔杨福顺忠勇双全、吃苦肯干，是不可多得的得力干将。1959 年他响应国家号召，不远千里参加黑龙江生产兵团支边建设，品行兼优，多次受上级嘉奖。1963 年正值生产队用人之际，大叔回乡探亲，父亲以队长身份把人家留下，关键时刻委以重任。这时，加强大牲畜饲养成为当务之急：农耕农播急需大牲畜，粮食增产急需多施牲畜粪肥。父亲敏锐果断、舍痛割爱，把大叔从一线调下来当饲养员。他不负重托，以此为荣，以业为家，精心护理、苦干三年，把从市场捡回的病马养成宝马驹子；饲养场骡马成群、驴牛满圈，粪肥堆积如山。大队领导多次光临召开现场会。那时，我时常跑到大叔的饲养屋睡热炕热被窝。伍子婶、爽姑、玲姑等一批妇女干起农活一点不比男人差，队里就组织起妇女突击队，通过她们带领家庭妇女上阵，在三秋、三夏和冬季大会战中收到了巨大成效，全队涌现出一大批女“五好社员”。

四队精神是一种时代精神，即创业精神、奉献精神、实干精神、吃苦精神，这是中华民族复兴路上不可或缺的精神力量。

三年前父亲走了。

一代“五好社员”不少人也走了。

据小华子叔说，当年一百单八将已走了 68 人，还有 40 人健在，最大的 93 岁，最小的也在 70 岁以上。

共和国崛起路上留下了他们深深的脚印……

（摘选自《中国报告文学》2019 年第 8 期。）

玉振姐的苦乐人生

家父教书成名反成连累

玉振姐大名为杨机振，乳名玉振，取成语“金声玉振”之意，即音韵响亮和谐、知识渊博、才学精到，她是我们村唯一考上66届的高中生。结果生不逢时，书刚读了一年就赶上“文化大革命”，1968年高中毕业回到老家杨家滩村，从此便永久地留下了。时至今天，半个世纪过后回头看：玉振姐当年想走还是想留？走了好还是留下来好？个中奥秘何在？它引发了我探究长久以来心中所存疑惑的冲动。

1949年初，玉振姐出生在一个殷实进步的书香家庭。父亲杨清梅1933年出道任教，凭其品行、为人和本事，到了哪里都深受老百姓和学生爱戴。抗战期间他思想进步，受民主政府委托出任凤林小学民主校长，为抵制日本人的奴化教育，他想方设法传授抗日教材，被日本宪兵队逮捕，即使遭到严刑拷打也不屈服，后被当地群众联保获释。后来受党组织委托，护送进步青年到文登天福山参加八路军。新中国成立后被选调中学任教，担任校数学研究组长，兼市数学教研员，并连续多年被选为市政协委员、常委。

父亲事业上的骄人成就和做人向善的行事风格，潜移默化地影响着玉振姐这个家庭的每个成员。读书求学，知书达礼成为他们一家人区别于其他农家的家风。父亲终年在外，母亲丛树莲虽为小脚女人弱不经风，却以超乎常人的能力，言传身教，严格管教，使孩子读书求学和出门做人力求优秀。

身为最小女儿的玉振姐，长期受这种家庭氛围的熏陶，已经形成了独立、内敛、自强的鲜明性格特征。当她刚刚度过美好童年和少年时代，带着家庭托付和对未来的憧憬，14岁的她虽然一身稚气，经过一阵“拼杀”，1962年终于考上了父亲任教的城里第二中学。三年下来她不负众望，考取了市里唯一的高中——威海一中，打开了通向高等学府的大门。她天真无邪，心中有那句老掉了牙的话：两耳不闻窗外事，一心只读圣贤书。

1966年，“文化大革命”打破了玉振姐刚刚筑起的大学梦。令她始料不及的是，父亲一生所建立的教学事业一夜之间崩塌了，成为千夫所指的“反动”学术权威！从此，自幼以父亲为荣的玉振姐反受其害。尽管她是全班50名同学中10名共青团员之一，一向内敛、低调、善良的她即使再坚强，也抵不住红卫兵小将激烈的声讨和批判。从此，她没有了歌声和欢笑，只有孤独与自卑。

更残酷的现实在等待着她。上山下乡，全国城市青年和学生到农村接受贫下中农再教育。面对潮流，玉振姐回到了家乡杨家滩，在火热的阶级斗争、生产斗争中去触及灵魂，改造思想。回村第二天，一向循规蹈矩的玉振姐就到所在的第五生产队报道，要求到生产第一线去劳动锻炼。

从此，在五队田间地头从春耕春播到夏收夏种，从三秋生产（秋收、秋种、秋季田间管理）到冬季整大寨田、兴修水利，各种劳动场合，玉振姐的身影无处不在。推小车，挑大粪，锄草，刨地，割麦子，掰玉米，刨地瓜……起初，好心的社员同情地对她说：咬紧牙坚持一年半载吧，喝墨水的人下不了庄稼地，村里装不下你们。然而，半年过去了，一年过去了，两年、三年也过去了。

出路在哪里？有风言传来：她爹是黑五类，这一辈子走不了了。同学传话来：谁谁参军了，某某教学了，谁当工人了，谁外出了。村里可靠消息：村小学要增加教师了，市里来村招工了，公社来村选人了。其实，她哥就在烟台地区财政局工作，找领导替妹妹求份工作只是一句话。最终，十年过去了，二十年过去了。

艰苦与劳累，委屈与心酸，追求与梦想，对花季的玉振姐而言，无论年华还是心气，她能坚守住、走下来简直是奇迹。

再累过年也要为社员演戏

精神贫乏的年代，农村文化生活枯燥无味。社员辛辛苦苦干了一年，到年底村里如果没有一台戏是说不过去的。这时，谁家能出个唱戏的满村人会高看你一眼。玉振姐一家人就是这样：张嘴能唱，登台会演。

父亲的拿手好戏是演丑婆子。一化了妆，红红的嘴唇，耳挂红辣椒，拖副沙哑嗓子，又说又唱，把台下人逗得前仰后翻。大女儿玉琴姐自小唱戏就出名，新中国成立之初我村一度划归文登县管辖，县里要汇演，村里叫玉琴姐主演歌剧《十八姐》参加比赛，结果玉琴姐被县吕剧团选走了，不久就成为县里的台柱子。儿子机俊哥自读书到烟台就业后，每年过年休假回家都要参加村里的年关演出，后来时间不允许就当导演帮村里排戏。二女儿秀喜姐性格开朗、乐观，表演功力浑厚，身手不凡，从威海二中毕业回村后，每到年关，白天劳动处处起表率，晚上排戏倾力投入，每次登台能把阿庆嫂演得活灵活现，博得台下观众一片叫好。1964 她登上了杨家滩大队“五好社员”光荣榜。

长久以来，农村文化生活生生不息、源远流长，重要的源泉动力来自广大农民广泛而永无止境的需求。如何把老百姓喜欢的民间文化传承下去、历久弥新？答案：整合民间资源是重要环节。

玉振姐一家是重要资源。剧本再好，缺一个人这台戏就唱不成。玉振姐回村前后，村里演员正处在角色转换关键时刻。时下流行《红灯记》，角儿却青黄不接，方圆周围的村子谁都排不起这台戏。今年谁村能演出这出戏，不但本村老少爷们高兴，就连周围村都会跑来求你到他们村演一场。

可眼下当务之急是谁来演铁梅。社员心里明白：玉振姐在学校就是文艺骨干，今年大角儿非她莫属。可此时，她回村两个多月来心绪混乱，情绪不稳，更何况排戏是业余活，没有报酬不说，干一天活儿又累又乏，大冬天顶风冒雪排戏到深夜，第二天还得照常出工。一个女儿家疯疯癫癫的，不如躲在家绣花增加收入。玉振姐对村里提出的要求不主动也不回应，来找她的人跑了多次无果。最终老父亲坐不住了，明确表态：这不是咱家人的处事态度，村里和老百姓的事是大事，何况参加演出有利于调整心态，闺女不要躲避应积极参加。

父亲的话就是命令，玉振姐很快调整好情绪。年关时，她准时把活生生的李铁梅搬上大家盼望已久的东大院大舞台（土台子）。第二年，她为父老乡亲演出了《南海长城》。第三年，她主演了《智取威虎山》女一号小常宝。

多年的演出有欢乐也有苦恼。在城市读了6年书的她突然回到农民堆里，长年靠拼体力、练耐力生存，不痛苦是说瞎话，演出释放出了她压抑心底的烦恼，同时也带来了新的烦恼和考验，这终将成为她人生中的一笔宝贵财富。

嫁给村里小两岁的国友哥

男大当婚女大当嫁，这是谁也逃不过的法则。

时间进入70年代。那个时代农村男女过了二十几岁没有提婚论嫁的，家里老人就会坐不住了，产生一种危机感。玉振姐回村也有几年了，正值芳华，经过劳动磨砺和民间文化熏陶，身体和精神起了明显变化，人显得丰满与结实了，通体散发出成熟女人的美感。特别是她那种坚韧、内敛和包容的做人品格，深深打动了一人，他就是比玉振姐小两岁的国友哥。

国友哥的为人，在村里有口皆碑。他一表人才、思想进步、重情重义，在村里干电工，又兼任大队团支部书记，职责使然他必须广泛联系大家，公正做人、扎实干事。村里演戏排戏，台上台下，自然少不了电工活儿，少不了与演员联系和接触，当然也少不了与玉振姐联系和接触。或许这就是双方好感的开始。然而，对玉振姐而言，好感只是一种普通感觉罢了，要上升到谈婚论嫁还没有足够考量和准备。对国友哥而言，年龄小、读书少并不重要，人相爱、心相通、未来幸福才最重要。基于此，国友哥大胆展开攻势，一面向玉振姐表达爱意、主动进攻，一面托付友人侧面迂回、从中助力。

婚姻双方接触的开始即是两人命运的选择。面对国友哥的频频攻势，玉振姐不可能无动于衷。连日来她寝食难安，夜里辗转反侧，白天精神恍惚。事关未来命运怎敢马虎从事？一锤定终身，必须慎之又慎。她时常问自己：难道要永久留在农村吗？平心而论，自己打心底没有通过婚姻嫁取豪门的追求，但心灵深处还是向往成为一名职业女性，如果不考虑职业问题，眼前这个小伙子是可以托附终生的。不为别的，只为他人善良、心术正、讲孝道。然而，在城乡去留和职业选择上，任何一个知识女性是不会草率从事的。

怎么办？谁帮我？她把压在最心底的话讲给父亲听。其实，老人最心痛膝下的小女儿，希望她找到真正幸福。心地善良的父亲一向思想进步，骨子里本来就没有那些传统的门第观念，不会把职业作为择婿的条件。当见到女儿为此难过成这个样子，不但没有同情，反而更坚定了自己的想法，便当机立断，快刀斩乱麻。他长话短说，一针见血，直指要害：闺女，我和你妈一辈子在农村，难道你能说咱家不幸福吗？

老父亲这一问，令玉振姐大梦方醒，终于找到了答案。于是，她很快答复了国友哥，之后俩人经过一年接触，于1973年的一天结为连理，开始了美满幸福的新生活。事实证明，玉振姐人生最大的成功，就是嫁给了国友哥这样一个小女婿。

成家之前，玉振姐还不敢说一辈子不离开农村这样的话，渺茫中总有一丝幻想支撑着一种虚幻的等待。但是，一旦同国友哥成家了，这种虚幻的东西一扫而光，开始踏踏实实过日子。其实，日子过得很快，一晃一辈子走过来了：1968~1988年，她在生产队一干就是20年；1989~1992年，村里幼儿园没有老师了，她应允村里的请求出来救火，干了3年幼儿教师；1993~2002年，村子向城郊化过渡，劳力向城镇转移，她便以镇办企业家属身份随国友哥在蒿泊木工厂干了10年，后来就退休了。

两个女儿教书都成名了

用苦尽甘来形容玉振姐的人生经历很准确。

说苦，是指她没成家前那种漂泊时的思想苦恼和体力劳累；说甜，是指她养育成长起来的两个女儿双双成为人民教师中的佼佼者。女儿成功比什么都重要，是回报父亲和母亲、回报社会至高无上的贡献。

父亲一生钟情和奉献教育的情怀，令玉振姐铭刻在心、不敢忘怀。生下两个女儿时，她就拿定主意传承祖业支持女儿从教。为实现这一夙愿，她像母亲那样，总是严格要求孩子，为将来发展打好人生基础。

功夫不负慈母心。玉振姐功夫没有白下，两个孩子一小懂事，崇学上进、知书达礼。这种秉性形成后，玉振姐从把握入学关做起：大女儿报考文登师范，小女儿就读乳山幼师。这种做法，与社会上流行的为孩子将来当明星、入豪门挖空心思的做法形成鲜明对比。两个女儿在入学、就业和择婿等人生链条上，出现了惊人的孪生姊妹现象：仅差了三年，姐妹相继进师范、相继当老师、相继嫁给同一家企业的工人为妻。仅此，令我对玉振姐这一家人心生敬意。

1992 年，大女儿杨晶怡由文登师范回家乡蒿泊小学、杨家滩实验小学从教 25 年。这期间她取得了骄人成绩，一堆头衔极具含金量：威海市小学自然学科教学能手、威海市第二届小学自然学科带头人、威海市第八届小学科学教学能手、全国科学教育先进个人、威海市优秀青年岗位能手、威海市优秀教师、山东省教学能手、全国教育科学教育部“十五”规划课题“小学《科学》教科书（青岛版）开发与应用”课题研究先进个人、山东省第二届创新校长、威海市劳动模范等。

小女儿杨冰冰工作晚些，但比姐姐毫不逊色。1996 年由乳山幼师回到长峰小学、海埠小学任教 22 年，从初教音乐到兼职教科学，后专职教科学。为了上好每节课，她走进医院向妇科大夫请教胎儿发育过程，自掏腰包买一堆鸟供学生观察研究，亲自上山捡课堂需要的石头，等等。几年下来成果颇丰：课程资源“我从哪里来”获省级优质课评选获一等奖、先后获威海市教学能手和学科带头人称号、获评威海市第二届科学名师候选人、获威海市教育科研先进个人称号和威海名师及山东省小学科学特级教师等称号。还参与编写《基于小班化的小学科学教学实施与案例研究》一书，所撰写的《给孩子犯错的权利》等 20 余篇文章发表于《科学课》《山东教育》等权威杂志，出版个人教育专著《琢磨出的味儿》，在文学期刊发表《悔》《倾听大海》等文学作品。

尾声：姥姥的嘱咐

采访玉振姐夫妇时，我也邀请了他们的两个女儿和大女儿晶怡的女儿参加。见了她们三代女人后，我想起玉振姐母亲清梅大妈（伯母），她们身上有着共同特质：内敛和书香气，但亦各具个性。或许这就是一个家族生生不息的传承和变异？一个民族何尝不是，当我再次肯定玉振姐当年对国友哥的选择时，她竟然哈哈大笑着说道：人家胆子真大，也真敢追求哇！我能听出，这是她心中的幸福和自豪。这时，她竟话锋一转，对着即将出国留学的外孙女儿说了一番话：孩子，你妈是你太姥带大的，你是我带大的，出国不要忘了根。学成了，一定要回来建设我们的国家。

话语平凡，却很打动人。

（摘选自《中国报告文学》2019 年第 8 期。）

滇境春色

忐忑走滇西

夏入7月。

某日。一架银机腾空而起，我怀着忐忑的心情陪同一家老小6口人，由青岛飞往云南高原，3小时后降落昆明。

千百年来，云南高原文化生生不息、历久弥新，在人类文明史上不断创造出人间奇迹，成为中华文明一颗璀璨的明珠。

山高峰奇涧深，江河湖泊密布，矿藏资源丰富，人文历史悠久，众多民族聚居。凡此种种，蔚为壮观，堪称人类文明的伊甸园和活标本。这种稀有资源，在西部大开发战略中得以凸显，被称为无烟工业的旅游业，成为再塑高原厚土的助推器，以无穷魅力吸引国内外客人纷至沓来。在这场突如其来的新经济生活面前，一些人没有做好精神准备，表现出一种无奈，暴露出一些非文明行为，为获取短期利益采取不正当经营手段：欺客者有之，宰客者有之，更有甚者强买强卖。此风不除，必招祸灾。海内外游客无不忧心忡忡，只好不得已而为之：逃之，避之，讨之。

面对国人指责，滇人陷入沉痛反思。

滇境紧急动员，重塑旅游大省形象。

对此，我亦忧心忡忡。担心真的到了云南，导游辛辛苦苦、苦口婆心劝咱走进了一家购物店，你怎么好意思说不！怎么能厚着脸皮坚决不掏出兜里的几个小钱？选择出游方向时，我举棋不定、犹豫再三，突然想起了朋友经营的威海旅行社。电话询之，负责经营的张女士亲自跑过来找到我，反复说明如今的云南旅游市场不同于以往，耐心帮我策划了行程和路线，帮我放下了包袱。我这人爱面子，临行前，还是悄悄地往兜里装了几个小钱，尽管平日里用不上的东西再好也不愿去买它。

年轻时，我在政府机关曾主管过旅游。现在情况虽然变了，大套路还是略知一二。我一踏上滇境，便用专业和挑剔的眼光来审视这里。一路下来，5 天滇行稍纵即逝，这其实是一种愉悦。如果心情沮丧，心里窝火，就会度日如年。

滇境“一盘棋”，管控“一支笔”，有效防范域内无序竞争。坚定不移，敢出重手，标本共治。未来滇内无烟工业必将称雄于世，令众多旅游大省无可比拟。

入滇5天，行色匆忙。到昆明，游大理，走丽江，马不停蹄。5个晚上，打一枪换个地方。论消费水平，我们团属中高档次，人家少数民族兄弟给我们的享受只高不低。从用车、入住、就餐，到景点、导游等，一路走来令人愉悦。住宿和就餐有时享受的是超值服务。房间有两个晚上很好，一晚是现代高层的，一晚是民族特色的。房间布局、布草、洁具、电器、艺术品等按5星标准配备，布草洁白度、柔软度很好。只有一两次房间和餐厅管理相对差些。

滇境民族众多，人的精神状态都很好，他们坦诚、直率、认真、有担当，品质优秀，令人刮目相看。所到之处，充满了生机与活力。每走一地，每看一景，每住一店，每吃一餐，总能感受到中华民族大家庭的追求、发奋和温暖。他们为曾经的迷茫与失误，憋着一股劲，要争一口气，为了大家和民族的利益。

旅游业是云南的支柱产业。国家提出再造云南旅游优势，滇境上下，顺势而为，齐心发力。大理白族的九妹，丽江摩梭人阿夏利，昆明汉族的马姑娘，虽各自民族特点和地域风格不同，但其敬业精神、专业素质和共同追求都高度契合。

九妹第一个出场。她手持话筒，站立服务，上车就讲，一刻不闲，讲自己的出身，讲云南风情，讲大理优势，讲政策导向。她滔滔不绝，环环紧扣，直抵终极目的，就是推销本土文化和特产。旅游是搞经济，做生意；导游是文化型生意人，特殊推销员。开始，我不以为然，闭目不语。

九妹全心投入，动之以情，晓之以理，声情并茂，声势逼得我与之目光相对，进行心灵对话。开始我不解，甚至又忐忑起来：难道她们又要强买强卖！慢慢地，我被赤诚和耐心征服了。她们不全是被个人利益所驱动，而是共同家园利益的驱使。

九妹成功了。离开大理前我走进了特色购物店，掏出了兜里的全部小钱，不够，竟然厚着脸皮向九妹借！她胆子也真大，竟然就借了。

滇山滇水育滇人。

九妹，阿夏利，马姑娘……

有这群“胖金妹”[①]和“阿黑哥”[②]耕耘这片土地，守卫这扇大门，我辈守着黄海前哨……

天下四围，何以堪忧！

悠哉！乐哉！

木底箐的曙光

告别了九妹，大巴车由大理向丽江急驰而去。

车里很静。导游的位子空了一下午，傍晚时分进入丽江后，一位新导游又站在了这里。她是来自泸沽湖畔女儿国的摩梭人阿夏利。

---

① “胖金妹”是对纳西语中“姑娘”的音译，在这里是作者对云南少数民族姑娘的代称。

②“阿黑哥”是人们对彝族男子的称呼，在这里是作者对云南少数民族男子的代称。

云南的“胖金妹”一个比一个厉害。刚适应了白族九妹，又要领教摩梭女。阿夏利利落，果断，刚毅，出口不凡，给我留下了很深的印象。回威海月余后，我突然萌生出采写阿夏利的欲望，于是翻出了她的电话开始了微信采访。

木底箐。箐，属双音字，有两种基本释义。百度显示：箐（jīng），一种小竹；箐（qīng），山间的大竹，泛指树木丛生的山谷。古老的泸沽湖畔，碧水蓝天，茂竹丛生，胜似仙境。当年，游牧南迁的摩梭人被这里的美景所吸引，择箐而居，繁衍生息。千百年走过，昔日古老村寨焕发了青春。以摩梭人为主的木底箐村、辖大村、牦牛坪等6个自然村，属丽江市宁蒗[①]彝族自治县永宁乡辖区。

1986年的一天。在木底箐村一个走婚的家庭，随着一声婴儿的啼哭，阿夏利来到了这个世界，属纳西族的分支摩梭人，摩梭名字叫次吏·夏利。她6岁进学前班，18岁前完成了县乡义务教育，2004年走出木底箐村，来丽江市区谋职。2006年开始，函授丽江民族专科旅游管理专业，并考取了导游证，成为一名导游。随着社会进步和创业需要，她告别了亲人来丽江市区定居，并结束了走婚，同丽江的纳西族爱人登记结婚。现在，阿夏利已是两个孩子的母亲。9岁的儿子，是她和第一个走婚“阿注”生的；结婚后生的女儿已经5岁。两个孩子，依然按摩梭母系制入母亲的民族和族谱。

摩梭始称牦牛羌或牦牛夷，为古代摩梭游牧民族，俗称

① 蒗（làng）。

放牦牛的人。据传，战国时期羌人部首领中有个叫邛[①]的，为避秦国威胁，率领族人南迁。很久后有称摩梭人的南迁至定笮[②]，即今四川盐源、云南永宁泸沽湖一带。《元史·地理志》记载摩梭在永宁定居已有 1500 年。据摩梭打巴[③]《归宗引路经》载：蒗渠地摩梭人是从四川瓦汝[④]迁到蒗渠的，记录着 62 代祖谱，据此推算，摩梭人定居蒗渠也有 1500 余年。正史与野史吻合。

有资料显示，生活在云南省西北、四川、云南交界泸沽湖畔的摩梭人约有 5 万余人，在金沙江东部有云南省宁蒗县以及四川盐源、木里等县约有 4 万余人。其中，宁蒗境内摩梭人口 1.5 万余人，主要聚居在泸沽湖畔的永宁坝子。他们有本民族的语言，没有文字，是一个未识别民族。1950~1959 年，摩梭人强烈要求解决族称问题，引起国家重视。但由于其在语言、心理素质、地域和宗教信仰上都和当地蒙古族几乎一样，没有得到批准。泸沽湖畔居住着众多民族，以蒙古族为主。中国 56 个民族中没有摩梭族。国家曾将云南泸沽湖畔的摩梭人识别为纳西族，而四川泸沽湖畔的摩梭人则为蒙古族。摩梭语属于汉藏语属汉藏语系藏缅语族彝语支。泸沽湖摩梭人仍保留着母权制家庭形式，被称为“神秘的女儿国”。母系家庭中母亲主宰一切，女性在家庭中有

---

① 邛（qióng）。

② 笮（zé），姓；笮（zuó），竹篾拧成的绳索。

③ 打巴，指打巴教的巫师。旧时云南宁蒗地区的打巴分两种，一是专为土司念诵家谱，另一是专为群众送鬼迎神。

④ 瓦汝，今左所区前所乡。

着崇高地位。

天色将晚。

由大理来丽江，大家坐了整整一下午车。阿夏利一上车就滔滔不绝，大家不由自主地把她与九妹进行比较。简要归纳，她大致讲了如下几点：（1）用自己走婚的故事，讲述摩梭人的风俗、由来、母权制度与纳西族的关系，深入浅出，言简意赅，在很短时间内就把摩梭人的文化背景和大数据表达出来，一下子把大家的兴奋点调了起来。仅此，就让我产生了写作滇行的欲望。（2）丽江境内两天的行程。（3）强调纪律和安全，讲得很严厉。（4）安排当晚特色自费就餐问题。（5）当众讲明今晚给她 1 小时，明早也不能到餐厅，因两个孩子吃饭上学必须由她负责，余下时间全陪大家。最后又再三强调守时和安全。

这是责任和担当。大家不是小孩子，深谙个中意蕴。

言必行，行必果。每个景点人山人海，没有严格的纪律制约，人一撒出去就收不回来了。每次点名，阿夏利都扬起眉毛，目光铮铮，对违反作息时间的丝毫不留情面。比较起来，白族的九妹和摩梭女阿夏利风格大致相同，反而是到了昆明后的汉族导游马姑娘显出了随和的风格。大概这是不同民族的习性和文化？

丽江行最后的午餐。就餐时，餐厅里推销滇地特产的一波接一波。突然有人送来一堆泸沽湖畔的特产，有三七和三七花，天麻和藏红花……说是摩梭人的产品。一听，我又想掏出兜里的钱，一摸，想起来在大理就借了九妹的。这次换个法儿，我打开手机找威海的朋友借。转眼，钱就来了。

木底箐村。一个生小竹和大竹子，林木茂盛的山谷。

“阿注”和“阿夏”们走婚的归宿。

探幽茶马古道

一条古道，穿崇山峻岭，越险山恶水，蜿蜒起伏，横上世界屋脊，贯通云贵高原和青藏高原。此道始于滇南，北上滇西北，走大理，过丽江，进康藏，翻过喜马拉雅山脉，直抵印度加尔各答，史称“滇藏茶马古道”。

千百年来，队队马帮、长长马队，驮铃声声、蹄声哒哒，长年累月，川流不息，把茶叶和山货运向西藏等地，转手驮回滇民生活用品。

滇藏往返，世代相传；天灾人祸，凶险难料。

一路走来，血迹斑斑，白骨累累，蹄印深深。

茶马古道，除滇藏古道，还有同等重要的川藏古道。二者等同陆上丝绸之路和海上丝绸之路，是我国乃至世界历史上最古老的经贸商路。源自古代西南边疆的茶马互市，始于秦汉，兴于唐宋，盛于明清，二战中后期最为兴盛。成为古代文明传播和交流的重要渠道。

千古马帮情，铸成古道魂。附着于古道上的马帮精神，已成为中华民族精神的成分，同日趋凸显的地域多元民族文化相融汇，成为民族团结、经济发展和安疆固边的强大精神力量。古道虽已湮灭于历史尘埃，但其文化价值和影响力不可低估，对彰显“一带一路”的战略地位和话语权意义非同寻常。

7月的拉市海，天气属猴子脸说变就变。上车时还阳光普照，下车时晴着天雨就哩哩啦啦下个不停。一下车，我们一家老小，直奔“马帮传奇·茶马古道行”项目入口检票处……

山道弯弯，细雨蒙蒙。几十匹驮骑一溜长蛇阵，淹没在雨中缓缓前行，马背上的雨衣红绿相间。我走在最后，总揽全局，由低向高处望去，只见弯道盘旋，沿着山涧和青松向前，时隐时现；对面马队时有走来，交错而动，川流不息；马队人流，线条流动，色彩饱满；队形路形，变化莫测……作为摄影人，我一手持机一手抚鞍，迫不及待地长按快门，连续抢下这难得的镜头。

抬头望去，斯景如逝。定睛细看，路边高处连续出现陈旧的坟头。荒山野岭怎么会有坟头，难道是当年马帮的？大理、丽江或拉市海是当年茶马古道必经之地，这个说法不可怀疑。说这条山道是当年遗址，则需要考证。出现的坟头也许是当地人的。

古道马帮，话题沉重，风险极大。因此帮规严厉，潜规则和禁忌很多，入了行必须严格遵守，否则无法生存。作为一种古老行当，不确定性很强，但它植根于这片沃土，靠传统美德的长期潜移默化，形成了千年古道的马帮精神。即冒险开拓精神、宽容守信精神、吃苦吃亏精神、爱国创新精神。我们携家带口，远道而来，目的就是现场感受这种精神的精髓。

曾几何时，在呼伦贝尔大草原学骑马很是奔放，在朋友威海农场练骑马也颇为欢乐，而今天却如此沉闷，总有一种沉重感。前面的女儿却表现出浓厚兴趣，不时转过头朝我露出红色遮雨帽下甜甜的笑脸。迎面一队马帮走来，场面热烈，画面饱和。我急忙举起相机一阵连拍，抢下了马背上女儿雨中快乐的脸庞儿……

峰回路转，雨过天晴。赶马人亮起了嗓门，一曲纳西族民歌悠扬婉转，声韵浑厚，荡涤山谷。我伸出拇指为他点赞。他感慨地说，在纳西族，不会唱歌的男人不是真正的男人。

歌声回响，思绪放飞。一首《赶马调》带我走进苦涩之夜……

> 夜晚，在松坡坡上歇歇脚，叮咚的马铃响遍山坳。我唱着思乡的歌儿喂马料，嘶鸣的马儿也像在思念旧马槽。搭好宿夜的帐篷，天空已是星光闪耀。燃起野炊的篝火，围着火塘唱起赶马调。远处的山林里，咕咕鸟在不停地鸣叫，应和着头骡的白铜马铃，咕咚咕咚响个通宵。我听见呼呼的夜风，在山林间不停地呼唤，夜风啊夜风，你是否也像我一样心神不安？我看见密林的松针，在枝头下不停地抖颤，松针啊松针，你是否也像我一样思绪万千？我看见闪亮的星星，在夜空里不停地眨眼，星星啊星星，你是否也像我一样难以入眠？

谁敢保证，当年这个歇歇脚的松坡坡不在今天行走的山道上？有资料显示，滇藏茶马古道全程3900公里，往返一趟，有多少个夜晚要在松坡坡上歇歇脚？

赶马人是茶马古道最底层的苦力，俗称马脚子。每人最多赶12匹骡马，一般的只负责七八匹。马脚子一人所照管的骡马及物资称“一把”，这样几把或十几把就结成了马帮。与当时由乌合之众组成的地方军阀相比，马帮更像一支训练有素、组织严密的军队。马锅头、马脚子和骡马各司其职，每天从早到晚按部就班，兢兢业业，井然有序。

今天的赶马人与当年的马脚子有本质区别。他们以马为本，参与马队经营。每家3匹马，出专人赶马并照顾客人，公司按出勤分配利益。客多了赶马人跟着步行，客少马闲了可以骑马。我今天的赶马人叫木春，纳西族，正盛村人，全村160户。他的3匹马，年收入大约几万元。

全程两个小时走完了，马队下山，走进了铁栏杆检票口。

我的小外孙女李洋怡，刚读完一年级，吃自助餐不用交费，却单人单骑，走完全程。赶马人纳西族阿姨为她“牵马坠蹬”，一路步行。滇马体小劲大，温顺忠贞，茶马精神依然，令人赞叹。

结稿后我关闭了电脑，掩目沉思。小时候，常听村里老人叫赶牲口车的人是赶脚的。马脚子，赶脚的，无论音译或释义，都惊人相似！从黄海之滨到云贵高原，这到底为什么？我百思不得其解。

难怪五千年走过，中华文明依然经久不衰！

（2019年9月）

1. 威海市委书记崔曰臣在首届威海国际人居节开幕式上致辞。作者摄于 2004 年。

2. 首届威海国际人居节开幕式。作者摄于 2004 年。

3. 天然良港威海湾具有极高的军事价值。航母舰载机摄于英租时期。

4. 英租时期威海湾成为西方人向往的度假天堂。

5. 第一代军垦战士刘友岚。

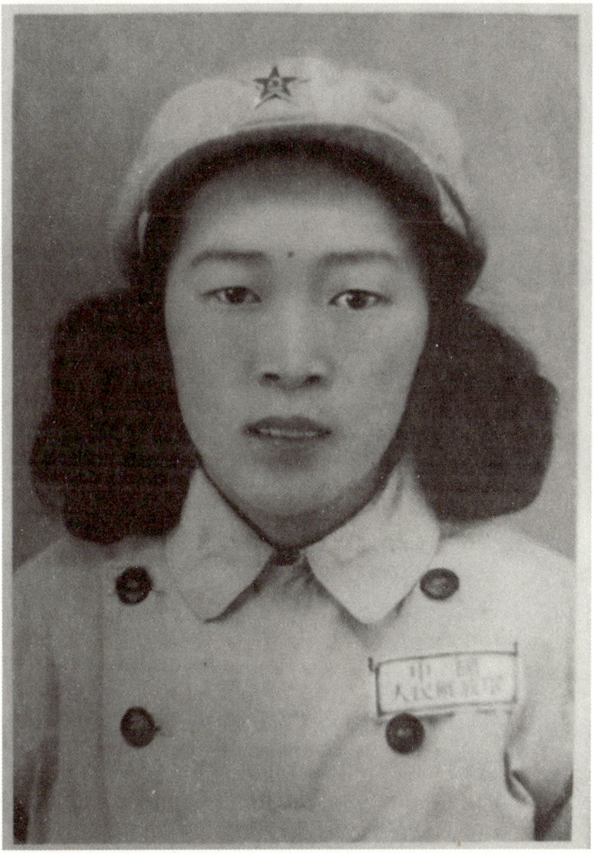

6. 威海市政协高旭光主席一行家访戍边母亲张友岚。作者摄于 2021 年。

7. 每临春节刘军（前左二）一家人由伊犁来五家渠姐姐家（前左三）过年。

8. 东南乡出身的早期威海特区委书记章若明与夫人王少木。
20 世纪 40 年代摄。

9. 当年英租界商人的后代邓肯·克拉克来峨石村观光。作者摄于2004年。

10. 渔家汉子。作者摄于2008年。

11. 田村渔业大队的老牛网连获丰收。作者摄于 20 世纪 70 年代。

12. 时任西港水产大队党总支书记苗丰禄。20 世纪 90 年代摄。

13. 杨家滩大队四队“五好社员”合影。前排右一为作者父亲、生产队长杨清礼。

14. 先结婚后拍结婚照的年代。1974 年摄。

15. 体验茶马古道。作者摄于 2019 年。

16. 牧民甘扎在自己家煮手抓羊肉招待远方客人。作者摄于 2010 年。

17. “团长”的骑姿。作者摄于 2010 年。

18. 遛马。右为作者。作者摄于 2010 年。

19. 谷越涛父（右）子（后）双双入围国家和省级名老中医榜单。

20. 戴仁义三儿子邓树清在父亲老屋前。作者摄于 2019 年。

21. 戴仁义生平仅留下这张退休证照片。

22. 作者（左）1972年高中毕业照。

23. 作者与女儿。

呼伦贝尔行

1

立秋刚过，威海的夜晚凉爽宜人，只是白天若遭遇上“秋老虎”便炎热难耐。此时，我与友人一行四人走进了闻名遐迩的呼伦贝尔大草原。按时间推算，大草原的季节比威海提前俩月，温度低点已降至十几度，一下飞机就换上秋装，视野里的大草地也披上了秋色。

秋是收获和宜人的季节。

草原之秋天高云淡，变化莫测。忽而碧蓝如洗，天际高阔无边；忽而白云翻飞，不断变化出各种令人遐想的造型；忽而黑云滚滚，贴近地面逆风而动，接着一阵倾盆大雨就来了……各色天际下的大草原一望无际，平似大海，亦有丘陵起伏时，在丘陵与平原之间突然冒出像海一样的湖泊。此间，上百上千头的马、牛和羊，或在平展展的草地上低头啃草，或挂在远处山坡上慢慢地游动着。马牛羊极少有人看管，不管白天或夜晚自由牧放，有时亦有跟放的牧民，多数是骑着马手持套马圈的放牧人。

越野车在笔直的柏油路上飞驰，我与友人在车里贪婪地享受秋色中大草原的美景。

一路上，车里欢声笑语。昨天大家还处在沿海城市紧张的工作环境，今天突然就走进了让人放松的大草原。此时，谁不心旷神怡！何况，我们即将到达当地著名景点——额尔古纳的湖畔跑马场。

转眼间，我们到达了目的地。它是挂在湖畔半地高坡上的一处跑马场，里面并排十几座白色蒙古包，供游人住宿或就餐。中间一座最大，平日十几位歌手兼服务员在此训练，客人多了可供近百人就餐；两侧的小包只能设一桌客。前脸竖起一排高高的旗杆，上面各色图腾的旗帜迎风招展。以此为界，前面是平缓的半坡遛马场，后面是通向高坡之巅的跑马地。翻过高坡是一望无际的大草地，在那里跑马如入无人之境，可任意驰骋。

骑马首先要选马。我等此行是为买马而前来骑马，于是这种选马就有了相马的意义。

相马必须捷足先登。赶在游人到来之前我们就到达了指定位置，即圈马场。此时，昨夜脱缰的跑马像野马一样在草原上自由地寻食还没有收缰而归，我们便在此恭候。片刻之间，就见一群无缰奔马由天际而归，被一手持套马杆的骑手将马群赶进了圈马场。这时，我们由团长、副团长带领围栏而转，在主人的陪伴与指导下精心挑选。标准：一是身架好，二是花色美，三是温良能跑会跑。团长特别强调这三点，并身体力行一丝不苟精心挑选；副团长竟然以不懂专业为由而表现出与己无关的态度，转了两圈便私自开小差溜之大吉；后勤处长以同国外联系业务为由把耳塞挂于两耳说一口外国话躲得老远说个不停；唯我作为咨询不好公开退场，只得一边手持相机为团长精心相马抢镜头，一边协助团长左挑右选，累得一头大汗。功夫不负有心人。在驯马师指导下最后终于挑选出三匹温驯好看又能跑的枣红马。

相马不光看外表，关键要遛一遛骑一骑。三匹马四个人，谁遛谁骑，可见每人表现。

团长不愧是团长，既懂业务又带头实干。见副团长以晕马为由不想遛也不想骑，便把精选的一号、二号良马送与咨询及后勤处长负责，并耐心指导，以身示范。我没有像副团长那样对工作不负责任，而是以团长为榜样，积极挑起相马重担。

此时，走来一对20岁上下的小伙子，个子一大一小，皆身着黑骑袍，脚穿高筒马靴，黝黑脸膛，一说话就露出洁白的牙齿。听说我们相马之后要买马，大个子一双白眼仁多于黑眼珠的眼睛露出痛苦的表情说：这三匹马是马群里最好的马，是他俩经过几个月辛苦驯出来的。小个子说他6岁就开始骑马，是在马背上长大的。因打小有一身好马术，成为当地颇有名气的驯马高手，眼下年轻人因流行骑摩托没有学骑马的，他二人被跑马场老板雇来驯马。他以手指脸对我说，为驯这马脸上摔出了疤痕，生马不驯谁也没法骑，不驯也不可能成为良马。今年 3 月开始驯，到 6 月客人才开始骑，眼下正是好骑的时候……话间，他备好了马鞍，接着翻身上马，亲自为我们表演一圈。小骑士一上马，立即人和马都换了面孔。他手把马缰，眼珠陡亮，口发哨声；马一改温驯面孔，双耳竖立，眼珠发亮。他手一松缰绳，双脚一磕；它迅即前蹄猛刨后腿猛蹬，似箭离弦飞射而去。

一圈转回，他依依不舍地把缰绳交给我。之后，手一摆走了。

马一到我手，立即换了面孔：两耳垂下，双目半闭，一副懒洋洋的样子，我蹬上马鞍之后它竟然原地不动。我用小时赶牲口的口令：驾……驾……连喊几声，它才慢腾腾地起步走去。

团长是老骑手，见咨询和后勤处长上马之后，便迅速上马，手持马鞭，催马前行，领着三匹马穿过蒙古包向后面高坡跑马地奔去。此时，大批游客涌来，听口音多是江浙和上海一带的，他们见我们骑马走向远处，不断投来羡慕的目光。

在团长英明领导和正确指挥下，我等三人打破一般游人骑马惯例，翻过山头向草原深处走去，并放开胆子，时而快马加鞭，猛跑一阵，一展骑士风采。随胆量增加，我等竟然又翻过一个高坡，向草原更深处跑去……尽管如此，良马还是没把我等当骑手，并公开欺负人，耍懒，不走直道，老想往回走。

人熊有人欺，马熊有人骑。

这明显是懒马欺负咱骑手熊。

三骑返回蒙古包已是午后，副团长早已等得不耐烦，干脆躲在车里睡大觉。虽很晚了，主人还是为我们准备了丰盛午餐，一阵大吃大嚼之后，我也累了，真想休息，团长却不准松劲，要求继续相马，真正搞清各自之优劣。副团长嘿嘿一笑：相吧，大家要高度负责不得马虎，这是关乎国计民生之大计。言毕，甩手走之。至此，真是苦了我等，心想，何必谋得咨询一职，脸讲面子身子受苦！人家副团长不讲面子多么自在！

稍事休息，我等三人相互交换了马匹，披挂整齐翻身上马，翻过高坡又向草原深处走去……

傍晚，三骑返回蒙古包。经过一阵评议，一致通过议案：在英明团长领导和贤咨询协助下，此行相马成功！大家鼓掌祝贺。此时，我心中一种幸福感油然升起！

议价。马场老板是一位中年蒙古汉子，满脸络腮胡子，伟岸，阳刚，精明，豪爽，两回合下来，成交。此后，团长乘胜前进，果断决策，迅速行动，一个时辰将马运走，三天之内运回威海。

自此，三匹蒙古良骑由大草原到几千里之外的大海边安家落户了。

2

海拉尔是呼伦贝尔市的中心城市，亦是旧时的盟府所在地。

2010年8月10日晚8时，在海拉尔机场一下飞机，接待我们的满意主任就送我们住进了当地国宾馆——天骄宾馆。这是一座园林式的高档饭店，具有浓厚的传统文化和地方特色。满意主任是一位干练而具有丰富经验的接待专家，他在陪我们晚餐时就把几天的行程安排得一清二楚，并发给每人一份印制精美的接待手册，里面有这座城市的简介，有每天的日程和陪同人员名单及联系方式，最后还编印了城市地图。原来我在机关管过多年接待工作，比较留心这些细节，这种考虑周全的接待手册还是头次见过，于是我对这座城市和这里的人以特有的心情刮目相看。最令我欣喜的是第二天的行程中，安排了到草原深处牧民家里访问并在这里吃正宗的手把肉。这对于吃遍大小饭店的人来说，无疑是一次原生态高品位的美味享受。同时，对于一个写作者和摄影人而言，可以零距离地接触草原深处基层牧民的生活细节。于是，我盼望着这个时刻的到来。

12日上午，满意主任安排他的下属陈巴尔虎旗毕主任陪我们前往他多年的牧民朋友甘扎家里做客。在完成第一个行程之后，时间已近午时，两辆越野车向大草原的深处奔驰而去。

甘扎，全名甘珠尔扎布，时年53岁，是陈巴尔虎旗（县）乌诛尔苏木（乡）白音乌拉嘎查（村）的一户牧民。他拥有草场一万多亩，牧羊上千只，养牛几百头，放马一百多匹，年收入30多万元。家里三个孩子中有两个在外面发展，老伴小儿子外加一位雇工，4人管理着一万多亩草场，可谓地广人稀。

一见面，毕主任就向我们讲述牧区和牧民的情况。

车向西北方向飞跑。陈巴尔虎旗位于海拉尔西北方向，与满洲里和俄罗斯接壤。车在草原上飞奔，不见一户人家，只见远处白云下的牛羊群。

呼伦贝尔总面积 25.3 万平方公里，相当于江苏和山东两省面积的总和，有天然草场 1259 亿亩，人口仅有 270 万，牧区平均每平方公里只有 3 个人。因而，走进草原深处很难见到人烟！

这种生存状态，与当今社会土地面积锐减人口密度居高不下之态势相比，实在是国之大幸民之大幸矣！

车无声息地奔跑不停。

凭窗眺望，极目楚天舒。此时，我心潮起伏，似波澜澎湃。抬头远望，但见大片草地像大海一样虽然一望无边却被飞快前行的车甩在了后边，然而，前面又有无垠的草地急速地向我飞了过来……

突然，头车紧急刹车。一阵观察之后，发现走过了路口。只因草地太大，谁能记得住。一阵沉静，头车一个急转弯回头跑了一段之后，一头钻进路旁的草地向西北方继续飞驰……

草原太深了。

翻过几道高坡，转过几道弯道，车还在不停地飞奔……

俗语道：不到哪里不知道怎么怎么地！此话有点俗。应该说：不到呼伦贝尔大草原不识庐山真面目！

我在心里感叹不已，大家在车上皆有同感。

经过长达两个小时的飞奔，遥远的前方终于出现了火柴盒大小的牧舍。有希望了！然而，车跑过去却不见有路，只好在原始草地里跑。车过之后，茂密平展的草地留下两道深深的车辙。房子近了，车眼看就走到了，却又迷失路线钻进了被铁丝网围起来的草地，跑了半天找不到出口，又不得不折回原路重新前行。目标就在眼前却靠不上去，非但我们心里急，陪同的毕主任亦心焦不安，他操起手机同甘扎一阵呼叫之后，车终于拨正了航程找准了方向……

甘扎的牧舍是一座集现代元素与传统及原始文化于一体的混杂院落。卧室是现代建筑材料建成的，房顶是轻型材料，墙体由红砖水泥砌成，玻璃门窗。院墙是半木栅栏半砖砌，院墙里靠墙放着一排铁箱和木箱子，全用铁锁锁上。问及此物何用？对曰：储物。院外仍然保留一座小型蒙古包，看样子相当于我们的厢房。正向东侧是一座木栅栏建成的圈马栏，可圈养上百匹的马群。

走进院里，一壮年汉子膀大腰圆，因午后炎热之故光着上身在院里迎接客人。陪同向主人介绍来宾之际，见到矮胖穿着入时的女主人在忙碌，又见一满脸络腮胡子的瘦长中年汉穿梭其间，及问何许人士？对曰：雇工。我在院外摄影，进院后，只见面相和善脸色紫红发黑的甘扎，正在半人高的院墙下支起的白钢锅里翻弄他煮沸已久的手把羊肉。

蒙古人的热情好客自古闻名华夏。但甘扎属那种不善言表只注重行为的类型，但见其面色平和，不善表达，只专注于他的煮羊肉。我端着相机靠近，只见两口锅里的羊肉沸腾翻滚不停，汤汁醇厚，羊肉色美，香味扑面而来……甘扎听说有客来自远方不亦乐乎！清晨即起，吩咐小儿子在满群羊里选一只60斤重的三龄羊，亲自动手宰杀洗净切块以下锅煮之，一上午没干别的，盯住煮锅专注于煮肉……多年来，只有儿子娶亲和重要客人来时他才亲自动手。几个钟点下来，羊肉香气四溢，甘扎才轻松下来，到了此时的手把肉才是待客佳品。

两盆羊肉端上来，还有一盆自制血肠，配以韭菜花酱和辣酱。主人用锋利刀子把大块羊肉切成条块，递给每个人。我等用手把肉蘸以调料之后大口塞进嘴里便大吃大嚼起来，然后一杯白酒下肚，我等皆喜形于色，长期以盼的美味终得享口福于甘扎兄之居所！这就是闻名四海之呼伦贝大草原正宗的手把肉。

斯羊斯肉，纯真原生态，绝对无污染。

毕主任敬酒，祝酒词绝对准确无误：来，各位远方的客人，今天吃的羊肉，用我们领导招待外宾的话说，那羊吃的是中草药，喝的是矿泉水，屙的是六味地黄丸，尿的是太太口服液，为此，为了各位的健康而干杯！此时，我想这杯酒谁不干，肯定是“二虎”！于是，我不能喝酒亦一口闷了！

此时，甘扎在一旁只是微笑，有乡里旗里的干部陪着，他心里踏实。最后，他站起来，每人给斟上酒用并不流利的汉语敬酒。这杯酒谁不喝也准是“二虎”。

大家一齐干了！

醉了！

草原，蓝天，白云，骑马，蒙古包，草原人家，手把肉，美酒飘香……

儿时的故事终究成了现实。

谁能不醉！

3

饮奶茶是蒙古大草原流传千古的民间传统文化，到呼伦贝尔不可能有谁说我不喝奶茶。

过去没到大草原，在一定场合亦喝过奶茶，但记忆全无。走进呼伦贝尔亦喝得几回儿奶茶，但受众多美味冲击，已印记淡漠。而唯有满意主任单独安排的那次早奶茶使人眼界大开，胃口大开，至今想起仍口生馋津。

头天，在大草原跑了一天，实在太累，晚饭后便一早安歇下来。夜里无梦，人将起时，外面大雨骤起，哗哗不停。突然，半睡之际的团长手机响起，接之，是满意主任电话。他说本来今早到一家奶茶馆喝奶茶，大雨不停如何是好？团长本想，奶茶这几日哪天不喝，既然天降大雨那是天意，不想让咱家喝这碗奶茶何必执意，何况这几天搞得人家满意主任挺劳累，为一碗奶茶千万别叫人家再跑腿，便顺水推舟婉言谢绝。

可是天意不可违，此等奶茶不喝似乎天公不愿意。电话刚落大雨便停了下来，团长见状心里嘀咕：停吧，反正不用劳驾人家主人陪咱家出去喝碗奶茶而已。一得意，将身躺下想再休歇片刻，因为今天还要带领大家去完成更精彩的任务。正得意之际，突然手机响起，满意主任又来电话了。他说，雨停了，按原计划去喝奶茶吧。出于礼貌团长不好推辞，便电话通知各位某时出发去喝奶茶。我接到通知心想一碗奶茶有啥好喝的，将信将疑地执行纪律准时到位了。

天气阴霾小雨淅沥。满意主任陪我们进来时，他的上司李局长已在门口等候。见面之后，李局说没有位子，我亦不敢乱动，只有等满意主任来再说。我想，是何等奶茶馆如此红火，在这座城市里一个有身份的人来此竟然订不到位子也无人问津。满主任见状让我等在此小候，便跑到楼上找房间。片刻之后下来说安排好了。上得二楼，人熙熙攘攘，进进出出，一看这馆子就非同一般。我是开饭店的，一见这种场景就羡慕。随人流我们进了包间，一长条桌冲门纵贯而列，桌面上并列两个特制的烧锅，我等一行 7 人进门便随意就坐。一会儿，一男生端来两盘原料放于桌上，顺手连续打开俩烧锅下面的液化气灶，火苗窜起烧锅发热，男生麻利将盘中之物倒入锅中，拿起铲子不停翻炒。我等眼直勾勾地盯住锅中之物，李局长见状告诉我等，锅中炒物一是奶黄油，二是奶皮，三是黍米。说话之际，锅里的香味愈来愈浓。此时，另进来一男生手提大壶，将壶中已熬制成半成品的白色奶茶倒入锅中，锅满，敞锅烧至滚开即可。此时，桌上已备上炸面果、冷羊排肉、小菜等，满意主任先为大家盛一碗滚烫的奶茶，然后以刀将冷羊排肉削至片状分至各碗，再嘱各位将炸果放入碗中奶茶泡食。试之，炸果一泡食之既香又甜，冷羊肉烫之，软嫩可口香而不腻，配以小菜更加爽口不腻。一碗两碗三碗，我喝了四碗，很快，两锅奶茶基本喝光……

最后上了两盘发面羊肉蒸包，在吃饱喝足之际，大家的神气是不想再吃了。满意主任见状说，这包子是切块肉做的，很鲜，各位一定品尝一下。说完他先动手，于是，我等也动了手。结果，都说好。我被四碗奶茶顶得真是不能再吃了，结果又收拾了三个。一旁的团长说他吃了四个。

喝奶茶是当地人每天的习惯，但这种喝法是一般人家平日难以享受到的。过去它是贵族的象征，而在市场经济的今天已然成为一种市场现象，成了这座城市的品牌。主人告诉我，早餐络绎不绝的人流，多数是当地名流陪全国各地的客人……

走出饭店时，小雨还在下个不停。李局长碰到一位熟人，他们握手言欢，其间，朋友说刚才上面的包间是他让给我们的。闻之，愕然。

回来几天后，每当想起这家奶茶馆的早茶我便心动：的确太香了！

当我写完这篇稿子时，还不知这家奶茶馆叫啥名，于是便拨通满意主任的电话。告之：诺敏塔拉。好，谢谢满意主任，再见。放下电话一怔：诺敏塔拉，是蒙语，啥意思？

于是，我便网上请教——电脑显示：绿色草原。

在此，我将此文献给呼伦贝尔远方的朋友和此行大草原的各位友人。

（摘选自《威海日报·海岬》2010年8月25日，9月8日，9月22日。）

守望这片古老的海

若将半月状的威海湾同我的创业和创作过程相联系，我惊奇地发现，在半个世纪的生涯里，每隔20年，我则由南而北向海湾北岸移动一次，而且时间的起始严格有序。在经过出生地、威海城里两次“战略性转移”之后，40岁那年我走进了与家乡隔海相对的北海岸。小时站在家乡隔岸遥望，北岸是一个神秘的地方——威海走向世界的口岸。谁想到，半生之后这里成为我事业和文学艺术创作并长久生活的地方。在这里，我由一名党政干部开始了搞建筑、管饭店的新生活。由此延伸，被多年体制生活掩饰起来的文学和艺术素养得以伸张。在饭店管到一定程度之后，我一阵心血来潮，竟然开始学写作，学摄影，于是，开店、写作、摄影，成为我后半生人生的归宿和亮点。对事业与创作的追求，将使我长久地守望着眼前这片古老的海……

1952年夏初，我出生在威海湾南岸一个农民家庭。童年时代的初冬时节，常常鸡叫三遍之后，我顶着朦胧稀薄的月光，推起独轮小车上路，朝着北面的威海城区艰难行走。父亲养病没钱买药，使本来吃不饱肚子的一家人雪上加霜。无奈，母亲狠心劝我去威海城里卖萝卜。那时无人养护的村路雨后留下深深的车辙，秋后变硬，独轮胶皮车上下颠簸，几个回合下来，我饥瘦弱小的身躯冒出一身白毛大汗。然而，在东方破晓之前，我每每都会抢先到达指定位置。面对水灵的大萝卜和大汗淋漓的孩子，精于算计的城里女人透出对孩子特有的善良，二分钱一斤全部买下我的两筐萝卜……或许这是自幼埋于骨子里的一种文学和艺术的原生素，它常常使我产生许多神奇的联想。

1965年6月间，经过一场激烈角逐，我以优秀成绩考上了公社驻地的乡村中学。中学生，在我的父老乡亲中是一个令人羡慕的称号。那个年代，村里谁家的孩子考上了中学，满疃的人都敬你三分。我就是在乡亲们这种眼神的关爱下走进了乡村中学。

校园里没有深墙大院和曲径通幽的小路，只有两三排青石红瓦的教室和教职工办公室及食堂，全开放的校园一目了然，教室门口就是地瓜和玉米地，只以一圈白杨树为界。每天清晨，我一早起身，身披带补丁旧军装，肩挎褪色黄书包，脚穿一双白球鞋，书包里鼓鼓囊囊地装一个母亲专门为我做的玉米面里掺点麦面的大饼子，雄赳赳，气昂昂，一路急行军，七点半准时跨进教室。然而，那个年代的乡村中学令我失望，老师不敢教学生读书，谁敢教 ABC，就砸烂谁的狗头。老师上有老人下有妻小，为保住饭碗，只好哄着孩子玩。结果，一玩就是几年。好在我脑瓜灵活，紧跟时代潮流，闲来无事就写写画画，几年下来竟也练出几手活。当时虽然没有正经的文化课，但我的写作和画画在全校小有名气。作文常被老师选作范文读给大家听。我在没有一点美术常识的情况下自己独出心裁地创作出《毛主席去安源》的大幅油画，在公社举行的“7·16”畅游长江万人大会上同学们抬着我的作品风光了一把。这或许是我的写作和摄影创作的萌芽时期。

1972 年春天，我读完乡村中学之后，被选进市机关大院。那是一个春天的早晨，我骑着自行车拖上棉花缕毯子包裹着的行李卷，沿卖萝卜的老路走进威海城里。一场动乱之后，市里机关缺少耍笔杆子的，便瘸子里面挑将军，选中了高中毕业的我到政府机关去培养搞文字工作。10 年的机关文字工作，强化了我的逻辑思维，却淡化了我的文学和艺术素养。

1992 年我已成为一名县处级干部，此时我却走出机关，来到刘公岛对岸的海岬上建设一座高档饭店。那份艰辛不比当年推小车卖萝卜轻松，心底有一种巨大压力和隐痛——饭店是一座城市的名片。出于对家乡理想化追求这一动机，我的这种感受具有刻骨铭心的体验。从饭店开业之初吉尔吉斯斯坦总统阿卡耶夫下榻我们饭店留下数百字充满诗意的溢美之词，到东北亚经济论坛在我们饭店举行时日本前首相海部俊树为饭店题写的“活龙不滞水”的汉字书法题辞，以至联合国人居大会在我们饭店举行，从近年欧美、日韩和非洲地区众多政界、商界及军界要员下榻我们饭店时表露出的那种兴奋度可以窥出：他们对威海这片古老海湾的认知无疑是深刻的。

可能受古老海文化与现代文明的撞击，在管理和经营饭店的过程中，我突然产生出一种文学和摄影创作的冲动。1998 年 2 月，我的第一篇散文《我想学散文》在《大酒店》员工文化栏目发表后，引发了我搞散文创作的激情。1998 年至 1999 年两年里，我便在《中华散文》《散文百家》《青海日报》《河南青年报》《威海日报》等报刊发表散文几十篇。之后，数年坚持在《美文》《散文（海外版）》等高端刊物发表作品。在此期间，在人民文学出版社资深编辑丛培香大姐和著名诗歌评论家唐燎原先生的指导下，先后出版了《我的威海湾》《海隅印记》《别了，庄士敦》等散文集。

虽然这种劳动比当年推小车更艰苦，在经过数年努力之后，我又一次收到丰厚的回报。

2001 年的夏天，我收到一份遵照冰心老人遗愿而组织的“首届冰心散文奖”参评通知。怀着神圣的心情，我一口气读完选评说明，面对高尚纯洁的文学奖项，刹那间心底一种渴望的欲火在蠢蠢欲动，然而这种念头刚一闪现，立即被一瓢“癞蛤蟆想吃天鹅肉”的冰水浇灭了。当时，有一种难以言表的心情，压迫我把从已出版的几部散文集中选出准备参评的《海隅印记》压了下来。我有一种自杀感的痛苦，虽然暂短却如此强烈。很快，这种苦恼被饭店经营中一堆棘手问题冲跑，跑得很快，一干二净。

时光飞逝，冬去春尽夏天又来了。

突然一天，我又收到“首届冰心散文奖评委会”的一封信。拆开读后，令我吃惊：我的散文集《海隅印记》获得首届冰心散文优秀奖！一阵疑惑之后，我拨通北京电话问询，是出版单位人民文学出版社选送的，并附有一份参加江苏同里颁奖式的通知。是冰心老人的愿望，使我有幸获此殊荣。于是，在一个炎热的夏天，我怀着一种激情踏上南去的列车，走进著名千年古镇苏州同里参加首届冰心散文颁奖大会，有机会与我国散文界前辈及专家、朋友进行接触和沟通。会上，冰心老人的女儿吴青教授讲到母亲一生做人作文时，心情很激动。那一刻，我的心产生了一次猛然的撞击：文学果真是人生文学，作文先做人，没有爱心和骨气的人不会成为真正的文学家。为此，我为写作而自豪，激奋，决心继承冰心老人遗志，关注社会，关注人生，用人生去感悟文学，做好人，做好事，作好文。

在散文创作的同时，1999年底，我又涉足摄影创作的圈子。冬去春来，以饭店周边得天独厚的环境资源和饭店经营过程中的人文资源为拍摄对象，大胆进行风光、人像、静物等摄影创作以至走出饭店到社会去拍风情民俗。创作中，又把文学和艺术结合起来，探索摄影文学的形式与内涵。先后出版《摄影与随想》《青春与梦想》《烹饪与文化》《总经理镜头中的外宾》《老村·老街》等多部摄影集和摄影文学集，并在国内多种报刊开辟摄影文学专栏。其中《总经理镜头中的外宾》受到日本前首相海部俊树的关注，当他收到我送给他的摄影集之后，专门向我致函祝贺。

在激烈的饭店市场竞争中，我坚持把文学和摄影爱好同企业文化建设结合起来。发动员工学写作，饭店先后出版了由我主编的《合庆山庄夜话》(中英文版)、《爱做梦的日子》《游走刘公岛成山头昆嵛山》《每日小结》《客人书札》《饭店问题与对策》《健康箴言》等多部散文集和专业文论集。饭店把我及员工出版的十几本书组合成客房小书架，为住店客人提供一种地方文化的服务，受到国内外来宾及业内人士的好评。

近两年来，我选择新的命题，以百年前英租威海卫这段历史为题材进行纪实文学创作。《拯救威海的记忆》《一个苏格兰家庭的威海探祖之旅》先后发表于《报告文学》和《中国作家》。

然而，随着文学和摄影创作的纵深推进，在我窃喜成为中国作家协会会员和中国摄影家协会会员之后，谁知当年一起推小车的乡人却不买我的账——那年春天东北亚经济论坛期间，我以总经理与摄影师的双重身份，驱车我村北海滨公园拍摄被保安人员重重包围的海部俊树等重要外宾与国家领导人一起植长青林的镜头。正当我抢拍入神的时候，突然，一旁围观人群中的老汉当着众人的面大喊我多年没人叫的乳名："钱胜！你不是当干部吗？怎么又干起照相馆！？"这个一旁对我一脸傻笑的人竟是我小时的邻居狗剩子哥。

之后，每当我回村见到狗剩子哥时，他总是埋怨我不该开饭馆。

（摘选自《山东作家》2006年第3~4期。）

仁医之道，苍生至上

叩问：漫漫岐黄路你走哪一条

从古至今，迷离神奇的中医路上人流攒动、前赴后续，但，最终成为真中医的却寥若晨星、为数极少。

征途漫漫，道路曲折。前有功名、金钱招手，后有追求、责任驱使，有的上路伊始则初心不保，走着走着便误入岐途，以至离经叛道，走上旁门左道。迷恋官道、追求升迁者，有之；不择手段、捞取钱财者，有之；不学无术、愚弄病人者，有之。然而，坚守医道、悬壶济世、厉精图治、治病救人者，也大有人在。最终走出扁鹊、张仲景、成无已、李克绍、谷越涛等一代上医……

正是因为有了这样一批仁医，才使中华民族历经战乱、疫病、洪水等大灾大难而生生不息，得以生存延续至今并走向未来。

面对关乎民族、国家、人民安危和兴衰这个重大选题，60 年前，自幼志向高远的谷越涛，自踏进山东中医学院（现山东中医药大学）门槛的那一天起，就暗自立下宏图伟愿：传承弘扬中医国粹、为天下苍生劫难祛病。

谷越涛（1943—　），山东阳谷人，1968 年 7 月毕业于山东中医学院医疗系六年制本科。他心系患者、为民劫难，不当院长、甘为良医，医德高尚、医术高超，以“五最”为原则行医，即“用最少的药味、最小的剂量、最便宜的药物，达到最快、最好的疗效”，深受广大患者爱戴，成为闻名海内外的国家级名老中医。2020 年 11 月，他被山东省委、省政府授予“山东省中医药杰出贡献奖”。

一号难求的背后

2012 年早春的一天。

聊城市区有间临街商铺，顾客盈门，正在抢购鸭绒被。只见排队挨号的人群中，突然有人大声吆喝起来：“今天跟找谷大夫看病一样——一号难求！”这个马路流行歇后语中的谷大夫，就是国内外著名伤寒论大家李克绍的传人、素有“五最”仁医之称的谷越涛先生。

济世救人，术贵于精。50 多年行医路，贵在医德医术，即仁心仁术。岐黄术能传承数千年这是最核心的东西，一个医者一旦缺乏了它就不是个真中医，而谷越涛做到了。然而，医德和医术是医生发自心底、矢志不渝的医德底线和行为准则，也是汗水、心血和生命的流淌，舒舒服服、轻轻松松是不可能成为真中医的。“五最”之术在于精，即“用最少的药味、最小的剂量、最便宜的药物，达到最快、最好的疗效”。正所谓，好方救了人，孬方害了人，究其原因是看病不准、用药不当，耽误了患者最佳治疗时机，花了冤枉钱，致使患者残了或死了，既给个人、家庭和社会带来巨大损失，又玷污了中医的崇高声誉。自古至今，有些学中医的胸无大志，学习知识浅尝辄止，又懒于实践，是不可能掌握中医真谛的。反观谷越涛，他走了完全相反的路子。迄今为止，他的“五最”，是当代岐黄路上的一座峰，有的人永远攀不上去；是一条生命线，可以济世救人、普渡众生；是试金石，真医假医一比较就原形毕露、泾渭分明。“五最”之基在于“准”，诊以精、断以准，不管如何复杂、危重的病人，谷越涛力求用一个病机来解释，达到辨证准确。在辨证准确的基础上，精选最佳方药，不能模棱两可，方中药味不可多一味，也不可少一味，从而探索出“五最”的最高用药准则。它最终体现的，不仅是一种高境界的配方准则，更是一个医者应该追求的道德标准。早在谷越涛行医之初，他为一位 70 多岁的患者开出大承气汤加味，总共才 5 味药，老人儿子去药房取药，一会儿又返回来，疑惑不解地问道：“怎么就这么点药，才四五角钱一副！”此时，老人在一旁大声呵斥：“你懂什么，这才是大方哩。快去拿药！”其实《内经》对大方小方的定义很清楚：“大者数少，小者数多。”大方，大就大在药味少药力大，力专效宏，反而是那些药味多、药量大的方剂才是小方，药味杂乱，貌似强大，因其药力互相牵扯，作用已经很小了。

善抓病机，独辟蹊径。谷越涛精于疑难杂病的辨证治疗，学医伊始就擅长通过临床，把握理、法、方、药辨证论治的思维方法，精准施策、屡起沉疴。推崇仲景的辨证论治之道，擅用经方，却又不囿于经方、时方之争，根据病证，何方最佳，即选何方。他的学术特点是辨证论治，是整体观，只要中医整体水平上去了，对各科病症都能取得好的疗效。许多急危重症和疑难杂病，多方求治，中西药用遍却疗效不佳，经他辨证论治，仅用一个精练的方子，服药一二剂，病情即转危为安。几十年走过来，类似的病例不胜枚举。早在几十年前的乡间，一位 80 岁老叟意识不清，不能自言其苦，血压高压 240 毫米汞柱、低压 140 毫米汞柱，腹胀大，按之，面露痛苦状，用竹筷撬开口，见舌苔黄褐厚燥，舌质暗红。问其家属大便情况，说自过 80 岁生日那天，进食油腻过多，已 5 天未大便。切其脉沉弦有力，一息近五至。诊断为燥屎内结，腑气不通，屎气上熏清窍而致昏迷。处以大承气汤原方。因患者年事已高，剂量从中量开始，嘱服药 2 小时若不大便，再来取药。后因病重药轻果不见效，加大剂量再服用一剂，至半夜就排出算盘珠大小黑硬粪蛋 5 枚，掉在地上把地砸得响，用脚踏之不变形。排便后，病人神志渐清，次日血压恢复正常。这个病案验证了经方的神奇，验证了张仲景早在 1800 多年前的诊断：“阳明病，谵语，有潮热，反不能食，胃中必有燥屎五六枚也……宜大承气汤下之。”

上医重道，厚德载誉。广大患者对仁医谷大夫的“五最”诊疗好评如潮，愈传愈玄。长蛇阵挂号现象已持续长达30多年之久，国内外大量患者纷至沓来。一年四季无论风雨雪天，还是节假日，每逢谷越涛门诊日，大量患者头一两天即凌晨排队候诊，以至发生争吵，影响交通，招来民警进行调解。为此，地方主流媒体曾多次呼吁，解决黄牛倒号……在城乡不同角落，如村头巷尾、居民小区，饭后茶余，人们聊天拉呱传颂着谷大夫的“五最”故事。一位老大爷在公交车上夸起谷大夫，竟忘了下车，自己还说：“错过了站，多走几步也高兴。”令人啼笑皆非……后来，谷越涛被聊城市委、市政府授予“感动聊城十佳市民”称号，这是聊城市民最先提名推荐的。

“五最”医术，与当下某些“大医生”形成鲜明对照。据传，有的一年开出的药单，市价高达两亿元；有的中药方子药味高达49种，药量大的，放在小车储备箱里，车盖都盖不上；煎药时，用最大号钢精锅都难以装下；还有的人走了，药剩在家里……

仁医庸医两相比较，孰优孰劣一目了然。

金碑银碑不如老百姓的口碑。

植根沃土的耕耘

鲁西南一带自古是南北方中医文化交融的重地，阳谷是宋金时期名医成无己的故乡，毋庸置疑，这里是一地底蕴深厚的中医文化的沃土。

1943年，抗日峰火连天。2月的一天，谷越涛降生在阎楼乡谷岩寨村一户农家。早年，这家的祖上就为子孙购置了开中药房的地产，结果，这个夙愿在动荡的年代没有实现，却在这片沃土上埋下了一颗种子，在新中国雨露阳光的滋养下，种子终于生根发芽并茁壮成长。

近百年岐黄路崎岖不平，谷家子孙三代跋涉不懈。

受红色基因和古训的熏陶，自幼立德立志，刻苦努力，在县里和地区里最好的完小和中学，为实现人生追求积累了个人的“第一桶金”。谷越涛生于战乱年代，成长在革命家庭。家人里多是地下党员，父亲为抗日做过许多工作，八路军常来他家藏身；读小学一年级的同学中①，有刚下战场的残疾军人，有新中国成立前参加工作的干部家属。特定的生活和读书环境，父辈家国大义、人民至上的情怀和担当精神，在谷越涛幼小的心灵里打下了深深的烙印。虽然他是父母6个孩子中最小的，享受家庭“特殊待遇”，但他处处以父辈和身边的同学为楷模，严格自律，积极向上，最终一路领先，各科成绩非常优秀。小学毕业的作文被推荐为备考文章，被全年级同学传诵，他曾在《中国青年报》《大众日报》发表文章，数理化成绩也均名列前茅，还是学校各项运动、各级赛事的参与者和骨干成员。他年龄最小，成绩最优，引人注目。按照“无产阶级革命事业接班人”和“学而优则仕”的标准，未来仕途之路在向少年谷越涛频频招手。然而，每当

① 新中国刚成立时，根据国家安排，部分成人从一年级开始入校读书补习文化。

他目睹身边亲人和同学那种为了人生追求，心无旁骛、孜孜以求的专注；想到古人范仲淹自小立志“先天下之忧而忧，后天下之乐而乐”“不为良相，当为良医”的远大报负，谷越涛的内心不断闪耀出人生的火花。古人尚且敢把良相和良医并论，说明人生于世，当以利济苍生为己任。把中医的命运和前途与自己和患者紧紧连起来，立志做一名无愧于祖宗、对得起患者的称职医生。从此，谷越涛开始了长达半个世纪之久的从医之路……

国家困难时期读大学，自我加压，学精用准，为实现人生目标插上“金翅膀”。1962 年，谷越涛考入山东中医学院。当时正值三年困难时期后的调整阶段，堂堂山东大省的中医高等学府，这年仅仅招了一个 50 人的班，能挤进这个圈子的都是品学兼优的好学生。入学后，谷越涛的心底总是沉甸甸的。如何回报国家？中医之路在我辈脚下如何走？未来怎样做一个对得起患者的称职医生？谷越涛开始寻找人生之路新的突破点。第一，在课堂上下功夫。接到录取通知的第二天，谷越涛就到书店买了秦伯未编写的《中医入门》，未进校门先入医门。入校后珍惜时间，埋头苦读课堂教材，博览中医经典和与中医学有关的文、史、哲名著，重点书目强记硬背。听课勤记笔记，把老师的板书讲授要点和老师临场发挥的灵光闪现，全部记下。十几年下来，在求学和行医期间，仅笔记就高达 8 本之多，积累了一批极有学术和实用价值的资料。第二，排除干扰精读苦学。在那个年代，如果谁一心读书，成绩突出，很可能被扣上走“白专道路”的帽子。为了保护自己，在业余时间和星期天尽量不在教室学习，约好友到附近山坡，或晚间在昏暗的路灯下，背诵中医经典。考试时，故意答错或漏题，以免分数过高引人注意。第三，突出重点选题攻山克玉。《伤寒论》是中医学公认的重点书目，在开这门课时，谷越涛因生病住院一个月。这期间，班级同学分工帮他抄写课堂笔记。出院后，谷越涛抓紧补习，唯独《伤寒论》光看笔记弄不明白，即使问周围同学、看参考书，疑点仍解不开。无奈之下，只好课前课后挤时间请教主讲的李克绍（1910~1996 年）老师，但老师从不轻易告诉答案，总问几个为什么，让学生去思考，看你实在弄不明白了，才启发式地引导着学生一步一步找出答案。正因为这样，谷越涛对《伤寒论》产生了浓厚的兴趣，对方证机理的认识越来越深入。李克绍老师作为国内这门学科的权威人士，也由此喜欢上了这个学生。谷越涛由此成为李克绍《伤寒论》研究的追随者和实践者，读书期间就取得了不凡的业绩。1965 年冬天，学院组织教育革命探索队，深入革命老区搞巡回医疗。在莱芜县医院外科病房里，住着莱芜煤矿一位 20 岁的工人，因小轨道煤车翻车，把肠子轧出来了，手术后刀口愈合不好，老往外流脓水、爬蛆虫……要求给开中药试试，以缓解患者痛苦。工人痛苦在身，谷越涛带着感情来到患者床前，望闻问切，细心诊察。患者脸色蜡黄，畏寒不敢出门晒太阳，当为气虚证，选用补中益气汤为主，先开一剂。返回宿舍后，他反复分析预测患者药后的反应和效果。第二天一早，他提前来到病房，详细询问药后的反应和感觉，结果患者说的同预测的一样，谷越涛一阵高兴和轻松。辨证论治真的神，病人睡了一觉醒来，整个病灶变了，不出脓水了，没再爬出蛆虫。此后食欲好转了，也敢出门晒太阳了，接着又吃了几副，病情明显好转，很快就出院了。

毕业留校后他坚决要求到农村，怀揣辨证论治的“钥匙”，到老百姓中去打开诊疗疑难病症这把“锁”。仁医重道，时时刻刻站在道的立场去为人处世，始终秉持济世救人之念，无私无欲，心与道合。受仁爱之心的驱使，义无反顾地离开城市，到偏远农村去大有作为。1970年夏天，谷越涛由省城到阳谷县石门宋公社医院任业务副院长，一待就是9年。住进简陋的宿舍，前院后院，门窗对着病房，其实是住在门诊室、夜间值班室里。患者进，愈者出，一切尽在掌控之中，甚至连呻吟声也听得清楚。白天夜间，求诊者一敲门，背起药箱就走，三分之一时间到老百姓中诊疗。一天深夜，被一阵敲门声惊醒。求诊者是八里远的沙河张村人，昨天上午媳妇突然临产，用地排车送往寿张医院，在路上孩子生下了，即返回家中，到了晚上，产妇突然高烧抽风。本来，患者所在村不属自己服务的范围，可以不去，但救命如救火，谷越涛二话不说，背起药箱，坐上男子的自行车后座，过河越沟穿高粱地，赶到后一把脉，考虑应是产后破伤风，接着，二人马上返回医院开中药……第二天虽然没动静了，但谷越涛还是找村里来征兵体检的人询问，听说患者无恙，才放下那颗半悬的心。9年里，类似急重危症，纯用中药一剂转危为安，数日后治愈的病例数不胜数。

一次，病房有位年近70的尿毒症患者，用遍西药，却渐至深度昏迷。他女儿是本院护士，有人建议她让谷越涛开药试试，总比坐以待毙强。患者全身浮肿、腹胀大，撬口观舌，舌苔黄褐腻厚而润，脉沉弦数而代结。导尿，日尿量不足100毫升。辨证为湿热壅阻三焦，枢机不利，少阳生气被遏。应当治以清化疏利，助少阳枢转之机，使少阳之生气得萌，庶几可救。给方剂为温胆汤合五苓散加减，先服一剂。第二天，他女儿说，昨晚9时鼻饲中药后，到天亮已排尿2000毫升，神志渐清。出院后坚持服用中药，肾功能渐有恢复。

人生有几个九年，谷越涛在农村这个广阔天地里，奉献了自己青春的年华。多少个日日夜夜，他穿梭于辽阔的鲁西南的大地上；多少个朝朝暮暮，他走东家串西家为患者诊疗；多少个不眠之夜，他在昏暗灯光下伏案苦读疾书；多少个严冬酷暑，他在冰冷或闷热的屋子为学员培训讲授……然而，他并没有白白付出，9年收获满满，在辨证论治的这条正道上，历经磨炼，在世界东方文明的大海里，终于看到了中医的真谛——这把解决疑难病症的钥匙。

患者至上的驱动

阳谷县石门宋公社医院。

1978年春。一天，一位不速之客突然造访谷越涛，此人是新建的聊城地区中医院院长（原阳谷县医院院长）苗培文。一见面，没有寒暄客套，就劈头盖脸地埋怨他：“你怎么还不去报到，调令下了快一年了？！”这一问，把谷越涛搞了个“丈二和尚摸不着头脑”。原来，早在一年前，聊城地委组织部就下了调令，作为技术骨干，调谷越涛去新建的聊城地区中医院。县里的领导都舍不得放行，因为平时有病，都要找谷大夫看，调走了，再看病就不方便了，就让县委组织部把调令压下了。

宝剑锋从磨砺出，梅花香自苦寒来。此时的谷越涛，经过九年在农村治疗急危重症的锻炼，为患者“降妖伏魔”练就了一双“火眼金睛”。然而，面对广大患者的期盼，他深感视野的局限，再展身手需要更加广阔的空间。虽然前几年，山东医学院的党委书记向克来两次来石门宋医院时，关切地对他说：“越涛，回去吧，学校需要你。”他除感谢外，真诚地对老领导说：“我在这里干得很好，很有收获，就在下面干吧。”面对广大农村群众缺医少药的窘局，特别是在蒙阴、莱芜山区巡回医疗时，亲眼见过病家，用椅子绑上杆子，抬上患者翻山越岭求医的状况。严酷的事实说明，农村基层是中医药大有可为之地，满足患者需求，建设区域性具有特色的中医院，是谷越涛埋在心底许久的期盼和追求。作为业务骨干，他被选调到刚成立不久的地区中医院，这次他一反常态，打骨子里响应，主动办理调动手续……

坚持域情实际，强化中医优势。聊城位处鲁西冀鲁豫边区，虽历史文化厚重，但经济相对滞后，发展传统中医资源丰富，占有优势。谷越涛凭其长期农村中医实践，对这一域情和医患需求，有着深刻的理解和认知，从他来中医院报到第一天起，就立志从细节入手，自觉担起建设特色中医院的特色医生角色。第一，能用中药的坚决不用西药。作为一个中医院的业务骨干，他上班第一天，查房时发现不少患者仍以服用西药为主，瞬间谷越涛敏感的神经像触了电那样，为之一痛，下意识告诉自己必须立即纠正这个现象，如长此下去，这个中医院就变味了！从自己开始，用典型病例带动大家停用西药。正在这时，门诊来了一位莘县的病号，阑尾手术后老是肚子痛，自称吃中药有一马车了还是不行。按惯例可能会给他开西药。为防止旧技再演，谷越涛和大家一起诊疗，确认为腹部淤血，出活血化淤方剂，结果，几剂之后就好了。硬是这样坚持，很快扭转了中医院西药为主的现象。第二，宁做甘苦中医，不当科长院长。初步改变滥用西药现象后，新任院长没有征得本人同意，就任命谷越涛为医务科长，无奈之下他只好默认，但仍以看病为主，把科长当副业。干了一气，一看不行，他立马打辞职报告坚决不干了。过了几年，组织找他谈话，要他干院长，面对组织的信任，他苦口婆心，阐述理由，终于说服了领导，继续坐诊，始终坚持和患者打成一片。第三，把患者当亲人。多年里，谷越涛常怀仁爱之心，医术高明、品格高尚，不仅尽心尽力为患者解除身体上的痛苦，而且还尽己所能，在精神上经济上为他们提供帮助。一次，有个肾病患者，看完病走后不多时，转身又回来了，找谷大夫少开几副药，谷越涛一脸茫然地看着患者问这是为何？患者说，我的钱不够了。谷越涛的心一阵酸楚，马上掏钱给他，连回家的车票钱也给了……第四，注意扩大海外中医影响。海外患者千里迢迢来求医，谷越涛总是拿捏有度，坚持一视同仁，既不懈怠又不媚洋，从而博得一致好评，从而扩大了中医的国际影响力。在 2000 年左右，聊城三中一位教师定居美国的姑姑，抗战时期在西南联大毕业，年事已高，发烧一年多不退，在美国吃过中药也不行，慕名回国找谷大夫诊疗。夏天很热，她却怕凉，诊断为三焦湿热，处以蒿芩清胆汤，一剂见效，她高兴得了不得，连吃几副后稳定下来回国了。两年后又犯了，再回来，类似上次的调理和治疗，很快就好了。2010 年前后，美国俄勒网州友人詹姆斯，本行西医，60 多岁。自学中医 10 年之久，碰到一些疑难问题到中国来求解，外交部有关人员推荐他找谷越涛。因每天几百人挂号排队，谷越涛很忙，詹姆斯只好住在聊城大学国际交流中心候诊。3 天后，美国客人来到谷越涛家里，逐个介绍所遇到的疑难病例，谷越涛帮他分析病情，开具处方，并介绍中医历史，客人很感兴趣。当看到主人家一件 500 年前的明代瓷器后，他感慨地说："美国建国才 200 年。"

甘于示范引领，培养学术特色。多年来，谷大夫的"五最"标准形成一大特色和亮点，如何把这种行医特色转换成团队特征，是谷越涛一直思考并践行的课题。（1）利用点金术的故事，引导同事和学生，宁要点金术，不要黄金山。他和大家一起研讨如何把握天人相应的整体观，以及所涉宇宙高层次的思辨哲学，力求把这一理论正确运用到辨证论治的全过程。反对治标不求本，反对从西医的角度用中药的做法。（2）运用病例，组织大家辨证论治。"证"是整个诊治过程画龙点睛的关键，只要"证"确立了，中医的诊断也就完成了；"证"是客观的、唯一的，绝不是有人说的"一个先生一个方"。谷越涛的高明之处，在善于引导学生和同事，提高准确把握住"证"的能力，以此带动整体水平的提升。

（3）坚持疗效是硬道理。谷越涛的“五最”标准，为团队产生了重大影响和效应，要想使其最大化，就要实现疗效第一的目标，联手行动，举道重义，明理至深，用术贵精。（4）强化临床锻炼。多方联动、综合施策，最大化发挥中医“简、便、验、廉”优势，指导青年一代广泛接触各类患者，急患者急、帮患者需，培养感情、讲究医德。几十年来，作为学术带头人，谷越涛在力所能及的范畴内，为建设特色中医院，培养出一大批德才兼备、中西结合的全能型中医人才。

道术兼修的苦僧

济南。

山东中医学院。1985 年春天的一个周日，寂静的校园百花争艳，百鸟争鸣，偌大的园子里，一身素色农装的老者，正与举止文雅的中年儒者亲密切磋，正所谓“妙手回春杯匾旗，个中甘苦有谁知”。20 年前，伤寒学家李克绍与他的学生谷越涛，因补习《伤寒论》的交集，由师生之谊结下了忘年之交。20 年后，天各一方的师生，感情依旧、神交日甚，在伤寒学研究的路上跋涉不停、攀峰不止……东方破晓，老师一早备书沏茶，期许以待；学生鸡鸣起身，裹囊赶路，一路奔波……于是，时间老人挥春光作毫，泊春色为墨，席地绘就出《草堂春色》的经典图画。

学中医是一个漫长的探索过程，个人努力是内因的关键，名师指教作外因不可或缺，问道、授业、解惑是谷越涛走向成功的密码。学理论、重实践、求机证，是学中医的难点重点，它们相互关联、高度融合，不可孤立进行。学习中，个人的天资、悟性、恒心等内因因子是先决条件，但缺少外因助力，则很难发挥自身优势，于是，名师指点难能可贵。谷越涛的幸运恰恰在此，成长路上始终有授课老师的指点。

自入门学医理开始屡经名师教授。中医药学是一门博大精深的学问，要学好，必须有文、史、哲中国文化修养，熟读经典著作，做到“上穷天纪，下极地理，中知人事”。但没有良师教授，仅靠自己太难。当时的山东中医学院，名师济济，有李克绍、周凤梧、张珍玉、刘献琳、张灿玾、周次清等一批大师级老师授课。学生每一阶段的成长，都离不开他们的指引。谷越涛成才的过程，特别是学《伤寒论》时，由浅入深到融会贯通，以至达到一个较高的境界，成为当代伤寒学重要传承人，离不开张克绍老师的悉心引导。70 年代中期，反映李克绍主要学术观的代表作《伤寒解惑论》初稿完成后，老师亲自把它交给谷越涛，并虚心地说：“你给我看看，有不对的地方，尽可能地修改。”面对老师的信任，他以此作为深入学习《伤寒论》、领悟老师学术思想的难得机会，仔细阅读，连每个标点符号也不例外。最后，应老师要求，在书中“古方今用”部分，谷越涛写的四则扩大经方运用范围的病案都被收录其中，并注上他的名字。这是一种何等的师者胸襟和风范！有此高师何愁高徒！师生之谊纯洁之至。

长期靠在诊疗一线精神可佳。不恋城市走进乡村，不恋地位甘作平民，不恋安逸走近患者，是谷越涛学医从医的鲜明个性。读大学时，从教学实习到毕业分配，他始终坚持亲密接触老百姓，把所学理论与患者病证紧密联系，细心诊疗、有的放矢，把理、法、方、药辨证论治思维体系吃透。长期坚持与老师保持联系，对拿不准、搞不通的，则通过不同方式请教老师。1965 年，中医理论课结束后，进入半年的教学实习阶段，按照理法方药的程序为患者治疗。谷越涛始终靠前站队，下苦功背经典、背药性、背方剂……带教的周凤梧老师，常常在他的“门诊实习试诊病历”上，用红笔三言两语点出病机，抹去根据化学成分加上去的几味唯恐原方不杀菌、不消炎的药味。结果，按此思路用药，复诊时疗效显著，实践证明：辨证用药，就能杀菌，就能消炎，画蛇添足不仅无益，反而有害。毕业实习时，谷越涛在西医病房值班，对一些患特殊疾病而患者又愿意服中药的，征得主管老师同意，他仔细四诊、认真辨证，开方后继续分析推理：如果自己辨证准、用药对，用药后多长时间会有什么反应，哪个症状会先消失，哪个会后消失，他在纸上记下，第二天起床后就去病房仔细询问患者昨晚服药后的反应，看是否和自己推断的一样。有的病例的反应恰如所料，可以想像，当时他的心情是何等的兴奋。因为自己印证了中医理论、辨证的准确性，印证了方剂疗效的可靠性，由此获得的经验和体会，使他终生受益不尽。

坚持理术互补同修共进。中医学理论与实践相辅相成，缺一不可，但对刚放下书本的学生而言，实践才是当务之急。1968 年，谷越涛毕业留校后，与几位老教授同住一个宿舍楼，有张志远、叶执中等老师，还有住得稍远一点的李克绍、张珍玉、徐国仟、刘献琳等老师。他们都给谷越涛上过课，这为他随时向老师请教大开方便之门。每天晚上，谷越涛就带着白天门诊时遇到的问题和疑难病症，请教各位老师。这些老师在调入中医学院前，都是既有高深理论基础又有多年实践的一方名医。他们的每一次点拨，都使谷越涛在理论与实践上提升了一步。有时，在老师宿舍里遇到求诊的患者，他也切脉望舌，给老师抄方，同时他也把病情记录下来，待患者走后再请教老师分析病情、方药，回宿舍后再查找有关资料。凡成大事者必有其道理。在刚刚进入临床的时候，相对同时毕业的同学，谷越涛能有这么多高水平的老师指点教诲，是其他同道人无法比拟的。1979 年夏，谷越涛奉命调至新成立的聊城地区中医院，先后负责内科、医务科工作，不仅从事医疗工作，还兼任了一些行政工作，但他初心不改，始终把提高医术作为研修中医的根本。靠在一线搞临床，数十年如一日地积累临床病案，深入探讨伤寒学，通过精准的辨证论治，力争药到病除，从而，促进中医理论实现新的飞跃。他的《热入血室证》学术论文发表后，曾被多家学术杂志引用，后又被选载于全国高等医药院校教材第五版《伤寒论讲义》中，这标志着谷越涛的学术思想和理论达到了一个新的高度。他深有感触地说："这篇论文，是在李克绍老师的学术思想指导下写出来的。"

"当局者清"的坚守

中医的兴废继绝是一个严峻问题，长时间引发国内一些有识之士的高度警觉。早在 20 世纪 90 年代初，在一次学术会议上，南京中医药大学教授干祖望（1912~2015 年），在分析全国中医队伍状况时严肃指出：当下在全国，真正的中医不超过 30 人了！

这个判断，让每天坐诊忙得不可开交的谷越涛陷入深深的忧虑和不安之中，为了继承中医学术，他决心为成为这样真正的中医竭尽全力。他首先想到的就是自己能做什么。专业和精力正逢其时的谷越涛，脑海里立马闪出一个念头：传承国粹，坚守祖业，刻不容缓！

牵头推动境内历史名医的学术考察和推广。宋代聊城，境北春秋时为聊摄国，时地称聊摄（今茌平县），靖康元年（1126 年）后地入金境，至今尚有南北两个成庄。有记载成无己（约 1063~1156 年）是聊摄人，是第一个用《内经》理论，全面注解《伤寒论》的医家，在祖国医学伤寒研究史上具有举足轻重的地位。受李克绍老师的影响，谷越涛早在 20 世纪 80 年代中期，就曾骑行到茌平城北成庄调查，但无果，后他又沿运河来到茌平洪官屯成庄，该村成姓较多，有人曾见过刻有“成无己”名字的石碑。又经多方考察，确定这里就是成无己故里后，谷越涛为传承其学术思想倾注了大量心血。多次组织学者，如谷万里、袁恒勇、张金元、孙克峰等，先后赴南阳，走内蒙，进国家图书馆，追足迹，查藏书，最终搞清了他的人生轨迹。谷越涛与儿子谷万里主持立“成无己故里”碑，并由谷万里撰写碑记。成立“成无己学术研究会”，担任名誉会长，定期做学术报告。多方呼吁筹备，建成“成无己纪念馆”，捐献大批中医药文物。现在，纪念馆已成为山东省中医药文化传承教育基地。

甘当伤寒学师承的忠诚弟子。李克绍作为伤寒学大师，著作和建树堪比近千年前的成无己，其《伤寒解惑论》最能反映他的学术观点，提出了很多具有划时代意义的观点，解释了很多长期困扰伤寒界的问题。如果说成无己是千年前张仲景的传承者，那么李克绍则是现代版的张仲景继承人，而谷越涛，也是传承链条不可缺少的环节。当年，因病拉课，他找老师补课，自此结下了不解的师生缘。《伤寒解惑论》成书过程，需得力助手协作，谷越涛成为最佳人选，协助老师收集数据和病案，讨论学术观点和病案机证，进行文案和文字处理，等等。有些病案，学生完成并收入书中。书稿结稿后，老师把一摞稿给他带回家，并嘱咐千万别客气，有问题给指出来；书稿和修改意见退回来，老师即复信致谢并说明除个别的其他均已采纳（详见《中华中医昆仑·李克绍卷》第 28~29 页）。出版前，有人对书名提出异议，要改成“伤寒论学习法”，谷越涛极力主张坚持书名的学术性，说：“《伤寒解惑论》的确起到了发蒙解惑的作用，不能改！”最终老师决定以《伤寒解惑论》为书名。

坚守阵地从自家做起。谷越涛与大学同窗联姻，两个儿子，幼承庭训，耳濡目染，从小结下浓厚中医情结，先后就读山东中医药大学。那时，母亲为支持父亲守住医德底线，不挣昧心钱，白天上班，晚上干家务，缝衣服、蒸馒头、扫卫生、扎鞋垫，伺候老人，为三个男人理发，结果，母亲累倒了。身为名医的谷越涛何去何从？抛弃医德去捞钱，还是坚守底线？他毅然选择了后者，身体力行，抱团取暖，渡过难关。但，身为一代良医的母亲却走了，走得那样从容，无怨无悔……最终，母亲用生命换来一家人的坚守。如今，谷家满门中医，精忠岐黄。两个儿子、儿媳，都是著名中医大学的本科生、硕士或博士生，有的还成为博士生导师，逐渐成长为挺起中医大厦的四梁八柱，连孙子辈也在就读高等中医药院校。长子谷万里，不负众望，在中医万里征途中业绩不凡。有父辈真传在身，仁心仁术施医，口碑日益攀高，再现患者求医“一号难求”家风。2017 年被评为山东名中医药专家。正德行医，子承父嗣。

充分发挥社会兼职平台作用。谷越涛在担任两届聊城市党代会代表期间，积极建言献策，多次呼吁市里增加对中医药事业的投入力度。长期担任聊城市中医学会会长、顾问，为中医药推广做了大量工作。举办二年制西医学中医班和中医提高班，负责管理，并担任主要课程的授课；负责北京、上海、山东等地的中医函授大学，给当地近千名函授生面授教学，为地方培养了一批专业骨干。作为国家和山东省的多届老中医药专家学术经验继承指导老师、省五级中医药师承教育项目指导老师，他不辱使命，积极培养学术继承人；通过国家、省里批准成立名老中医药专家传承工作室，积极开展学术传承工作。至今，每月仍坚持举办“伤寒读书会”，亲临授课、主持讨论，从学者场场爆满。目前，已培养国家级、省级学术继承人 20 余名，其传承团队不断扩大，形成“四世同堂”的传承梯队，多人成为当地乃至全省中医学术带头人。先后在国家和省级学术刊物发表论文 50 余篇，其中《热入血室证》入选全国高等医学院校教材，指导完成 10 余项省市级科研课题。研制多种中成药，被批准为院内制剂，取得良好临床效果。国家、省和当地多家媒体，对其学术经验和事迹多次进行介绍和报道。2007 年，中国中医药出版社出版的《名老中医之路》续集，收录了其行医历程、临床经验和学术思想。

（原题《五最仁医之道》，摘选自《鲁医国风》（压缩版），山东文艺出版社 2021 年版，第 204 页。）

英雄无冕

导言

庚子年对中国人向来不友好，大年初一就不太平。一场突如其来的抗“疫”大战拉开了帷幕……

“疫”情危机！中华告急！武汉三镇人民的生命最危急！

九省通衢在流血，江城人民处在水深火热之中。面对凶残瘟疫，在民族危难之际，党中央一声令下，具有战斗精神的中华儿女奋起参战，迅速打响剿灭“疫”害的人民战争。

面对大敌，老英雄钟南山横刀立马，不减当年，驰援江城；李兰娟院士、陈薇将军宝刀不老，身先士卒，挂帅亲征，率广大白衣战士急赴战场、英勇作战……

而此时的我，却只能宅居静望。

据说，这也是一方战场。

连日来，我深陷一种英雄情结不能自拔。置身战场，透过窗户，遥望刘公岛对岸威海湾畔那片黑松林，脑海里，不时闪现出新中国诞生前夕，一个受党的派遣，坚定走进这片“东沙汪”的治沙英雄……

我仿佛回到了那个年代，听到一场大战“东沙汪”的厮杀……

敢问英雄何日还

1952 年我出生在威海湾南岸杨家滩。打记事起，就认识东沙汪国营林场叫老戴的场长。他时常骑辆破自行车，或走过村的东西长街，或进村走街穿巷忙碌不停。每到这时，街上的孩子就扎起堆来，双手打成喇叭状，向他齐声高喊：“老戴场长！老戴场长！……”只见他扭动着肥胖身躯，脸上洋溢出幸福笑容，一手把着车羊角（jia，儿时方言，即车把手），一手向孩子们打招呼。此时，他座下的车子被压得摇摇晃晃，“吱吱吱”作响，伴随着孩子们一浪高过一浪的喊声……

老戴是那个年代孩子心中的偶像。听大人讲，他是个老革命，新中国成立前夕受组织安排来接管过去留下的个小苗圃。谁也没想到，几年下来，他带领我们周边几个村子，在东沙汪空旷荒凉的海滩上建起了方圆近千亩的大林场。从此，这里一望无际的黑松林，既把我们村紧紧包围起来，又与海对岸的刘公岛隔海相望。每到秋天，老师带领学生排起长长的队来这里摘松果，松林就成了孩子的天堂，到处都是欢歌笑语；冬天到了，晒干的松球用来烧炉子取暖，剩下的松子卖给公社采购站搞勤工俭学。尽管如此，孩子却怎么也体会不了过去这里海风海沙的凶残和肆虐，更不明白老场长为这片绿洲付出的艰辛和那颗百折不挠的初心。

后来，我读完村小又离开村去读了完小和中学，直到走进城里参加工作，几十年里的老戴，却完全退出了我的视野。而今的我，对家乡东沙汪这片黑松林情有独钟，几乎每次回村都到林子里走一走；更有甚者，我初写散文时竟然以这片林子为素材，创作了《黑松缘》单篇散文，在国内报刊发表，并收编进曾获首届冰心散文奖的散文集《海隅印记》。不过那时的写作，只是一种文学感觉和享受，对家乡海岸松林带美景的认知，只停留在朴素的生态和乡愁情结方面。面对眼下的美好生态和对其环境的涵养，缺乏本质上的认知和考量。

当年老戴场长是如何守住初心、根除沙患，干成了以往几代人没干成的事，在我心中一直是个谜……一晃几十年过去了。

真正使我震憾并重新考量这件事的，是几年前为写作《威海，中韩交流的门户》这本书，走进荣成成山林场调查时。成片黑松林以成山角为界，由东向西环绕成山、泊于、崮山乃至我的家乡北海岸，绵延百里；由北向南，跳过成山、马道、寻山礁崖海岸，到桑沟湾沿岸海滩，莽莽黑松林尤如飞龙护佑着这条东方最美海岸。让我惊奇的是，在新中国成立前的上百年里，这里海滩沙患恶化程度令人惊心。仅成山林场的数千亩沙滩，传说就淹没了九庄十八疃。其中，包括我多次来此寻找的金家庄。据传：当年朝鲜半岛南部的金家人，是在石岛渔场捕鱼时因海难逃生到这里定居下来的。结果，他们的家被风沙埋没了。在金家4代孙金树召大哥和朋友指引下，我终于在成山林场绿荫中沙沟村西侧的林子里找到了金家庄遗址。

据《荣成县志》记载，清代末期，胶东沿海民生社稷险象环生，灾难频仍，家园环境恶化日甚。特别到了乾隆晚期和嘉庆、道光年间，风沙、暴雨、大旱、蝗虫、地震等等，天灾接踵，民不聊生。荣成北海岸成厢一带以沙患最甚，百姓叫苦不迭。

有文字显示，光绪十七年（1891年），阳历九月天，阳光和煦，海风轻拂。秋色中的成山北海岸，天高气爽却暗藏杀机，平静之中露出了凶险和灾难。一片茫无边际的黄色风沙带像潜伏在幼弱生灵面前凶残无比的蟒兽，身披黄皮，身躯巨大，外依黄海之滨，内缠苍白无助的农田、原野和村庄，张开血盆大口，贪婪地吸吮连绵的荒野，吞噬遍地生灵，把成片绿洲变成了黄色沙漠。

这让我联想到我的家乡杨家滩。滩，即海滩，沙滩。十滩九要，最险为沙患。这或许是罗布泊现象东移胶东海岸？也许是塞罕坝沙化向这里的赓续！

然而，历史是最好的教科书。清代末至民国时期，荣成县衙连年治沙患皆以失败而告终；新中国成立后，在中国共产党领导下，人民政府组织当地百姓到我村找老戴场长求助治沙办法，最终锁住沙蟒，荫及子孙。

眼前的莽莽林海，让我对儿时记忆中的老戴场长突然萌生一种愧疚和歉意：对不起老英雄，您的功德虽然荫及荣成乃至胶东全境，但人们却把您给忘了！现在有谁还知道您的名字！……

心底剜起一阵酸痛。

那是一种很痛苦的心疼，催人泪下……

时代呼唤英雄！虽然现在的人都很忙碌，然而有什么比这件事更重要呢！

当年，我骑自行车进城后，在市中心的地方有个窝住下来，算是正儿八经的城市人了；后来，随老城改造和拓展，我不断向城外搬迁；搬过几次之后，越搬离市中心越远，越搬居住条件和环境越好；没想到，最后竟然搬到了当年东沙汪地盘上的皇冠街道——新建九龙湾公园南侧的龙跃国际小区，我的新家。

作为皇冠人，我恣意享受着老戴场长当年在东沙汪为我们开辟的幸福天地。每天清晨，行走于九龙湾公园海岸，走步健身，赏松林美景。

一天，我突然发现公园中心地带多了一处景观，走近一看，原来是刚建的空军英雄王海雕像，一股暖流霎时涌进心间。王海司令员是威海城里人，改革开放之初我曾陪市领导多次进京拜访过他。几天之后，我心底萌生新念头：王海司令雕像固然很有教育意义，可以建在任何场所，而当年的东沙汪如果建上老戴场长的雕像岂不更有意义！

打这天起，这个念头每日俱增。

我的心底涌出一种冲动：从调查老戴场长人生轨迹和英雄业绩入手！

一个皇冠人的行动由此开始……

治理沙患走马上任

1948 年冬。

阳历年前夕，大雪纷飞。

瑞雪兆丰年，预示着中国人民即将迎来美好的明天。此时的威海卫，持续半年之久的保卫战胜利的喜悦，似一场久违的甘露滋润着每一个角落。为了支援前线、解放全中国，全市军民以极大热情恢复生产，加快发展，到处勃发出无限生机和活力。然而，威海湾的水很深，也有人看不透的地方。

威海卫南海岸杨家滩东沙汪莽莽无际，一片空旷沉静。海滩上一座海草房很陈旧，院落门口一侧的方型白色牌子却显别致。虽已斑驳不堪，上面“威海卫育林所”几个大字却清晰可见。猫在屋子里的几个人无精打采，常常几天不出门……他们总在私下嘀咕：“听说共产党又要派人来管这个地方了！”“嗨，英国人管不好，民国政府管不好，难道共产党本事就大？”“等着瞧吧，好戏在后头！”……

桥头通往威海卫的路是当年秦始皇东巡时留下的驰道，素有官道之称。此时，一位神秘的人物身背行李，步履坚定，正匆匆走在新官上任的路上，他就是来威海卫国营苗圃（林场）走马上任的老戴。

威海卫是一个历史凝重和富有传奇色彩的城市。

育林所是一个新奇而不被普通人所了解的地方。

共产党人是一批经历史选择创造人间奇迹的人。

特别是走进近现代，威海卫在中华民族发展进程中不断演绎出悲壮的历史篇目。甲午海战败北刘公岛，导致英国强租威海卫，造成殖民阴霾笼罩这座城市长达近百年。威海卫国营林场前身就是这一历史的产物。新中国诞生前夕，老戴突然空降这里，来管理这个历史遗留下来的乱摊子。这件事当时看似平常，但现在回过头看却极具传奇色彩。然而，谁能料到，看似不可能的事就变成了现实：历史真的从老戴手里改写了！他完全走出了一条与前人不同的路子，做成了几代人没有做成的伟业！

最初这里是一片海沙退滩地。西至杨家滩河和长峰河入海口，东至老集河入海口，南至城子、沟北通长峰的大路，北至东海，总面积约 800 亩。中间的小道原来只能人畜通行，英租威海卫后通行大车（马车），东部崮山、泊于及荣成北海岸的行人和商人经此往返威海，与民间称谓的官道形成互补。

茫茫白沙滩中间靠近大路的地方，出现一片生长三棱草和青草芽子等杂草较密集的沙地，素称东沙汪。英国人来看过几次后，用白石灰圈了一个圈，作为建飞机场占地圈起来，并埋下了界碑。因风沙为患机场不可贸然行事，有计划先造防护林。但几十年过去了不见动静，场地虽在面貌依旧，直到威海解放界碑依旧在，后被村民永久收藏。

1930 年民国政府收回威海卫。出于政治需要，设立一级行政区，赋予省级规格辖属南京行政院，鼓吹建成政治模范区，加强城乡绿化。次年，公署社会科技师蒋立轩负责筹建公立苗圃，附在长峰农场一起管理。初时从东山公园、三角花园、杨家滩等先后选调徐新发、杨清风、陶家梅和杨清竹等骨干，带领一些花木管理人员住在杨家滩开荒育苗，人手不足就找村里人帮忙。三五年时间，开荒 80 亩。聘能人杨清竹做把头管生产。为防风沙淹埋苗木，自育黑松苗于苗圃北侧植防风林。1936 年建 4 间海草房，从此苗圃人搬出杨家滩。1938 年日本人占领威海后，情形日趋恶化，砍伐偷盗成风，直到苗圃关门。

不可否认，威海卫公立苗圃为城乡绿化提供了不少苗木。据记载，这期间提供的苗木有 20 多个品种近 300 万株。有黑松、沙果、桑、刺槐、柞木、胡桃、侧柏、白榆、中槐、紫荆、法桐、合欢等。可以肯定，这些苗木主要用于城乡绿化美化，为建设政治模范区服务，根本就不是为老百姓治沙患的。究其原因，本质是执政党坚持以什么为中心的问题。

20 世纪 40 年代后期，国民党政府摇摇欲坠，天象险恶，灾难频发，比清代末期有过之而无不及。1946 年春，风沙狂飞，埋没粮田，百姓深受其害。4 月 17 日，阵风高达 11 级，仅老市区就损坏渔船 18 条、死 45 人。

1947 年，于国民党大举进犯胶东、威海卫战争形势日趋恶化之际，威海卫市政府于 3 月 3 日发布《威海卫市奖励造林及林木保护暂行条例》，把治理沙患、为民除害纳入重要议程。接着，派岳振卿带领 4 名技术人员和工人接管混乱已久的苗圃，并把它从长峰农场分离出来，正式成立威海卫国营苗圃，同时增加了大车、手推车和铁犁等生产设施和工具。根据上级部署，新的苗圃及时调整苗木品种，增加黑松苗数量，为下一步重点治理沙患做准备。

1948 年 12 月，为推进沙滩造林，选派得力干部加强国营苗圃管理。于是，就有了神秘人物老戴的出场。上任伊始，他就盯住治沙造林不松手。耿直，听话，勤奋，肯干，组织主要是看好他这些特点，放在哪里都放心。同时，人员由 5 人增到 13 人。配备 2 个年轻业务骨干：张启文负责技术暂兼会计，高和邱负责管理。

第一个会老戴就交了底：明年清明到谷雨这一个月，头拱地也要把这两年没出圃的黑松苗全部抢栽上去，同时扩大面积抢畦黑松苗；为抢时间，今冬做好各项准备。我们主要是来绿化荒滩，为百姓造福，老戴同时传达了领导与他谈话时的指示精神：这片海滩搞了几十年，英国人、国民党、日本人，都不管老百姓的苦难，今天我们不能不管！组织为什么叫你老戴去，就是相信你能干上去！……

虽然都是大实话，说大道理他也不会，可会议气氛很好。13 个人集在一间屋里，火炕烧得热乎乎，屋子里也不冷，炕上炕下坐满了人。屋外海风呼啸，家里人心热乎乎。谁不想为全国解放做点什么，就七嘴八舌说出掏心窝子的话。你一言我一语，像拉家常一样，不知不觉把肚子里那点草料全倒出来了。老戴在一旁虽不言语，但好东西全记在了小本上……

行动大于启蒙。

清晨。他冒着海风，踏遍退滩地每个角落，熟悉地形、潮汐、气象和沙质，寻找异常，精细观察，用已掌握的知识和思路，敢于设问，放飞思想，寻求境界和胆量的突破。

傍晚。走进苗圃，蹲在地里，对照昨天的学习资料与实物现场比照。技术员要全面帮助他不明白的地方，他却不动声色地自语：不可能自己不学全靠别人。

清晨。走进1933年公立苗圃建的那块防风林，观察土质变化，与林子外的沙质、风向、水分做比照，从中找出说法，再与大家探讨。

连续几天。串村走户拜访干部、党员和长者，讲上级要求和打算，听取不同层面意见包括反对的。与这片沙滩有联系的村全走遍，进村一天不出来，中午自带干粮。

有时助手主动陪他，有时带人，但多是自己行动。凡自己能干的不耽误别人工夫。

很快，外行变懂行，有独立见解，大事不糊涂，指挥得当、不漏大事。

每天早、晚上下工时13人碰头，由两位助手调度技术和进度。13个臭皮匠顶一个诸葛亮，这样还有干不成的事？

一个庞杂的行动计划雏形初步显现，浮出水面……

锁住沙蟒为民除害

一冬的心血可以用16个字概括：运筹帷幄，如履薄冰；万事俱备，只欠东风。

大战在即，已经闻到了火药味和脚步声。

冬天来了，春天还会远吗？共鸣着此时民众的心声！

过了大年，春的脚步近了，老戴表面镇定自若，心底里却波澜起伏。一场大战即将打响，几辈人做不成的事情将在共产党人手里完成！每到此时，作为农民儿子的他虽然内心像鼓足的风帆铆足了劲儿，却不露声色地闷着头往前拱……

做任何事都不可能一帆风顺，何况是这破天荒的壮举。

经过两个多月的努力，各种预案有条不紊向前推进。在杀马靠墙的时候，有人跳出来干扰纠缠：海滩是老辈传下的，封林后就成国家的了；老百姓出大力栽树国家给多少钱；大白天说梦话，白沙滩能栽活树！等等。以此，挑拨唆使不明就里的群众反对封滩造林，甚至，堵上门来要老戴给个说法。一时闹得沸沸扬扬，最凶的是杨家滩。老话说“十滩九要”，是说凡滩就有要犟人（厉害人），其实哪里都有类似的人。

一开始，大家紧张。老戴就说，放心，这事有他，大家尽管按预案办。说完他就走了，一头拱进了杨家滩，一待就是几天。谁也不知道他用的什么法儿，不知不觉地把事搞定了！估计还是共产党那套办法。开会，支部会、党员会、群众会、阶级斗争分析会；谈话，和书记谈、党员谈、群众谈；访贫问苦，揭露坏人，宣传党的政策，震摄阶级敌人捣乱破坏；发动各救会，民兵，青年，妇女，贫下中农，等等。

清明断雪不断雪。头天还天清气朗，第二天就雪花飘飘。其实清明雪只是一种祥和意境的预示，不会耽误任何事情；引申了可以理解是天佑此举，而此时感动上苍的人正是老戴。于是，千年难得一见的场面，以大海蓝天和雪花飞舞做背景，在这片退滩地上拉开了大幕……

镜头一。海风徐徐，浪花拍岸。空旷寂寥的东沙汪，突然聚起近百号子人。沸沸扬扬，唧哩哇啦，乱中有序。1945年日本投降以来，人民政府带领人民走组织起来的路子，自由散漫了几千年的农民从此组织起来了。杨家滩210户人家，组织起七八十人，分南庄、北、西头、东头4个队；每队十几人、2人一组，一人铁锨铲窝、一人栽苗。根据预案，按树苗数量和海滩权属，今明两年将杨家滩东沙旺280亩全部绿化。据此，划片包干，务实应战。各队领头的几天前就确认了范围，熟悉了地形。时辰一到，各就各位，责任到人。这种战法是共产党人的老战法，每战必胜，赶走了日本狗子，打垮了将介石！老戴亲历亲为，精细策划，一战成功。

镜头二。头几天，苗圃就组织十几号子人，把两年压在圃里的黑松苗子，严格按进度出圃并采取保护措施。今天，各队抽出专人负责运苗，全部到位，运转良好。

镜头三。各队抽调强壮劳力组成挑水队，附近自寻水源经确认后（怕海水成分重），各队随栽随浇。连续多日，挑水队伍，十几条扁担汇聚成形，由远而近，翩跹起舞，成为一道靓丽风景。

镜头四。中午组织妇女做饭送饭到工地。每到午时，大闺女小媳妇穿红戴绿，挑起担子结伴穿行于河岸海滩，蔚为壮观，岂不美哉。

镜头五。劳动场面有序而动。不用干部指手画脚、现场指挥，老戴和村里干部一样，混在老百姓的人群里劳动。现场上，没有哪个干部溜溜达达去搞瞎指挥，有个总调度竟然是村里的能人杨清竹（后曾任村书记和小乡乡长），他做过多年公立苗圃的把头，既懂育苗造林，又熟海滩环境及村民情况，负责总调度非他莫属。

天时地利人和，大干一个春天，首战告捷。造林140多亩，完成两年计划的半数。与此同时，老戴死盯突击育苗，边出圃边育种，重点扩大黑松育苗，为下一轮持续大面积造林做准备。人困马乏适当休整之后，集中兵力连续作战。面对护林压力，依靠村民力量，组织一线护林专业队。争分夺秒，精细操作，整理林地，突击补栽，定时补充浇水，最大限度提高成活率。设立禁入区，加强管制，非管理人员不得进入。

养护比大规模造林更见功力，稍有不慎就前功尽弃。尤其是对禁人区的管理让老戴寝食难安，稍不留意，来自南庄北疃赶海的、拾草的、闲逛的就闯进去了，哪一天也毁坏几十棵苗子。春季天旱，前面浇后面就干了，哪天也枯死几十棵。最后，死了没有法儿，过了时节补上也活不了，何况没有苗了！老戴只能干上火，有劲使不上！

一气之下，老戴干脆天天蹲在林地里，谁有事到这里来找他……

冬去春来，两度春秋，迎来国庆一周年。东沙汪黑松林种植终于成功了，成为亮眼的国庆献礼项目，引起社会广泛关注，多次受到市领导表扬。然而，老戴没有陶醉，国庆之后，无声无息地又走进联村治沙退滩地……

1951年春天来得早。全国人民为支援抗美援朝开足马力拼搏，老戴更拼上去了，一头扎进老集村做工作。长期沙患猛于虎，老集亦深受其害、苦不堪言。杨家滩东沙汪的事实摆在面前，老百姓心服口服，就等这一天了，何况联起手力量更大。大家跃跃欲试，老戴却深深埋下心底的兴奋和骨子里的冲动，轻松地走出老集村向杨家滩走去……

老戴开始探索建立长期造林机制。总结经验，接受东沙汪大兵团作战教训。培养专业骨干，组织相对稳定队伍，树立长期作战思想。不打无靶之仗，科学安排苗木计划、种子调配、水源地和劳动力等问题。从实效出发，不搞大呼隆，坚持边造边管、管造同步、缺苗补栽造林方针。科学养护，防治病虫害。很快，老戴就找到了一条正确路径，实现造林治沙的良性循环。

1951 年开始，每年造林 100 亩；1949~1955 年，7 年彻底根治杨家滩海湾沙患，为胶东半岛乃至新中国北方沿海根治沙患提供了成功范例。

老戴并没就此止步。相继北走长峰，东进城子、海埠，把这一带凡有海滩的地方全部栽上黑松；继而，老戴“造林治沙法”向东走进了荣成沿岸，成山人很快创造出惊人业绩。成山林场涌现出“一生听从党安排”的英雄人物沈秀芹……

谁曾想，当年老戴场长逐村向东推进沙滩造林时，走到海埠村竟成全了一段“书记终生造林护林”的传奇佳话。

2007 年地级威海市建市 20 周年。《威海晚报》在“寻找去世老功臣”栏目，推出一篇《他为后人留下一片绿荫》的专访，讲述了造林老功臣、村党支部书记邵景池的故事：他一生治滩治山不止，最终“长眠林中，精神永存”。

海埠，顾名思义，本来是个码头，三面山围，北临海滩。这种风口沙滩为患最甚，世代百姓不知吃了多少风沙之苦。村里多少有本事的人，想治理却不知从哪儿下手。

海埠早年属荣成县。英租威海卫后，被划为租界，村民抄近路进威海卫城里，必经沟北、城子走东沙汪。刚代理海埠村党支部书记不久的邵景池，初出茅庐、雄心勃勃。第一次路过时，见到这里的一片黑松苗，顿生敬意，深深为老戴精神所打动！当场立下誓言：此生不彻底根治北海滩，枉为一个共产党员！这个海边成长起来的汉子，历经狂风恶浪磨砺，生性刚强、意志坚定，说话掷地有声，一诺千斤。一天，邵景池专程登门拜访老戴场长。二人惺惺相惜、一见如故，当场缔结为同志加兄弟的终身造林护林邻边结盟条约。次日，老戴骑车走进海埠，邵景池陪他一头扎进北海滩……自此，威海滩上多了一位忠贞不渝、终生造林护林的书记。为证史实，特选邵景池专访金句奉送前辈时贤：

提起邵景池，现年75岁的海埠埠村村民邵景哲面露赞叹之色。“那个人可是铁面无私，爱树如命。我记得，当时谁要是上山砍了树，或者破坏了树，马上，村里的黑板报上就会公布这人的名字，并记下扣多少工分，到了年底算工分的时候，这部分钱一分不会少扣。也许正是由于书记的保护，这片黑松现在才会长得这么好。”

……

1989年1月的一天，邵景池带着对故乡山林的眷恋，离开了这个世界。家人遵照他的遗愿，把他的骨灰埋在了黑松林里，让深沉的松涛声陪伴他长眠于此。

一个爱树如命的老支书走了。在他的身后，留

下了大片郁郁葱葱的松林。如今的海埠，再也不是
当年饱受沙患的村落了，变成为风景优美、满眼绿
色的美丽村庄。

有老戴和邵景池这样的共产党人，很快，这条靓丽的黑松带便环绕着胶东半岛海岸不断地向前延伸……

在成绩和荣誉面前，老戴没有张扬，也不到处去做报告。唯一变化的，是他外出办公骑上了自行车，这或许是他的最高奖赏……

在以后漫长的日子里，每当我乘飞机起落经过胶东沿海那一刹那，或驱车驰骋胶东海岸黑松林里的高速路上，心里就会油然升起一种胶东大美的强烈感受。这时，我的第一反应就是眼前浮现出儿时记忆中，把自行车压得“吱吱”响的老戴场长……

原来老戴是老八路

老戴这人一直是个谜。

20世纪五六十年代，在我们周围几个村，凡提起老戴场长没有不认识的，没有不挑大拇哥（指）的。特别是我们村，大人孩子都知道。随时光走过一甲子，他的业绩和影响越发凸显，我越是想了解他的身世，并萌生要调查写作他的念头，而且随时间推移这种念头越发强烈。然而，当我问及身边当年认识他的人时，问了几个，其中也包括我自己，都是一问三不知：不知姓名，不知籍贯，不知出身。

越是扑朔迷离，越激发我下决心揭开这个谜底。

半年来，经多次走访特别是走访与他共过事的老人，并通过官方和民间查档等途径，终于理清了他的真实情况——

1900 年。庚子事变，八国联军占领紫禁城。

马井泊。早年属文登县温泉都六里，两年前英国人强行租占威海卫，庚子年四月，这里被划为英租界。不久，邓家从西字城搬过来了。

9 月，邓家有喜，一男孩出生。9 月添丁，老人随口取名叫九子，大名邓汝贤。孩子从小就比较安静，多大了也不说话，但遇见看不惯的事却出言不讳，话直且急。大人说他短心眼，脱口叫他九彪子。彪，就是傻的意思。其实他一点也不彪，那只是他的为人风格。

7 岁那年，惨案发生在他家门口（临泉河河套），英国人连续两天枪杀很多（29 人）抗埋界的中国人，自此，九子心里埋下了仇恨的种子。

11 岁开始读书。家里孩子多，日子拮据，书也读得一般，读了 3 年就停下了，跟着大人学农活。农闲学做生意，帮家里糊个扑克牌，到威海卫倒腾点白布、纸张等回来串乡赶集，成家后也没搁下这生意挑子。后来，街上传闻共产党为穷人撑腰打天下，他想接触却找不到门路。

迷茫时，离他家很近的天福山爆发了武装起义，他的家乡迅速燃起抗日烽火，戴仁义随即被卷入其中。一次，他去西字城老丈人家，偶遇刚从仁川回来的进步青年刘锡荣，两人一见如故成为好友，他从此走上革命道路。

1938 年 9 月，刘锡荣由王台介绍入党。他在大水泊西南台村以开豆腐坊为掩护开展工作，并发展邓汝贤为抗日救国会会员。邓汝贤以地下交通员身份，负责桥头、大水泊等文荣威边区与敌占区（威海卫）情报传递工作，同时，为八路军驻前长湾村机关搞物资供应。为了保密，他化名为“戴仁义”。从此，人们只知他的组织名，不知他原名叫邓汝贤。打这起，他时常用名字鼓励自己：为了家国大义不惜牺牲一切。

一次，他为八路军搞到一批布匹，由一位女交通员负责接货。结果女交通员被特务盯上了，紧跟在她身后想抓捕同她接头的交通员。当她走过来时，戴仁义一时大意，问她：“布匹今天不一便带走吗？”结果，女交通员装没听见，迅速向他“示眼”报警。这时，戴仁义反应过来，一个急转身逃脱了敌人的追捕。

又一次，他为敌占区八路军转送子弹。当把子弹送给他村负责交接的沙永昌家里时，沙永昌把子弹暂时放到炕上。这时一个邻居过来串门，发现了炕上的子弹，引起一旁戴仁义的警觉！邻居一出门，戴仁义马上叫沙永昌把子弹藏在另屋的糠缸里，要求他当晚马上把子弹转走并躲藏起来。说完戴仁义立即转移，沙永昌却麻痹大意没有走。结果，第二天一早就被敌人抓走，最后牺牲了，造成重大损失。

再一天夜晚，戴仁义同邻村的党支部书记接头。刚见面，敌人就围上来了，他急中生智，翻过院墙就跑。后面敌人边追边打枪，情形危急。夜间白衣服容易暴露目标，他迅速脱下扔掉，光着身子跑了，又躲过了一劫。

尽管如此，他为八路军从敌人眼皮底下贩货，还是被温泉汤岗楼抓到两次，但是每次都以商人身份装愣充傻，最后关了几天就混过去了。

……

凡此种种，谁能说他是彪子？

彪，不过是他的一种行事风格和人生智慧而已。

此时，正值胶东东海二次起义之际，斗争形势很残酷复杂。面对生死，戴仁义已经成熟起来，成为一名坚定的革命者。1940 年 9 月，经刘锡荣介绍，他光荣加入中国共产党。

抗战到了最艰难的时候，1941 年胶东八路军在许世友司令员指挥下，出重拳打击境内反动派顽固军队，扭转危局，打开了抗日战争的新局面。这年，根据斗争形势需要，戴仁义走进了前长湾村参加八路军，在部队机关干炊事员。后任后勤干事时，经常乔装到敌占区采购物品。

1942 年，日伪军对胶东发动了春冬两次大“扫荡”，妄图将东海抗日武装和各县抗日力量包围压缩至半岛尽头予以消灭。形势危急，城乡处在一片恐怖之中，群众情绪低沉，根据地人民有的怀疑八路军是否还能回来，有人甚至拒用抗日政府发行的北海币和粮票。面对这种危局，东海区委领导认为，必须捕捉战机，打乱敌人“扫荡”阵脚，以提高广大军民反“扫荡”信心。此时，已是威海卫特区抗日大队大队长的刘锡荣，找来司务长戴仁义，要他立即化装潜回村摸清马井泊据点情况，并陪同在村里等他的东海军分区副司令于得水前去搞地形侦察。戴仁义只身化装侦察，在预定时间和地点向首长报告了情况后，便随同化装成拾粪的农民侦察地形，进行战斗部署：由东海独立营担任主攻，威海抗日大队兵分两路阻击可能增援的桥头和温泉之敌。当天晚9时许，东海独立营趁夜色掩护，出其不意，一举攻克马井泊据点。俘虏伪军小队长杜云章以下40多人，缴获机枪、冲锋枪、步枪、手枪共34支和子弹、手榴弹一批，并将据点3座炮楼烧毁。天亮后，桥头、温泉一带人民奔走相告：昨晚真是神兵天降，放心吧，八路军还在咱这里！

1944年，抗战转入全面战略反攻态势，随斗争形势和工作需要，为充实加强一线部队，戴仁义调任特区独立营后勤干事，负责后勤保障。独立营配合东海独立团，剑锋直逼日伪设防特区周边的60多个据点。任务艰巨、时不我待，他昼夜兼程，长途跋涉。为了加强战勤保障，戴仁义既是战斗员，又是指挥员，身体力行，忘我工作。为了方便工作，他便装不离身，穿梭于敌战区与解放区，冒风险发动群众运送采购物资，保证作战部队吃好穿好用好。

月黑风高，夜深人静。二次夜袭蒿泊据点由威海独立营和文西独立营联合展开。文西独立营在贾帮元营长带领下，400多人，由西线双岛星夜兼程，急行军一夜奔袭蒿泊。兄弟部队进入特区作战，作为负责后勤保障的戴仁义按作战计划，提前徒步抵达指定位置，协助兄弟部队，秘密动员地方党组织和群众做好各项后勤准备。次日凌晨2点，战斗按时打响并迅速结束。

拔除长峰据点和竹岛据点，是扫除威海卫外围据点的最后一场战斗。1945年8月1日，根据东海分区统一部署，东海独立团攻打长峰，特区独立营打完竹岛，就只剩下市里南大桥据点。这是东海区抗战最后的战斗。戴仁义接到任务后，凭其对地形和人脉的熟悉，化装潜入，做好战地后勤保障准备，胜利完成首长交给的任务。15 天后即 8 月 15 日，日本宣布无条件投降，威海卫重新回到了人民的怀抱。

1941~1948 年，戴仁义在威海卫特区抗日大队和独立营，先后担任司务长、后勤干事和招待所副所长，为党和人民做出了自己的贡献。

共产党员时刻听从党召唤。

威海卫保卫战胜利不久，他接到任桥头区粮库主任的命令，上任 3 个月后又接到新的命令：新年前赴威海卫杨家滩国营林场（苗圃）任场长。

接到命令，他打起背包就出发了……

抢救历史贵在行动

老戴的一生是一个平凡人的一生。

老戴的一生是一个平凡人无法超越的一生。

他平凡得像一粒砂子，历史一旦走过就被淹没。他平凡的人生和事业，成就了那个时代一大批政治家、军事家、战斗英雄；而唯有他，查找史册没有名字，查看史书没有文章，查阅档案没有记载……真实的历史和生活随处有他的身影，而历史记录中却没他，甚至连他的儿孙，竟然全都说不清父辈和祖辈的事情。他长期不与家人一起生活，加上他寡语的性格和长期保密保性命形成的自觉，儿孙不知道实在正常不过。

这就是历史和现实。也许出于一种道义和责任，也许是乡愁作祟，我决意挑战这个问题，抢救历史还原人生。

立足抢救，贵在行动，一刻也不能等。

去年夏天一个星期天的早晨。当我在电话里把这个想法同村里的福强叔和国友哥一说，立即引起他们的强烈共鸣。他俩是比我早两年的中学生，是村里的明白人，从孩童时期对老戴就尊重有加。我们当场约定，分头联系我村和老集当年跟老戴共事的当事人。当时，我们三人对老戴也是什么也不知，只知他姓戴。哪里人，叫什么，原来干什么，后来去哪了等等，谁也说不清。很快，都回电话了。国友哥电话查询回话快："兄弟呀，我去找的俩人：谷八神志不清了，找也没有用了；老集丛新滋 84 岁了，头脑清醒，在凤林敬老院，我把他电话给你……"一会儿，福强叔来电话："机臣，我刚从文斗（杨清恒）哥家回来，他 84 岁了，头脑还清楚。他说，老戴叫戴仁义，是他的组织名，他真名叫邓汝贤。老邓退休是他赶马车把他送回家的，是桥头马井泊村人。不过说时间长了也不行……"

天道昭昭。

当时，这些信息令我惊喜不已。我马上开车，拉着福强叔就重返文斗叔家；下午，接着和国友哥俩，驱车来到凤林敬老院找到丛新滋老人……

根据对两位老人的访谈，我们基本勾画出了老戴人生的主要轮廓，从而坚定了抢救这段历史的信心。先放一放微观调查，先把老戴和杨家滩国营林场（苗圃）的历史和主要过程搞明白。过去，就有这个苗圃是英国人和民国时留下的说法，因此大家都以为这个林场（苗圃）是新中国成立后才收为国有的，老戴是20世纪50年代初来任职的。就连刚访问的两位当事人也是这么说的。不见文字记载，不好妄言结论。因此，这次必须从苗圃的源头去追溯。

改革开放后，随着城市化进展，经过20多年的建设，原来林场（苗圃）的地盘已被一座现代新城所取代，只见黑松林建成了九龙湾公园，不见有育苗的苗圃。苗圃哪去了？经多方查寻，听说搬到竹园村多年了，该村原来属经区地盘，又是山村适宜搞育苗。70年代初，我刚出道时曾在蒿泊公社工作过，对这些村都熟悉，这次去调查苗圃亦可寻故。当要成行时，对方来话说苗圃早搬到沟北村了；电话联系又说早搬到崮山了……

为此只好求助官方。经区管委办公室主任卢树刚，十分重视历史文化特别是红色印迹的挖掘，马上联系主管部门，我很快与苗圃王佳强主任取得联系。在一个周六上午，我和福强叔驱车来到崮山，与抽调驻崮山的市乡村振兴服务队的王主任接上了头。

王佳强，1993年莱阳农学院果树专业毕业后，分配到环翠区农业局；1995年调崮山镇果树站，三年后任站长；2010年调任国营苗圃主任，隶属经区管委农经局。同年秋季，根据城建规划，苗圃搬迁竹园村，租用育苗地100亩，职工15人；2015年土地租赁到期，苗圃搬迁沟北村；2017年苗圃改革，改为林业苗圃站，属事业单位，职工7人。

可能出于对老戴场长和苗圃的感情，我和福强叔见了王主任格外亲。他也很热情，一阵寒暄后，拿出一本久藏的手写本《国营威海苗圃志》递给我，说这是接手苗圃时传下来的。接过来，我翻看不停，当翻到“一九三零年至一九四七年苗圃状况”这个题目时，我当场就激动了……

这本手写志，1982 年 8 月 13 日脱稿，是当时的技术员田兆本写的。这是一份原始草稿，用的是当时很流行的一种信纸，16 开，纸面印着红线条，上下限是两条横粗线，行距间隔线上实下虚；左侧竖印装订线，右底有标明页码的空格；首页题目右上角标明“草稿”二字和时间，结尾落有时间和作者，页码标明 18 页，后面附有大量表格，页数不低于正文。的确是草稿，从字迹和大量涂改上不难下此结论。

这是一个绝版孤本，具有重要文献价值。翻看后我第一时间得出这个结论。为此，我提出复印两份：村里一份，给我一份。王主任略加思索后提议，不用全印，节选历史部分和主要表格。此行主要是为抢救这段历史而来，结果不虚此行，收获颇丰。

墙上的时钟走到了 11 点，本来返回家吃午饭正好。为了抢时间，我和福强叔一商量就改了，提前进马井泊村，中午搞调查。村里书记是老戴的孙子，几天前通过镇上约定今天来，谁料竟赶上了个晌午头。

路上，我们都为上午的收获高兴不已。本来上午国友哥也要来，可突然有事未能成行，我们商量让福强叔回去复印一份给他，以此提振大家精神，拓展调查视野……转眼间，我们穿过温泉，车进桥头街，停在一家小二黑水饺店前，吃完了就启程向老戴村庄跑去。

有路标导向，车顺利进村了。正不知该往哪儿走时，迎面走来一位中年汉子，我急忙下车问找书记怎么走？“你找书记！”他一怔脱口而出。我告诉他来调查老戴的事。他说：“我知道了，这么早，不是说两点开始吗？”我问：“你是书记？是老戴的孙子？”他说：“是孙子不是书记。”我又怔了！他见状对我说：“我哥是书记。”真巧了，进村就撞见了老戴场长的孙子！难道老天有灵！

眼前的老戴孙子邓炳胜，本分厚道，也挺健谈。我见时间尚早，就同他拉起他爷爷的家事。言谈中我得知，老戴现在唯一在世的小儿子邓树清已76岁，住在这条路的西一侧。我说想见见他，邓炳胜立马去把老人请来。世事沧桑，命运难料，老人刚失去老伴，两个孩子都在威海工作定居，他一个人过日子显得憔悴。不过见了我们，他很是高兴，主动带我们去看看一路之隔的父亲的老屋。一片菜园地里的四间房破烂不堪，看样子多年已无人管理，任凭风吹雨打，见了让人心酸！我不好再说什么，端起相机为老戴场长的老屋拍下几张照片。

下午，村里来了五人：老戴的小儿子邓树清，孙子邓炳顺、邓炳胜，本家侄子和一位老者。我先把为什么调查老戴的想法说了，接着听大家说。这种场合，作为孙子和村支书的邓炳顺，虽已年至六旬，却显出一种谦逊和本分。他客气地对我说，先请老人说吧，我作为孙子不称职，俺爷的事我真是说不上来。话音刚落，一旁89岁的车士彬老人就开腔了。他头脑清楚，思维敏捷，对老戴早年做地下交通员时和村里的联系说得有板有眼……为节省时间，老人说得差不多后，我开始提问题，供大家来讨论。一旁的书记一言不发插不上话，看来真的不了解。其实这很正常。最后，下一步怎么进行？大家集中了三条意见：回去继续收集，过几天还回来；根据需要和方便，可单独找谁到外面谈；最后到墓地去看望老戴场长……

中间，借去桥头有事之机，我插空单独把邓树清和邓炳胜请到桥头街上，并一起去找年过百岁的老亲戚……原打算抽时间再找车士彬老人，结果这年春节老人走了。这越发说明，抢救历史贵在“抢”字……

通过和老戴家人的多次接触，起码搞清了他的家庭状况。老戴一生有四子一女，前妻只一个儿子叫邓树铮，早年出走东北了。后妻的老大邓树楠，早年当兵，转业北京，已故，78 岁走的；老二邓树茂英年早逝，59 岁走的，撇下三子一女：长子邓炳友退休定居威海，二子邓炳顺在村里干书记，三子邓炳胜在村务农，女儿邓炳英退休职工，57 岁；老三邓树清，今年 76 岁，两个儿子都在威海工作定居；女儿邓树凤尚健在，82 岁。

尽管经过突击抢救，掌握了一些东西，由原来一张白纸到初步形成了线性概念，但关键节点问题还是说不清。比如，入党时间，哪年参加八路军，这之前的主要经历，哪年到国营林场（苗圃）任职的，等等。这些节点不搞清楚，就不能称其为历史啊。于是，我开始着手查他的人事档案。这本来不是什么大不了的问题，但涉及跨地区查阅，颇费了一番周折，只查到两张个人履历表。想再往深里查，人家以此档没有解密为由，让你无语。我只好就此作罢，别再难为友人了。

履历表是用钢板刻印的。1950 年和 1952 年两次填报，都是老戴自己写的，虽然钢板字和老戴的字很小，经过复印很难识别，但对我来说却如获至宝；尽管两张表对在部队任职时间说法不完全一致，但可据此搞清楚其人生基本情况和主要历史脉络。

邓汝贤，1900年生于桥头马井泊，1911年村小学读书，1915年务农，1940年入党，1941年参军（先后任威海抗日大队炊事员、威海独立营司务长、东海指挥部招待所副所长），1948年3月任桥头区粮库主任，12月任国营杨家滩林场场长。

研究刘锡荣的相关史料，对研究抢救老戴的历史有重要借鉴价值。据邓炳胜讲述，他爷退休后，在西字城定居的刘锡荣经常过来和爷爷在一起。有资料显示，刘锡荣因身体原因，新中国成立后大部分时间在地方国营农场和园艺场工作。虽然老戴到林场比刘锡荣早，但说明他俩自始至终都有密切的工作联系和个人感情关系。这些，对抢救极少有记载的老戴的历史来说，具有重要参考价值。

当事人口述录四则

2019年11月1日下午2时，在马井泊村调查，后根据退伍老兵车士彬先生的发言记录进行的整理——

我是一个抗美援朝老兵，今年89岁，比戴仁义小20岁。他参加革命时不到40岁，我不到20岁，一个村人是相互了解的。他原名叫邓汝贤，后因做地下交通员化名戴仁义，村里人称这是组织名。西字城一个老党员，找他主要负责敌占区工作。马井泊和西字城相隔很近，据说只有二里半。当地人都知道，自清代晚期开始我们这一带属“三不管”地带（注：泛指历史上的桥头、大水泊、文登营、天福山等地，处在文登县、荣成县、威海卫三地边区位置，这种特殊的位置和环境形成胶东革命最初的发源地和根据地），戴仁义经常去西字城，一来二往熟了，受这村人的影响（注：西字城村有几多：早年读书人多，投身革命的多，出烈士多，出大人物多。当年介绍理琪由上海来胶东的，是在河南省委工作的邓汝训，就是西字城村人；开国少将刘中华也是这村人），走上了革命道路。

当时，即天福山起义前后，西字城人最出名的是刘锡荣。担任胶东特委地下交通员，为护送报名青年西上参加“三军”，成为出了名的“铁交通”，主要负责威海卫一带敌占区。后来担任威海卫工委书记、办事处主任和抗日大队大队长兼政委，直到新中国成立前，都是在“边区”和敌占区这个范围活动。戴仁义虽然地位和职务不高，但他同大多数参与者一样，是革命工作的一部分。他的革命活动始终没有离开这个范围，与刘锡荣有着广泛的工作联系和亲密接触。

日本人来了，在我们村西山建起两座岗楼，是控制威海卫、文登和荣成三地的重要据点。戴仁义小时候就做生意，参加革命后以做生意为掩护，往返于“边区”与“特区”之间，商道、人脉和社会资源都通路，干起来顺手。他干地下工作，做交通员经常在我们家乡这一带活动，对村里工作很支持，在村里发展党员。为了给八路军转送子弹、棉布和日用品，他经常半夜回村，安排好后马上离开，使我们村成为一个重要转送点。村里也有汉奸，二狗子时常进村抓人。我家门口有兑家窝子（捣米用的石臼），有活动地场，村里搞什么活动都经过我家门口。

有天晚上，老戴突然回村。他把一些子弹送到沙永昌家，并嘱咐一定藏好，尽快转送驻前长湾村的八路军。沙永昌把子弹放在炕上，没有及时藏起来。结果，老戴前脚走，后脚一个邻居来串门，看见了炕上的子弹。这时，沙永昌应马上把子弹转走并躲藏起来，但他麻痹大意，没有转移。结果，第二天早晨天刚亮，二狗子就进村把邓永祥、沙永昌等 7 人抓起来，集合在俺家门口，当场宣布沙永昌给八路军送弹药，当要犯押走。后来放回两个，几个重要的死在威海和青岛。但这并没有吓倒抗日群众，反而更激起了村里的抗日活动……

在老戴他们的影响下，我 17 岁报名参军；走进东海军分区司令部警卫营，参加过孟良崮战斗；1948 年春奉调进京加入中央警卫团，担负保卫中央机关任务；1951 年入朝参战；1954 年回国转业参加地方建设。

2019 年 10 月 24 日上午，在杨家滩社区金域世家小区采访，根据威海国营苗圃退休职工杨清恒的谈话记录进行的整理——

我 1935 年生于杨家滩村。老戴场长背个铺盖卷刚来苗圃时，我不足 20 岁，在家里赶大车，除下地外，对外也接生意送货。老戴来了后为改造东沙汪，发动村民造林治沙，白天黑夜跑我们村。走访群众，开党员会，参加支部会，找老人了解情况，很快同村里大人孩子都熟了。我老爹杨锡香，二哥杨清林（村党支部组织委员，分管青年），都对老戴干这件事很支持，自然我也十分敬重老戴场长这个人。不出几年时间，把东沙汪近千亩沙滩全部绿化完了，后来给荣成成山造林送黑松苗子。深秋送去，冬天闷在地里过冬，来年春天到雨季都可以栽植。在我们村雇四五辆大车，有杨锡行、杨锡炎、杨清民等人和我，几个人里我的年龄最小。四五辆大车都是个人家的，走一百多里路，当天返回，连送几趟，每趟每车给五六块钱。

1958年，苗圃上了一辆汽轮骡子大车，原来赶车的得了麻风病去住院，急需赶车的。老戴看我年轻，给人的印象也不错，就找我爷商量要我去。从此，我就成了国营苗圃的一名职工。

老戴这人不愧是老党员、老八路、老革命。我跟他干了几年后，调到威海双岛林场干了13年，刘公岛林场干了8年，后又回到苗圃干副场长，最后到蒿泊镇干林业站站长，转了这么多地方，无论在哪儿，凡提到老戴场长大家都挑大拇指。

特别是初来时，他这种精神一般人做不到。大面积育苗没有种子不行，他盯住采集种子这一关不放。松树种子从采集到晾晒专业性很强，不能有半点马虎。据说当年英国人在刘公岛时，是我们村一个跑船的买回一包日本黑松种子，在刘公岛试种成功。为秋天采种子，老戴费了不少心思，动了不少脑子。有了种子，从育苗到栽植，一直盯住不放。里里外外一把手，对外联系，领着干活，处处起模范带头作用。东沙汪全部干完后，他为保证成活率，多次到村里和干部一起开会研究，如何调动老百姓护林的热情。最后，同村里合作，共同护林，每年砍下的柴火七成分给老百姓当烧柴。我们村远离山区，烧柴是大事，由此老百姓护林积极性很高。

本来，干完自己地盘的事就行了。老戴是真正的共产党人，继续革命不停步，在威海的海滩治沙育苗造林后，又为荣成、文登、牟平等地送树苗。可以说，胶东沿海的黑松林都是他育的苗。现在看，老戴真的功不可没！今天我们有如此幸福的家园，真不能忘了老戴场长当年的付出！

1962 年，老戴场长退休时，是我赶大马车，把他和来照顾他生活的老伴送回老家的，是桥头马井泊村。

2019 年 10 月 24 日下午，在凤林老年公寓采访，根据苗圃退休职工丛新滋的谈话记录进行的整理——

我家住老集村疃西头。1956 年，我 21 岁，读完完小回村干了四年活。那是秋天的一个傍晚，我在家门口邻街的辗子辗地瓜干面，只见老戴场长从西面骑自行车过来了。我停下辗子招呼："天黑了！老戴场长还不下班？"他一脸正经地告诉我来村里开党员会。我问苗圃是否招人，他说明春要增育乡间绿化苗木，想增加个人。我说我要去，他说等当天晚上商量一下，这事他自己说了不算。结果，第二天吃早饭时，我忘了这件事，突然老戴场长来到我家。他先坐下来吃了个地瓜，就对我妈说孩子想去苗圃工作这事他和村里商量了，村里的意思叫我侄儿去，因为他妈刚病逝。我妈说村里也是可怜孩子，谁去由场长定吧。戴场长说："这事是你儿子要求的，自己愿意去肯定能干好！"我妈就答应听场长的。

戴场长对我说："你想去今天就去吧……"这样，我背起妈妈打起的铺盖卷儿，当天就走进了威海国营苗圃。

走了一个小时，9点到了。孙会计给安排住宿，换了饭票，接着就跟着老工人去干活。为明春育苗做准备，剪法桐和杨树条。每根20公分，100根捆一捆，挖露天窑子8捆一排幢起来。先埋4寸土闷起来，冬天埋一尺厚，来年清明出窑插条。

上午11点半午饭，4两豆饼子，一碗炖萝卜块，八分钱。中午12点午休。下午1点半剪条；4点半收工；5点吃晚饭，饼子、地瓜、稀饭，五六分钱。晚6点学习，戴场长参加，读报纸，完了研究生产，开会用罩子灯，宿舍点小煤油灯；7点半结束；8点熄灯。早晨起来干活，时间不一。刚去时，3~4点起来翻猪圈，共有五六个圈，一人翻一个，干一个半小时，二十天左右翻一次；6点半早饭，饼子，热菜，八分钱。定期改善生活，半月吃一次饺子，一角五分到两角，五天一次白面馒头，一角二分到一角三分。

我来以后，海滩造林基本完成了，育黑松苗很少。但我记得十一二岁时，刚上一二年级，大约1950年，学校组织我们来杨家滩东沙汪栽过黑松苗。根据需要，当时主要为乡间绿化育法桐和青杨苗。每年清明后压一个月苗，三亩地出苗1.8万棵，用苗单位来拉。为增加收入发展果树种植，二亩果园有小国光、大国光、红香蕉、金帅等。还要发展养猪业，每年出圈十八九头肥猪，食品公司拉去杀。养猪和果树收入上交财政。

刚参加工作时，每月工资20元，三个月后26元，老戴场长 48 元。以后水涨船高，逐步增长。退休前，每月 80 元，退休后 40 元，现在 5300 元。

一晃，我在苗圃干了 38 年。1994 年退休，现在在凤林敬老院安度晚年。当年，我一个乳臭未干的愣头青一句话，老戴场长就圆了我的人生梦想，我感谢老戴场长，感谢共产党。

2019 年秋冬和春节期间，现场和电话采访戴仁义孙子邓炳胜，根据谈话记录的整理——

爷爷退休时我八九岁。那时农村穷，日子很苦，爷爷在村里算有钱人，对我家生活帮助很大，也时常买糖果、点心等稀罕物给我们兄弟几个吃。我年龄最小，格外受爷爷疼爱，时常跟在他的身后打转转。

跟爷爷看露天电影是当时最大的乐趣。每到夏天夜晚，在打麦场，还有街上，凡是周围的村庄演电影，总是缠着爷爷领我去。其实，爷爷比我还爱看那个时候的战斗片，《地雷战》《地道战》《永不消失的电波》《南征北战》……不管演几遍，爷爷都领着我去看。现在明白了，那是爷爷那代人的生死情结，是他们人生的信仰和希望。看完电影第二天，我就缠着爷爷讲他当年的故事，特别是做地下交通员、化装成买卖人、到敌战区送情报送物资的故事……

爷爷爱集体、爱劳动的品质为我树立了榜样。老人为革命操劳大半生，退休后总是闲不住。在爷爷眼里，集体的事再小都是大事，个人的事再大也得服从集体。小时，爷爷亲我，惯我，宠我，但违犯集体利益、损坏公家东西的底线不能突破，一旦犯了，爷爷就翻脸了，甚至很凶。有一次我跟爷爷去大田里干活，不小心踩倒了几株小苗，结果爷爷对我火得很厉害。还有一次去地里拾麦穗，我掐了田里几穗麦穗，结果爷爷毫不留情地罚我站立大半天。从此，我严格要求自己，小时做热爱集体的好孩子，成人后做热爱集体的好社员。

爷爷对村里人有求必应。这种优秀品质在村里有口皆碑，不是一般人能做到的。那时，农民最大的难处是手里没有钱，可花钱的地方很多。孩子结婚要花钱，盖房子钱不够，孩子上学买自行车没有钱……爷爷每月领 50 多块退休金，大家知道爷爷心肠好，有了事就跑来找爷爷。不管谁来，爷爷从不打人家的脸，自己有难处也是想法子帮乡亲一把；借出去的钱，有的还了，有的根本没能力还……但只要他手里有钱，只要人家找他，他就帮……

爷爷一生严格要求自己从不搞特殊。爷爷作为一个老党员、老八路、老革命，转业到地方大小是个领导，手里也有权，但他从不以老革命自居搞特殊。当国营苗圃场长十几年，从没安排一个孩子出来工作，都留在农村当农民。

当人民群众生命有危机时他能挺身而出。小时听妈妈讲述了这样一个故事。爷爷刚到威海国营苗圃时，一个清晨，天刚蒙蒙亮，爷爷起床后，依旧保留在家做农民的习惯，用铁锨撅起粪篓子去拾粪（做肥料）。刚出门沿一条小路走出不远，突然，前面传来一阵令人恐惧的女人尖叫声……爷爷立马警觉起来，操起铁锨向前奔去……老远，发现黑乎乎的影子在地上扭动翻滚！原以为有坏人在厮杀，靠近一看，是一个女人在嘶叫。靠近了才明白是个产妇要生孩子！这时，爷爷意识到这产妇有生命危险，马上跑回宿舍抱出自己的行李，并拿来一把剪刀，给产妇铺上和盖好被褥后开始接生……事后才知道这产妇因大意，天不亮起来走娘家，结果在半路上生了。多年来，这家人把爷爷视为救命恩人，直到爷爷退休回家后，人家两口子还专门到村里来看望我爷爷。

孤本苗圃史志摘选

一九三〇年前，苗圃所在地是一片海沙退滩地。西至杨家滩河和长峰河入海口，东至老集河入海口，南至城子、沟北通长峰的一条大路（当时可走大车，崮山、城子、沟北一带经商、行人皆经此路与威海往返），北至东海，总面积约800亩。

那时海滩一片白沙，大部分面积零星长些三棱子草，群众称东沙汪。

在靠近大路旁杂草较密的一片沙地，英国人用白石灰圈了一个圈，在此地落飞机，即英国人的飞行场。此场一直存留，间断使用到解放为止（见现存飞机场界碑）。

一九三〇年国民党接受威海卫，立即在此处筹建苗圃（见威海卫行政工作报告第28页）。当时苗圃归长峰农场代管，因此叫长峰苗圃。

国民党专署社会科蒋立轩（都叫他蒋技师）组织威海公园（现东山宾馆所在地）、后营（现北大仓部队营房）、三角花园等处培育花木的一些人，到东沙汪开荒筹建苗圃，由徐新发负责（以上见杨清福、徐振开记述）。地点选在大路两旁，英国人飞行场以南杂草较多的地方，那儿地下水位一米，水质盐分较多，是一片荒草、坑洼、乱葬岗之地。

当时的苗圃既无房子也无水井，蒋立轩叫徐新发领着威海管花木的一些人来开荒地，有时拿干粮住在杨家滩，人手不够，就找杨家滩村的人来帮忙。

育苗以片松、黑松为主，其他洋槐、国槐、法桐少量，总面积也很少。

一九三二年，蒋立轩为加强育苗，把不懂培育苗木的徐立新调走，把在威海三角花园培育苗木的陶家梅调到长峰苗圃负责，找杨家滩杨清竹当把头正式经营苗圃。共有地五十亩，开垦了二十二亩，育苗十三亩多，并且还详细记录了播种日期、面积、发芽期及生长高度。当时育苗有黑松、沙果、桑、刺槐、柞棵、胡桃、侧柏、白榆、中槐、紫荆、法桐、合欢等22种苗木（见威海卫收回第二周年工作报告书第五节），并且陶家梅为防止海风吹来的沙埋没了苗木和粮田，就用苗圃育的黑松苗，在苗圃北栽了一趟防风林，并种柞棵（见杨清福记述）。此防风林至今尚存，伐树看轮确有近五十年。

一九三四年，因陶家梅与杨清风不和无法工作，蒋立轩把陶家梅调到温泉汤工作，暂留杨清风负责。他继续扩大育苗地达40余亩，育苗仍以片松、黑松为主。

一九三六年蒋立轩把杨清风调到阮家寺带了一大帮人去造林，又把陶家梅调到苗圃来管苗木，并拨款盖了四间海苔房，挖了一眼水井，精心经营苗圃。育苗地扩大到70亩，育苗品种达24种，产苗木达2298607株（见民国二十五年工作报告书附长峰苗圃苗木株数表）。那时，杨清竹当把头负责记工，领着从杨家滩找来的人干活。他们的工资都是从威海领来，每月人工资10元。威海总负责会计是夏仁重，他也时常到苗圃来检查。每到清明各村都来搬苗植树，陶家梅见威海开的单子发苗，不收款。

一九三八年日本侵占威海，开始接管苗圃，发工资，但是不重视苗木的培育，育苗的种类和数量、亩数都有下降。过了几年战争激化，日本人也不发工资了，杨清竹也因日本人的恐吓不干了，陶家梅只好靠种地打粮为生。

一九四五年威海解放。那时苗圃基本荒芜杂草丛生，有些零星树苗夹在杂草中。社会也非常混乱，一些坏人流氓分子白天砍伐树木，晚上进行抢劫。有时陶家梅种点地打点粮食都被抢走，就连锅里烀的几个粑粑也被抢走。无法，陶家梅只得把家当搬到杨家滩村，白天来苗圃干活。

当时，长峰村南大路东有一个农场代管苗圃。我圃老工人宋炳仁一九四四年来到长峰农场，一九四五年农场派他领一些人来苗圃用铁犁耕荒种粮食作物。那时陶家梅仍在苗圃耕种粮食，没有进行育苗，说明当时育苗全停了。

一九四七年，人民政府正式成立国营苗圃，并把苗圃从长峰农场分开。派岳振卿来当场长，钟玉敏为技术员，并调三个工人，共五人正式管理苗圃，重新开始整地育苗。配备大车一辆，手推车一辆，铁犁一套。经两年努力逐步开了荒，开始育上各种树苗。

一九四八年底，岳振卿调到柳沟东夼果园，又派戴仁义来负责。他带了两个文书，张启文负责技术兼会计，还有高和邱管理员，干部共七人，工人有张启奎、张启周、杨学子等六人，共十三人。主要是加强管理苗圃，扩大苗圃面积和种类。

戴场长来后非常重视育苗造林。他认为，单纯靠原来的黑松、柞棵防风林带不能解决海风带来风沙的危害。于是在上级的指导下，开始在海滩上造黑松林 280 亩。那时群众觉悟很低，戴场长在前面领着栽黑松苗，群众就在后面刨草根连小树苗都带下来。群众认为在这样纯白沙滩上能植树是胡说八道。根据这种情况，场长干部工人多方联系群众，宣传教育。戴场长常常晚上到杨家滩村，参加村干部会议，并和杨家滩村党支部一起过党的生活。他一有空就抓紧宣传造林的好处和沙滩植树一定能成功的道理和先例，使群众有所觉悟，经过一次又一次地补植保护，终于成功地封滩造林 280 亩，而且树苗生长良好，转变了群众的白沙滩不能植树的认识。

群众认识转变了，戴场长就请示上级组织人力把海滩全部封滩育林。群众出力，苗圃出苗，合作造林，提成分红。经一番努力，自一九五一年到一九五五年又封滩植树520亩，把这800亩的荒滩白沙全部绿化起来。同时，戴场长还各处奔走，提供苗木，说服发动，将长峰、老集、城子的海滩直到崮山卫家滩也都封了滩造了林。还成立了护林委员会，定期召开防护造林会议，保护林木生长。现在，这些黑松树高二丈有余，绿树成带，荫及子孙，造福人民。

从此，黑松林解决了群众烧柴、木料问题，粮田受益，沿村一带群众时常叨念戴场长当年的造林功绩！他们说，现在我们受益是戴场长辛勤劳动的结果啊！

一九五〇年划为文登县十五区，故改印章为文登县苗圃。

一九五六年九月划为威海市，印章为威海市苗圃。原长峰农场34亩地划归苗圃，将果园边界的40亩地换了过来。一九五五年又租杨家滩地9.3亩，各种苗圃地45.3亩。

一九五九年以前主要以育黑松苗为主，仅当年总计育苗868000株，黑松苗占40万株。威海、文登、荣成、牟平等地都用本圃苗造林，成山林场的黑松苗都是本圃供应的。

上述记载，选自封存40年之久的孤本手写《国营威海苗圃志》草稿。1982年8月，时任威海国营苗圃技术员的田兆本，完成了这本志书的草稿。不知什么原因，脱稿后连抄写工作都没做就压下来了。时隔40年之久，我突然发现了这本草稿志，一种无名的难言之隐和冲动，驱使我把“一九三〇年至一九四七年苗圃状况”这一鲜为人知的历史选摘下来，披露真相，见证历史，彰显初心，以奉飨前辈时贤。

田兆本，威海羊亭南小城人，毕业于山东农学院，曾先后担任国营威海苗圃技术员、第八任苗圃场长、原威海市林业局副局长、张村镇人大主任。2011年病逝，时年69岁。

众望所归家园静好

写作到了尾声，绷紧的弦一放松，夜里很快入睡，不久我就进入了甜美的梦乡……

春暖花开，英雄凯旋。皇冠街道万人空巷，人们穿上节日盛装，走出封闭已久的家门，集会九龙湾公园广场，庆抗“疫”大捷，迎英雄归来！

我随着拥挤的人群，来到公园广场中心。只见钟南山、李兰娟、陈薇及威海赴鄂抗“疫”英雄，身披彩带，频频向前来欢迎的人群招手致意。

突然，有人高喊：“老戴场长回来了！老戴场长回来啦！”

听说英雄回来，沸腾的人群一齐朝着喊声的方向涌去……

透过熙攘的人流，远远望去，身材魁梧高大的老英雄站在广场中央，睿智坚毅的目光投向远方，脸上洋溢出自信和善的神色……我和村里的孩子又聚拢起来，朝着向我们微笑的老英雄围了过去，双手罩起喇叭状，放声大喊："老戴场长！老戴场长！"

然而，此时的老戴却不理会我们，依然在那里一动不动……

突然，眼前的老戴化作了一尊雕像，面带微笑，目视远方。四面八方的人向雕像围拢过来，纷纷三鞠躬以示敬意。我排在队伍中缓缓走来，鞠躬之后不舍离去，围着雕像绕了三圈，最后，把目光聚焦于醒目的文字简介。精工细作的汉白玉基座正面，阴刻的楷体烫金字清晰可见：

戴仁义（1900～1978年），原名邓汝贤，威海桥头马井泊人。

1940年入党，1941年参军。曾任地下交通员、战士、后勤干事、副所长、国营威海苗圃场长等职。1978年9月去世，享年78岁。

1948～1962年任场长期间，励精图治，艰苦奋斗，为威海、文登、荣成、牟平乃至胶东沿海封沙造林、造福百姓做出重大贡献。

使命担当，功高千秋，立此志铭，以释众念。

2020年春立

转眼之间，我见老戴场长又回来了，他像当年一样，带领大家走进茫茫黑松林，把所有的空闲地都补栽上了黑松树……

第二天一早醒来，大梦方觉。

风和日丽，阳光普照。顾不上吃早饭，我戴上口罩，下了楼，出小区，直奔九龙湾公园而去……来到公园中心位置，明知是自做美梦，却依旧不甘，硬是在这里呆立一阵子。向海岸松林走去，也是心存侥幸，想去看老戴场长刚补栽的黑松苗子。来到公园核心区位——海岸风光景区，走近空军英雄王海司令雕像前，只见海堤里被海浪淹死的草坪地空空如也，令人心焦。

这里原来是村里的渔窝棚。小时，秋天常来拉大网，熬到深夜，可以吃一碗海燕鱼炖茄子。乡愁驱使，沿当年走过的小路（公园林荫小路），我来到老戴场长当年办公的地方，遗迹清晰可见，一种亲切感顿时扑面而来……

一路寻觅，但愿梦想成真。

众望所归，但愿家园静好。

告慰英雄，如今的东沙汪，像一颗皇冠上的明珠镶嵌在威海湾南岸，璀璨斑斓，熠熠生辉……

（原题《敢问英雄何日还》，发表于《时代报告》2021年第1期。）

我的作品档案

引　言

《迟来的报告》这本书，主要收录了近20年来发表过的记录重要事件和人物的作品，以凸显地域生态文化和人文文化。打开硬盘的文字档案，突然发现一个看似与选题不相关的文档，即当年企业文化中心记录的一份我的作品档案记录，全部是自我开始学习写作和摄影起，在国内报刊发表的文章和摄影作品。虽然没有分类归档，但记录却全面详细：作品有标题、发表时间、报刊名称和责任编辑，等等，可谓一应俱全，篇篇如是。于是，它引起了我的关注：十篇八篇、三年五年，不算什么，但这份档案已形成了小气候。仅书籍，包括正式出版的和文化中心自办的印刷所印刷的，以及我策划并组织员工一起采访写作，最终发表的数期《威海文艺》专辑等，共有三十多本，各类文章和图片二百多篇（幅）。作品跨度20多年，国内十多家报刊杂志及责编一目了然……对此，我不能视而不见，而应把这份档案作为一个特殊的作品来对待。在一番补充和编辑之后，赋名《我的作品档案》编入本书。

卷一：个人出版作品

乡愁散文丛书

《我的威海湾》：1999年7月京华出版社出版，责编文刀。2000年12月第2次印刷。同年获威海市精神文明建设“精品工程“奖。

《海隅印记》：2001年5月人民文学出版社出版，责编张晴、丛培香。2002年5月获首届冰心散文奖。

《别了，庄士敦》：2003年5月作家出版社出版，责编白连国。2005年第2次印刷。2006年6月获威海文学艺术铜奖。

《乡愁何时了》：2020年6月山东大学出版社出版，责编李孝德。作为地方特色文学作品收编刘公岛文库。

大散文写实丛书

《威海背影》：2010年5月山东画报社出版，责编冯克力。

《威海人家》：2011年10月山东画报社出版，2014年

7月第2次印刷，责编冯克力。

《威海，守卫中华最古的海》：2014年1月山东画报社出版，2014年7月第2次印刷，责编冯克力。

《威海，中韩交流的门户》：2020年6月山东大学版出版，责编姜明。出版社发书评《一衣带水　黄海深情——评〈威海，中韩交流的门户〉》在《中华读书报》图书推荐栏目推介，作者徐翔、魏亚平。

《迟来的报告》：2022年12月山东大学出版社出版，责编徐翔。

风情摄影文学丛书

《摄影与随想》：2001年4月香港银河出版社出版，责编丛培香、杨机红。

《青春与梦想》：2001年8月香港银河出版社出版，责编丛培香、张颂。

《烹饪与艺术》：2001年12月香港银河出版社出版，责编丛培香、张颂。

《总经理镜头中的外宾》：2004年8月上海人民美术出版社出版，责编周卫明。2006年6月获首届威海文学艺术奖。

《老村·老街》：2005年9月上海人民美术出版社出版，责编周卫明、张燕。

《威海渔乡风情》：2012年12月山东画报出版社出版，责编冯克力。

《九龙湾夜话》：2021年9月山东大学出版社出版，责编徐翔。一部在新的制作与传播方式中探索产生的摄影集，出自华为手机拍发的朋友圈，以九宫格为单元配文编辑出版。

《镜头里我与威海40年（1972～2012）》：2022年11月自然与人文影像出版社出版，责编刘文炳。一部由作者编著的个人历史老照片影像文学集。

卷二：策划出版作品

散文集

《合庆山庄夜话》（中英文版）：1999年2月人民文学出版社出版。

《爱做梦的日子》：1999年7月京华出版社出版，责编文刀。2000年12月第2次印刷。

《游走刘公岛·成山头·昆嵛山》：2001年11月香港新风出版社出版。

文论集

《饭店问题与对策》：1999年7月京华出版社出版，责编文刀。2001年10月第2次印刷。

《每日小结》：2002年10月香港新风出版社出版。

《客人书札》：2002年10月香港新风出版社出版，责编李霞。

《一封家书》：2011年1月合庆饭店文化中心印制，编辑齐正君。

《总经理讲稿和图片选》：2012年11月香港银河出版社出版，责编李霞。

《健康箴言》：2002 年 12 月香港新风出版社出版，责编丛培香。

《杨家滩志·谱》：2012 年 10 月香港银河出版社出版，责编李霞。

《红色摇蓝东南乡》：2020 年 10 月威海经区工委组织部印制，编辑杨机臣。

图片集

《合庆金版菜》：2008 年 11 月山东科学技术出版社出版，责编仲彭军。

《2010 香港行·威海籍警察史课题纪事》：2011 年合庆饭店文化中心印制，编辑贺雪燕。

《邓肯·克拉克家族与威海》：2011 年合庆饭店文化中心印制，编辑贺雪燕。

策划专刊

《走进刘公岛》：1999 年《威海文艺》第 6 期“合庆山庄专刊”，责编宋潇凌。

《走近成山头》：2000 年《威海文艺》第 1 期“合庆山庄专刊”，责编张洪浩。

《走上昆嵛山》：2000 年《威海文艺》第 2 期“合庆山庄专刊”，责编祝有海。

卷三：省以上报刊发表和获奖作品

中长篇纪实

《拯救威海的记忆》：2003 年第 8 期《报告文学》。

《一个苏格兰家庭的威海探祖之旅》：2006 年第 8 期《中国作家·纪实》，责编任启发。

《被遗忘的 15 万“一战”华工》：2007 年第 9 期《中国作家·纪实》，责编子峡。同年，人民网、一战华工网转载，被中国作家协会列为报告文学年度点评作品。

《我与女儿》：2009 年第 2 期《中国作家·纪实》，责编任启发。

《威海人与香港警察》：2010 年第 10 期《中国作家·纪实》。

《由“一人弓”到“四个军”》：2013 年第 9 期《中国报告文学》。

《一个苏格兰家庭的威海探祖之旅》：2006 年第 8 期《中国作家·纪实》，责编任启发。

《渔乡风情》：2012 年第 6 期《中国作家·纪实》，责编任启发。

《威海，守卫中华最古的海》：2013 年第 9 期《中国作家·纪实》（长篇），责编任启发。

《威海，中韩交流的门户》：2019 年第 2 期《中国报告文学》（长篇），责编魏建军。

《走过一甲子（外二篇：〈西港：1958~2018〉〈我们村的五好社员〉〈玉振姐的苦乐人生〉）》：2019 年第 8 期《中国报告文学》，责编魏建军。

《敢问英雄何日还》：2021 年第 1 期《时代报告》，责编魏建军。

《戍边母亲》：2022 年第 6 期《时代报告》，责编雨晶。

散文

《我想学散文》（处女作）：1998 年第 2 期《大酒店》。

《送松野君》：1998 年第 11 期《中华散文》，同年《河南青年日报》《旅游世界》转载，1999 年第 3 期《大酒店》。

《合庆山庄与三位年轻人》：1999 年第 1 期《旅游世界》。

《亮水湾》：1999 年 1 月 3 日《青海日报》。

《山枣情》：1999 年 2 月 14 日《青海日报》。

《黑松缘》：1999 年第 4 期《中华散文》。

《朋友》：1999 年 6 月 18 日《青海日报》。

《别了，庄士敦》：1999 年 6 月入选《世纪末的强音》（散文卷），获春笋杯全国诗歌散文大奖赛优秀作品奖。

《学习三题》：2000 年第 10 期《中华散文》。

《雨季心思》：2000 年夏秋，威海逢 50 年不遇特大干旱，作者心生焦虑而创作。2001 年 4 月 1 日《青海日报》，责编秋鋆。2002 年 1 月 1 日《散文 · 海外版》第一期选刊，责编李静媛；同年，被天津百花文艺出版社出版的新世纪散文精品集《大地的眼睛》收编。2003 年 5 月入编作家出版社出版的杨机臣散文集《别了，庄士敦》，责编白连国。2005 年选作《广州市 2005 年高中阶段学校招生考试模拟试题》；同年被《语文月刊》（2005 广东 · 广州卷）作为中学生现代文读物收编。2006 年被广州市、温州市选作中考语文试卷；同年 3 月被中国语文教学资源网选作《湖北版语文七年级下册第二单元同步训练题》；5 月被悠扬教案网选作《高考语文现代文试题》；9 月被北京教育出版社出版的《初中语文阅读理解题王 · 八年级（初二）》收编；12

月选作《安庆市八年级上学期语文期中测试试卷》；同时被浙江省教育厅、宁波市教育局向《未来作家》推荐发表，作为向全省中小学生现代文推广读物。2007年2月被吉林出版社出版的《阅读先锋——现代文分类阅读与解题思路》（中考版）收编；同年5月，被宜兴市网上家长学校选作《九年级语文中考模拟试卷》；6月选作《中学语文备课资源网模拟试题》，同时被恒谦教育网题库选作《最新现代文阅读（按2007新考纲编写）模拟试题》；11月，教育部中考试卷评价项目组组长王云峰教授在《初中毕业语文学业水平考试改革的基本走向》讲座中，在“现代文阅读的考查内容”一节中对《雨季心思》进行了重点讲评；同月，在《语文建设》上发表的《新课程初中毕业语文学业水平考试的基本走向》论文中，又对《雨季心思》试题作了重点评析。2008年4月被初中记叙文阅读训练网选作《初中记叙文阅读训练模拟试题》；7月被威海教育网转载。之后，连续被多地作为中考高考试题。2018年入选士兵军考试题。

作为现代文阅读试题，网上大多用不同作者描写雨的手法作比较，以提高学生的阅读和思考能力。用《雨季心思》的雨与朱自清的《春》的雨作比较，辨析二者的写作手法：即前者用“声”来形容北方雨的“粗旷”，而后者用“形”来描写江南雨的“细腻”。有的为增加试题分量，用三个作品的比较来命题：杨机臣笔下的雨，朱自清笔下的雨和老舍笔下的雨，用四个字来分别形容它们。“精锐黄浦网”2015年11月8日公布出如下答案：老舍的雨：倾盆大雨；朱自清的雨：细密缠绵；杨机臣的雨：清爽酣畅。

《梦牵威海湾》：2001 年 6 月 23 日《青海日报》。

《睡觉二题》：2001 年 10 月《美文》，责编安黎。

《海上人家》：2001 年第 11 期《中华散文》。

《一棵老柳村》：2002 年 1 月《禅思集》（少林寺主办），责编丛培香、张晴。

《贫下中农》：2001 年第 8 期《散文百家》。入选 2001 年第 11 期《读者 · 乡村版》，责编高剑峰。

《活龙不滞水》：2002 年第 5 期《散文 · 海外版》（选自《威海日报》文艺副刊），责编王燕。

《怀念大雁》：2002 年 9 月《中国当代散文精选 I 》选编，责编智龚。

《关于女儿》：2002 年第 11 期《中华散文》，编辑杨渡、张晴。

《我为海部俊树拍照》：2003 年 1 月《美文》，责编李志清。

《两个人与一个地方》：2004 年第 10 期《美文》，责编李永辉。

《学习三题》：2002 年第 10 期《中华散文》，2003 年 3 月收编《全国首届冰心散文奖获奖作品集》，责编戴东。

《逼上梁山》：2003 年 6 月《散文百家》。

《山里女人与城里女人》：2005 年第 3 期《读者 · 乡村版》（选自《威海日报》），摘编王本泽。

《纪实或纪事》：2005 年第 12 期《美文》。

《守望这片古老的海》：2006 年第 3~4 期《山东作家》，责编美玉。

摄影文学

《晒海带》：2002年第5期《山东画报》，编辑赵文生。

《洋爷爷的故事》：2002年第6期《山东画报》，获“鲁能杯”全国摄影大奖赛二等奖。

《我拍海部俊树》：2002年第7期《山东画报》，编辑赵文生。同年7月11日《摄影人》，编辑李国华。

《一桩美满的跨国姻缘》：2002年第8期《山东画报》，编辑赵文生。2004年12月获第八届山东省对外传播三等奖。

《三舅》《二狗哥，慢点走》：2002年第10期《上海摄影》，责编金国明、李琼。

《走进最后的爱德华商埠区》：2002年第10期《山东画报》，编辑赵文生。

《老船》：2002年第11期《山东画报》，编辑赵文生。2003年3月《上海摄影》，责编金明国、李琼。

《冬的感觉》：2002年第12期《山东画报》，编辑赵文生。2003年1月《上海摄影》，责编金明国、李琼。

《海部老人印象》：2002年第12期《东方航线》。

《怀念大雁》：2003年2月《上海摄影》，责编马赛。

《我拍古纳尔夫妇过春节》：2003年第2期《山东画报》，编辑谷永威、赵文生。2004年12月获第八届山东省对外传播奖二等奖。

《一个家庭半个世纪的合影》：2003年第3期《山东画报》，编辑赵文生、李涛涛。

《胶东女人》《谷雨海祭》：2003年4月《上海摄影》，责编金明国、李琼。

《秋的印象》：2003 年 5 月《上海摄影》，责编金明国、李琼。

《去天鹅村拍天鹅》：2003 年第 5 期《山东画报》，编辑赵文生。

《安娜在威海》：2004 年第 10 期《山东画报》，编辑王瑜。

电视散文《老棉袄》：2001 年 6 月获全国第四届“百家电视台电视音乐节目展评”铜奖。

摄影

《海湾冬雪》《海魂》：2000 年 5 月获全国第五届“大河上下艺术摄影作品大赛”三等奖。

《耕》：2000 年 9 月入选全国第五届“大河上下艺术摄影作品展”。

《合庆山庄外景》《又见雁归来》《三堆金》《路口》：2001 年 9 月《中国铁道文学》。

《路口》《伴》《梦》：2002 年 2 月 1 日《中国摄影报》，责编谢雨玫。《伴》2002 年 5 月获中国优秀摄影作品奖。

《二狗哥，慢点走》：2002 年 5 月获“鲁能杯”全国摄影大奖赛优秀奖。

《三角人的奖品》：2002 年 11 月入选“山东省庆祝党的十六大召开摄影精品展”。

《安娜与孩子们》：2004 年 9 月获威海市首届“人居摄影电视大赛”二等奖。

《联合国人居署官员在威海》：2004 年 9 月获威海市首届“人居摄影电视大赛”优秀奖。

组照《秋的印象》：2004年10月10日《解放日报》。

论文

《浅谈社会学在中国传播的原因和途径》：1990年第5期《社会学与社会调查》，责编袁伦渠、周建。

《酒店试营业后的管理整合》：1996年第2期《饭店世界》，责编潘幼康。

《建立现代企业制度是饭店发展的根本保证》：1996年《大连党校学报》转载《威海社会科学》第3期。1998年6月获《当代社会科学研究文集》优秀论文一等奖。

《抓服务管理必须全方位动作》：1996年第4期《中国旅游饭店》。

《提高饭店产品质量是增强市场竞争能力的根本出路》：1998年第5期《大酒店》。2001年11月获新经济与中国社会经济发展论坛优秀论文一等奖、中国发展研究理论丛书优秀论文一等奖。2002年1月获世界华人交流协会颁发的国际优秀论文奖。

卷四：地方报刊发表作品

散文

《与合庆山庄有缘的三才子》（连载）、《送松野君》《走近现代书坛“威海三剑客”》《别了，庄士敦》《“三部老字典”读威海沧桑》《消失了的“亮水湾”》《魂系威海湾》《走好，“老字典”》《拜师》《梦里追回欧洲行》《翡冷翠与威海卫》《夜走西欧》《戛纳电影城》《哈沃河与柏林墙》《城中国》《柏林中餐馆》《荷兰风车村》《一个“资本家”》《巴黎一座塔》《馆子》《巴黎一条河》《途经卢森堡》《巴黎一条街》《深深尿童巷》《海岛魂》《英国人大道》《与刘公岛同行》《三走天尽头》《沉淀》《家有喜事》《哈孜·艾买提》《高山猪》《威海人》《贫下中农》《天不下雨》《想念雨声》《女法官·丈母娘》《兄妹之间》《远飞的大雁》《乔老爷子》《洋专家过年》《一桩美满的跨国婚姻》《我拍古纳尔夫妇过春节》《退身政坛成诗人》《外国读者和海草房的故事》《走进峨石村》《老巷新人》《猪石崖的演绎》《发现宁津》（上）《发现宁津》（下）《相马》《草原深处的人家》《醇香的奶茶》《推头》等：《威海日报·海岬》《威海晚报》等。

中长篇纪实或连载

《被遗忘的 15 万“一战”华工》（中篇连载）：《威海文艺》。

《威海，守卫中华最古的海》（长篇连载）：《威海广播电视报》。

《威海，中朝交流的门户》（长篇节选连载）：《威海广播电视报》。

《迟来的报告：精致之路》：《环翠文艺》2020 年第 2 期。

《大自然造就威海卫》：《环翠文艺》2021 年第 4 期。

《难忘东南乡》：《环翠文艺》2022 年第 2 期。

《〈镜头里我与威海 40 年 1972–2012〉选登》：《环翠文艺》2022 年第 4 期。

后记
求索与坚守

眷恋故土、乡愁情结、家国道义，经过了一个启蒙、升华到自觉的蜕变过程，成为我20多年追寻和攀登的一片精神高原。大致从创作处女作时起，写的每篇稿子，拍的每张照片，在发表到发酵的过程中，心底里燃烧起精神求索和超越的火苗。随着这种情绪的释放，助推了艰难跋涉的起步与行走，并不断地梳理思路、调整视野，试图找到一条符合人生价值，驱动创作求索的精神之路。随着时间的推移，这种内心深处的冀盼呈现出走高态势。

2003年，威海荣获联合国人居奖。历史上曾经的小渔村到边陲小镇，以至今天戴上国际人居名城的桂冠，可溯源于它独有并高度契合的地理和社会条件。因为这种地理位置和自然环境，自元明时代起，这里就引起海盗倭寇及后来西方列强的觊觎，同时，它的京畿门户、海上要津和优良海湾等防务安全价值，引起国家的高度关注和重视。它被纳入重点国防项目投资建设，向这里集结军队和大量移民，使其成为海内外著名的军事重镇。至清末建成北洋海军基地，甲午战败后成为英租地，从此，历史把威海卫推向了国际视野。收回威海卫后，这里曾被辟为国家一级行政区，即赋予省级行政权限。新中国成立后，特别是改革开放以来，威海人顺势而为，扬海路前沿之长，避陆路末梢之短，抓住机遇大胆发展，走出了一条既符合客观规律又超越自我的特色之路，即精致之路。于是，这座英雄的城市脱颖而出，最终走上了国际颁奖台。在新的机遇面前，威海人没有停留在庆典的层面而陶醉，在充分调研和论证之后，大胆开展“威海国际人居节”行动，不断把国际化融入城市建设和经济发展。此时，虽然人们对国内悄然兴起的用各种“办节”名目来招商的作法有些麻木，但威海的这一举动却在海内外引起广泛关注。

绕了一个圈子我到底想说什么？

答案是大自然造化了威海卫。地理位置、自然环境决定一座城市的走向，如同父母影响一个孩子的人生。我作为一个生长于威海湾畔的威海人，对此有着刻骨铭心的体验。它不光激起我热爱这座城市的情绪，更激发我探寻什么是“威海国际人居节”的动力，并以此为契机来挖掘这片土地的根脉。在经过一番心灵深处的体验和追寻之后，激动之余，我想转向手中的笔，通过写作纪实来解说这个问题。当时，我的散文写作刚获首届冰心散文奖，正呈现一种上升态势，已经接近或有望走进第一方阵的阵容，然而，是这种土地情结让我果断停下手中的笔，开启了中长篇纪实的创作之旅，并由此而一发不可收拾，特别在遇到这种写作的富矿后，即威海市档案馆从英国发掘回来的一大批英租威海卫时期的档案，为写作转型开阔了视野并打开了思路。

当然，我的这种认知不是一开始就这样鲜明，不过是一种意在笔外的驱动而已。应该感谢北京的文化策划专家王欢老师，约我写一篇介绍威海建城史和追溯威海文明源头的文章，以文景历史做主线，这时，我才大梦初醒，感受强烈。因此，在编辑本书时，我把《环翠文艺》刊发过的这篇稿子《大自然造就威海卫》置于第二篇编排，以呼应开篇《精致之路》这篇本来就蕴含着文景历史写作元素的文章，表达对王欢老师让我认识了这一新型文化表达的谢意。

一个文化的爱好者和追随者，应把关注人性作为创作的灵魂。从祖辈开始，深挖本土根脉，“向后看”的目的是为了更好地“向前看”。挖掘先贤故事，讲好父辈故事，就是讲好中国故事；传递正能量，表达家国情怀，是一个作家、摄影家的责任和义务。是为，在我已发表作品中选择和编辑的标准。

一年前，我曾有幸参加市里的一个课题组，远赴新疆考察并家访在新中国成立初期“远嫁”边疆屯垦戍边的威海母亲。她们的动人事迹，时常浮现于脑海。在编完本书书稿时，总觉得这本书欠缺了什么，当我幡然醒悟时，就心无旁骛地投入《远芳侵古道》的采访写作。虽困难重重，却苦中有乐，因为，它了却了我心中的一次精神亏欠与补偿。

瞄准目标，长期坚持。或许，这就是 20 多年里，我梦寐以求、攀登不停的那片精神高原。

一本书即一篇文，其实是为读者作的报告。本书收录作品的内容时间跨度较大，长则几千年，短则几年或十几年；有些篇目写作时间较早，但发表时间有点晚，拖了几年或十几年，如《精致之路》一篇，原创于近二十年前，近期才发表。故在将这些作品结集出版时，将书名定为《迟来的报告》，寓意通篇，是为破题。

杨机臣

2022 年 5 月于威海

跋

良知催逼下的不倦钩沉

——漫议杨机臣的纪实文学写作

洪 浩[1]

一

在中国北方大陆的东端，有一个海滨城市叫威海。在威海市区最东端的岬角，有一个人常常站在这里向东方眺望。这里是他办公的地方，海近在咫尺，在几步远的崖下。这是一个名副其实的枕浪听涛的所在，正前方碧波万顷，目光稍稍右移，两千多米外便是著名的清代北洋海军基地刘公岛。他为自己所处的位置而自豪，在他看来，这逼仄的海岬乃是观察世界的绝好的立足点。威海湾的远处是黄海，黄海的远

① 洪浩，1966 年生，作家，评论家。山东省烟台市作协副主席。

处是太平洋，站在这里向前看去，既是看东方也是看西方；他在向前看的时候，其实也是在向后看。他希望自己的目光能深远些，再深远些。

这个喜欢眺望的人是一位作家，他叫杨机臣。他的目光常常在打捞记忆，钩沉历史。

有作家曾经如此说过：对于一个具备基本文字能力的人来说，写作是正常的，不写作才是不正常的和不应当的。这种说法，乍一听会为之惊讶，细思则深以为然。是的，写作不过是一种表达，与说话类似，它是所思所想的释放，是独自一人时的倾吐。一个有基本的写作能力而又善于思考的人，很容易在某一天忽然要写点什么，就像一个健谈者难以抑制他的侃侃而谈。

杨机臣的写作正是这样，他在“不学艺”的中年开始的写作，是人生走到这一步的必然：大半辈子的生命体验和对生活的认知感悟，让他不吐不快。早年供职于机关，他曾从事过文字工作，对于写作并不陌生。他又是一个特别勤奋特别用心的人，立志写作以来，他苦心经营，孜孜不倦，很快取得了骄人的成就：国内最有影响的散文杂志诸如《中华散文》《散文》《美文》等时常可见其作品发表，《雨季心思》《海湾悠悠》等篇什还被各种选刊、教科书和学生课外阅读材料选载过，散文集《海隅印记》获得过冰心散文奖。

读过杨机臣许多散文作品。他的散文有短有长，短的千八百字，长的数万言，所写多与记忆有关，与故乡的历史、风物、人与事有关。无论是短章还是长制，读来感觉都颇有内容，也富有灵气。他的写作是平常心的写作，不故作矜持和高深，文笔有行云流水般的明快洒脱，而无矫饰和滞涩之感。他的文字明朗坦诚，始终保有纯朴的民间情怀；在他那些拉家常般的叙说中，乐观、幽默和自我解嘲随处可见。丰富的知识、不俗的见解和俊逸的文采，是其散文的特色，更重要的还有饱经历练者朴素率真的生活态度和游刃有余的人生智慧。他似乎天生具备点石成金的本领，写作素材在他可谓俯拾即是，似乎从来没有匮乏过，永远也不会枯竭。然而，在我们为其散文创作的强劲势头而惊讶之时，他又悄悄地来了一个华丽转身，长篇大论地写起了纪实文学。

中年人的写作往往有“向后看”的倾向，而纪实文学主要是一种“向后看”的文体，所以，杨机臣由散文而纪实文学，是顺理成章的过渡。他从挖掘记忆、追溯个体生命历程开始，逐渐扩大题材领域，在纪实写作的道路上越走越远，于是，广阔的写作前景在他面前迅速展开。近年来，《中国作家（纪实版）》《中国报告文学》等大型刊物先后推出了他多部长达数万字的中篇纪实文学作品。不仅如此，他还接二连三地出版了好几本纪实文学作品集。

二

持有现实主义写作观的作家，会知道笔下的题材离不开脚下的土地，自己的写作对本土负有责任。杨机臣的写作正是如此，他的散文和纪实文学主要是对本土历史文化的记录和挖掘，是源于故土情结的一种自觉选择。故乡威海是突出于中国北方大陆东端的一个岬角，位置独特，因而有着很不一般的历史文化：道教全真教留下的诸多遗迹和传说，清朝北洋水师覆灭的沉痛记忆，英租三十年的殖民地历史……这一切，在他的散文中已有不少叙述，具有明显的纪实色彩。他在近年转向纪实文学的写作，既是碰上素材富矿之后的必然选择，又是一种拯救历史记忆的责任感催逼的结果。

杨机臣最初的纪实文学作品，其中多篇的主题可用他的一个题目来概括——拯救威海的记忆。这些作品的产生有一个共同的契机，即突然冒出来的档案资料。前些年，威海市档案局积极联系英国方面，获得了大量英租期间的档案。正是在这些档案中，杨机臣获取了极其丰富的威海史料，在此基础上进行一系列的发掘、梳理、调研和想象，让僵死、枯燥的资料复活、生动起来，变成了一幕幕可视可感的话剧。

《拯救威海的记忆》是他首部中篇纪实文学作品，记述的正是威海市档案局赴英查档的复杂、动人的故事。档案是以文字和实物的方式留下的记忆，我们知道，大到民族，小到个人，失忆都是可怕的，是令人惶恐不安的。威海因为曾遭英国强租，缺失近百年的档案，是一个记忆残缺的城市。“拯救威海的记忆”乃是一个迫不及待的、充满了悬念的事情，因而，异域查档的故事显得分外迷人。杨机臣的叙述跌宕起伏，一波三折，现实的记述中穿插了历史的回溯，使得读者在阅读中愈来愈强烈地感受到找回一个城市的记忆的焦灼。文章所记录的不仅是威海档案人员一次次赴英查档的行动，还有英国民间人士对查档的热烈回应。由此，我们可以感知到中西方人共同的怀旧情结。

关于记忆的拯救是成功的，关于拯救的记述也是成功的。正是在这一篇的基础上，又衍生出另外一部纪实文学作品：《一个苏格兰家庭的威海探祖之旅》。这是赴英查档故事的后续，记述的是苏格兰商人邓肯·克拉克的孙子、年逾七旬的小邓肯在阔别威海66年之后故地重游，追寻祖辈和父辈记忆的故事。邓肯·克拉克是英租时期在威最重要的苏格兰商人，“两代人40多年的奋斗，邓肯家族在威海建起了一个庞大的商业王国。他的投资涉及旅游、市政、交通、地产、农业和教育领域，是近百年来威海最大的外资商行，对当时当地经济和社会生活以至相当长的时期产生了重要影响”。这样一个家族，对英租时期的威海有着巨大的贡献。两代人几十年苦心经营的历史记忆，使得家族长辈多年来一直处于深深的怀旧情感之中，对异国他乡的威海可谓魂牵梦萦。小邓肯的威海探祖之旅，旨在追寻家族五代人的记忆，释解他们浓重的威海情结，因此是一次意义非凡的跨国寻迹行动。善于捕捉题材的作者，敏锐地意识到机会的难得，以摄影师的身份作了全程陪同，和小邓肯一道追溯历史，探查邓肯·克拉克家族在威海留下的建筑遗迹，寻访祖辈一百多年的过往历程。这样切近而亲密的接触，使得作者成功地掌握了全部素材，并顺利写下了这样一篇长文。作者详尽地记录了小邓肯探祖过程的诸多细节，又以频频闪回的笔法贯通了百年记忆，梳理了邓肯家族在威海的历史脉络，讲述了两代人在威海的故事，以及他们回国后对威海的怀念之情。文章气韵饱满，令人感动又令人回味。

《被遗忘的15万“一战”华工》同样是一部来源于英方档案的纪实文学作品。作品告诉我们，一战中，中国共有

15 万华工赴欧参战。正因如此，中国北洋政府成了协约国的一员，在战后也终于享受到一次久违的战胜国的滋味。然而，赴欧参战的 15 万中国劳工是付出了惨重代价和牺牲的。如此重大的旧闻，如此沉重的题目，对于作者来说，所激起的不仅仅是探究来龙去脉的兴趣，更重要的是一种钩沉历史的使命感和责任感。作者在查阅大量英方档案的同时，还查证了中方文史资料，采访了本地民间人士，故而所写逼近真实，又做到了具体生动。这部作品题材宏大，背景复杂，但作者敢于直面挑战，其宏观把握颇具气势，叙述大开大合，遒劲有力。如此这般记写中国劳工的纪实文学作品，在大陆当属首篇。这是一次了却沉重心愿的写作，作者煞费苦心地写下它，体现了自己的艺术良知，也实现了驾驭题材上的某种超越。

威海这块土地需要拯救的记忆很多。四万多字的《威海卫人与香港警察》，是对沉潜的威海记忆的又一次打捞："威海素有侨乡之称，据不完全统计，仅香港侨胞就有五六万之众。不仅如此，以香港为跳板，他们的子孙及亲朋好友走向世界各地者不计其数，而且绵延近百年生生不息，圈子越滚越大，未来其必为一支不可忽视的海外华人势力。寻本溯源，九九归一，这支人群的根始于 1922 年起赴港从警的威海先人。他们虽然早已逝去，却不愧为威海人乃至中华人融入国际化的先躯与探索者。"对这一题材的重视和执着挖掘，难能可贵，其价值是不言而喻的。杨机臣本人就是一个香港警察的后代，儿时爷爷发黄的老照片是一个悬念式的存在，诱惑他在几十年后去破解历史之谜。因为有感情上的维系，其工作有了非凡的热情和巨大的冲动。于是，难以考据的资料浮出水面，蒙尘的记忆被渐渐拭亮，僵死的历史复活和流动了。在此，作者的眼光是宏阔的，他追寻的是一个时代的故事，一个史实的流变。“我爷只是沧海之一粟，似流星一闪即逝。然而，他的人生因此而饱满丰厚。”这句话说得好。其实，那数百名远赴香港当警察的威海人，哪个不是如此？还有他们的后裔，都因这一历史机遇改变了人生轨迹。在写到威海籍香港警察的后裔、消防界精英宋修民的时候，作者说：“如果说我的人生可窥我爷以及众多还乡香港警察回乡后人生及家庭的轨迹，那么宋先生的人生则典型地反映了香港警察从警及迁居香港后漫漫人生路上的悲欢离合……”是的，正是在宋家两代人的故事中，我们看到了比较完整的、浸染着血泪的乔迁史和奋斗史，也更加清楚了这部纪实作品的内涵。作品中，值得特别重视的一个人，是蜚声香港政坛及海内外的政界人士梁振英，这个威海人的根苗，不仅是威海香港警察后裔中的翘楚，还是香港市民所推崇和追慕的榜样；他靠底层打拼终至脱颖而出，显示的不仅仅是威海人可贵品质的传承，还有更加耐人寻味的东西在其中。在全球化的大背景下，在移民已成平常事的今天，作者对这一题材的追寻，是特别新颖别致而且深具现实意义的。

三

长篇纪实文学《胶东人家》是作者迄今篇幅最长的作品，达 10 万余字。作品从清乾隆四十八年（1783 年）写起，一直写到新中国成立前夕，时间跨度漫长，出场人物众多，既有居高临下的历史俯瞰，又有细致入微的现实描写。它记述的是吴姓人家自潍莱平原逃难东迁来到荣成沿海村庄后，几代人持家、经商、办学、报国的故事，可以称得上是一部家族史记。素材是尘封已久的，故事是繁复错杂的，所以写起来难度很大。然而作者不辱使命，经由深入采访和合理想象，将一部漫长的血泪家族史写得异常扎实饱满，可读性强又可堪回味。三代顶梁柱的创业守业，整个家族的沉浮挣扎，通过舒卷有致的叙述和描写，演绎成为一幕幕鲜活的戏剧，复活了一个家族的百年记忆：生与死，成与败，困顿与顺遂，挫折与磨砺……民间底层人物的荣辱悲欢，被描画得波澜起伏，风云激荡：逃难东迁，扎根菜园；修路种菜，禁毒御敌；传宗接代，教育孩孙；订立家训，授业解惑；襄助村民，义举频仍；家势衰微，晚景凄凉；青楼失足，收养孤女；气死老婆，抢得媳妇；儿郎中魔，恋人殉情；冰船抢险，酒宴散伙；老来信佛，出任校董；暗度陈仓，勇赴国难……透过具体的故事，我们看到的是丰富广博的内涵：19 至 20 世纪中国沿海地区农民和渔民所经受的深重苦难，儒家文化熏染下形成的道德准则，胶东人所秉持的坚韧顽强的生存信念，位卑未敢忘忧国式的民族大义，等等。可以说，这是一部具有史诗气质的作品，是《百年孤独》式的大跨度的历史叙写。作品中的胶东渔村犹如马尔克斯笔下的马孔多，而吴姓家族也恰似布恩蒂亚家族。人物的沉浮挣扎，世事的消长兴衰，命运的跌宕起伏，一切都历历在目，却又恍惚如梦。一股悲怆的暗流，始终涌动在文本深处，时时引发读者深长的慨叹。作品的可贵之处在于，虽然多有细节上的演义，但其全部故事都是有据可查的，因而特别具有启示意义，并能引发读者的思考。这也正是作品的纪实属性的魅力所在。更为重要的是，作品的着力点不仅仅在于叙述家族历史和人物命运，还特别注重了对于胶东沿海地区特定历史风物及民俗风情的描写。人物、故事与人文历史背景等诸多信息元素的水乳交融，使得文本具有一定的百科全书性质。这就极大地增强了作品的文化含量，丰富了作品的价值内涵，等于以点带面地书写了一部胶东沿海区域文化的百年历史。这里透露的信息是异常丰富的，比如说胶东在过去曾经有过怎样的移民史，沿海渔民是如何经商发家的，他们为什么重视教育，为什么特别注重互帮互助、友善待人，为什么会出大批的经商、从政人才，等等。许多人文方面的问题，都可在作品中找到说明，找到印证，找到历史渊源和发展脉络。

曾经奇怪作者为什么会起意写这样一部书。这部长篇的写作冲动，是读者所不容易看出来的；它不是突发事件，没有新闻性，也不是某种意外发现所导致的发掘，更没有个人自述的成分在其中。就文体倾向来看，作品可以称得上是一种另类的、具有散文风格的长篇小说。它是真正的“大块文章”，虽以一个家族为视域，但本质上写的是大地和大地上的事情。它并不需要一个贯穿始终的逻辑线索，也并不特别凸显某个人物。它的主题是：一方水土一方人。如果非得要有一个主人公的话，那么只能说主人公是沿海地区的胶东人。作品的题材是厚实、稳定的，因而在写作上必然体现为内敛、沉着的风格。这是难度很大的写作，作者之所以敢于迎难而上，耗费很多精力写它，其中必有深意存焉。

在通读了作者近年全部作品之后，我忽然明白了他创作这部作品的动力和心劲之所在。作者了解自己的优势，了解自己的能力。对于本土历史文化的来龙去脉，对于当地人性格的形成，他有很深的理解，并且已经写了许多；但可能，他觉得自己并没有写透，没有写到过瘾的程度。而要写得透，写得过瘾，必须要有一个大的框架结构。正因如此，他最终选择了这样一个题目，用了一本书的篇幅来写。我相信这是他酣畅淋漓的一次写作，犹如胸胆开张的疾呼，一醉方休的畅饮，日行千里的狂奔。这一次写作可能很累，但很痛快，作者实现了很久以来的愿望，成功地抵达了预期的目标。

四

一部写民间生存故事的作品，能够忠实地再现民间历史脉络，又能表现出命运和人性的内涵，表现出草根民众的生机与活力，其价值自不待言。《威海卫一家人》就是这样一部中篇纪实文学作品。这其实是作者的父系家族史，内中饱含充足的创作原动力。作品从太爷爷辈的奋斗写起，时段在20世纪前二十年，也就是英国人强租威海卫的大背景下。太爷爷是位典型的胶东汉子，老实木讷，肯于吃苦，为了给四个儿子置办宅基地，他跑到北京干挑水生意，一直干了十几年，先后挣下几十亩土地。这是民国时期外出打工者的代表，作品中太爷爷的这段历史，包含了一定的民间史料价值；更重要的是，因为有这一铺垫，才可以讲述后面的故事：分家。

分家的故事是一个核心的故事，因为在国人的传统观念中，三世乃至四世同堂，才意味着家庭和睦、祖孙幸福。所以，爷爷辈的老大闹分家，和太爷爷的外出打工一样，表现的是这个家族的勤苦老实人不肯安于现状、反叛的一面。这里面其实有相当多的文化内涵与人性内涵，也可以说代表了胶东人血脉中的某种东西。爷爷辈的兄弟四人，性格各异，在分家问题上态度也各不相同。分家的故事，分家后老大为盖房子经历的酸甜苦辣，是作品工笔描写的内容，许多细节是耐人寻味的。比如四个儿子为分家而抓阄，想分家的、勤苦的老大和厚道肯干的老三抓到的都是宅基地，但他们真要盖房的话，又觉得力量不足；游手好闲的老二和体弱的老四，命运的安排是让他们拥有现成的房子。这真是人算不如天算。还有，老三在盖房上对老大施以援手，感人至深；多年以后，老三的儿子盖房面临困境，老大的儿子又代父辈做了倾力回报。这些仗义之举，是民间传统风尚和道德伦理的所在，也是文章中温暖人心的所在。

置地，盖房，对于农民来说，都是一生中的大事，为此常常要罄尽积蓄，竭尽全力。也正是在这样的人生重要关节，农民的艰辛和坚韧，一代人乃至一个家族的命运轨迹，都得到了充分显现。这些事情，虽然并无大的波澜起伏，但对于植根于土地的农民来说却是特别重要的，经由作者一笔一笔写来，感觉特别真实，其中的人生况味值得咀嚼，常常让人感到辛酸，为之叹息。作者以小说家的耐心，启动想象，把两代人在解决这些问题的前后表现，写得细致入微，生动可读，所谓“纪实文学”的文学性由此凸显。

什么叫命运？命运既包括了天意，又在于人为；前者如抓阄，后者如盖房。二者的紧密结合，符合天地大道的运行法则，也使得熙攘人间活力永存。

在写民间生存和命运的大主题上，有着丰富人生阅历的杨机臣显得非常老道。他善于抓住要紧的核心故事，提纲挈领、简洁有力地表现主题。写爷爷辈的兄弟分家如此，写自己女儿的择业也是如此。《我与女儿》一篇可看作纪实散文，它的叙述分为两个层面：表层故事是女儿的就业问题，以及这一问题带给全家人的焦虑、思考，和最终的抉择；深层的东西，是作者大半辈子的人生经历和人生感悟，以及这一切导致的人生决断。作品采用了回旋的结构，以女儿的就业问题为引子，频频扩展叙述幅面，把镜头探向自己生命历史的纵深处，使得故事愈来愈丰富，思想愈来愈厚实，意蕴愈来愈深邃。读后首先会觉得，这是一部作者的回忆录或者家庭史；其次，会认为它包含的东西很多，主题在深化中又有升华，并逐渐超越了具体的个人，具体的家庭，上升为对中国普通百姓命运的思考。作品的涵盖变得广阔起来，它反映的是 20 世纪中国人普遍的生活、思想和情感状态，是亿万个普通百姓家庭共有的生存困惑，因此具有一种特别感人的力量，能够引发读者强烈的共鸣，不少地方可谓催人泪下。

同样，新作《远芳侵古道》也是一篇感人的作品，它借以点带面的叙事逻辑，通过对一位扎根新疆的胶东女性的采访和叙写，讲述了新中国初期的特定历史背景下，全国多地女子响应国家号召，告别故土亲人、扎根新疆屯垦戍边的故事。“1952~1954 年，仅威海区划内的文登、荣成、乳山共2000多名女同胞赴疆屯垦戍边。”正是这些女性的毅然离乡远嫁，谱写了一曲不无悲壮色彩的奉献者之歌。作品中写到，山东湖南两地的赴疆女性，把20万屯垦大军稳定了下来，这样形成的婚姻，“本质上是稳疆固边壮举”，但其意义却是深远的。她们具有奉献与牺牲色彩的行为，“其境界远超古人”。

时代的旋律是波澜壮阔的，然而宏大叙事常常遮蔽很多东西。这篇作品的意义，恰恰在于透过一个女性的命运与处境，既真实地揭示了历史洪流下个体的身不由己，又凸显了人的独立思考和选择的能力，以及由此折射出的人性光辉。主人公刘友岚原名刘友兰，入疆后不久听闻家乡成立“黄岚人民公社”，便以“岚”字置换了“兰”，改了自己的名字，其思乡之情可叹可悯。当政治风潮席卷而来时，作为医生的她不愿随波逐流，而是始终坚守医德，不避指责，热心为遭受迫害的军垦干部及家人治病。这在当时无异于一种壮举，是对良知的坚定捍卫。哪怕后来因此而被发配到边远连队改造，她也不改其志，在牧民中再次赢得了广泛的尊重和爱戴。作品中关于主人公挥之不去的乡愁的表述也是感人的，家国情怀的渗透交融，愈发真实地表现了一种既平凡又了不起的人格力量，令人心生感佩。与此同时，我们可以举一反三，想象到众多支边者的人生是怎样不乏歌哭，他们的贡献又是怎样不可忽略。那些扎根新疆的人都是时代的螺丝钉，为新中国的屯垦大业贡献了全部青春和力量。他们的人生可歌可泣，不应该被历史遗忘。而作家对这一题材的重视与发掘，其意义是不言而喻的，其热忱则体现出可贵的良知。

五

杨机臣“向后看”的民间写作不仅体现在写尘封已久的历史，还体现在写正在流动着的现实。比如在《老村·老街·小区》中，他分别写了威海的一条百年老街、一个有着四百多年历史的老村、一个小区（过去是故土的一道山崖）。拥有作家、摄影家双重艺术身份的作者，往返穿梭于历史和现实间，不倦地游走、拍摄、记录。他作了许多历史追溯和客观记述，并没有再多说什么，但一切尽在不言中，我们还是能看到他对历史遗迹的眷恋，看到他文字和镜头之外的不舍之情。在回忆故土山崖的原始旧貌时，他的笔致变得多情起来。经过与父亲的一番追忆，他甚至将此地原来地块的名字按位置一一编排了一遍。这些地名恰如一个个情感密码，可以还他一个久违的原初。

怀旧，关注民间文化，考查历史的陈迹遗影，体现的乃是有文化素养和浪漫情怀的人的共同情感。杨机臣了解本土历史和文化，而且由衷地喜欢做这方面的工作，可谓难能可贵。他以不倦的激情和辛勤的劳作，捧出这样一些散发着浓郁的本土气息的作品，是对地域文化的卓越贡献。记录历史的他，应该被历史记录。

综观作家的忆旧散文和纪实文学写作，可见目光是深远的，其对地域性历史题材的探究、发掘和思考，触及的是关乎人类生存的大命题，因此作品往往具有某种文化上的意蕴，等待我们用心省察和感悟。他“向后看”的寻根，总是带有“向前看”的现实意义。他的写作还常常呈现出可贵的原生态性质，不可多得。他家族的、私人的故事，并不仅仅属于家族和私人。他故乡的村庄杨家滩，一旦出现在作品中，就超越了地理意义上的杨家滩，所表达的一切可能涵盖了胶东，山东，乃至中国。文章从具体、个人的位置上写起，是不会错的，这可以接地气，可以避免大而无当，可以避免情感的匮乏和虚假。而情感，是写作的原动力，是缘起，同时也标示着文章的方向，感召着自己的读者群，它指向的正是作品的归宿。在我看来，作家写作题材的区域，正是他情感抵达的区域；他作品的高度，正是他情感抵达的高度。

多年来，杨机臣始终在勤奋地耕耘，执着地寻找，不倦地探索。作为一个业余写作者，他所取得的成绩，他对故土的贡献，是难能可贵和值得珍视的。对于文学写作而言，地域的所谓中心和边缘并不重要，写好脚下的土地，写好熟悉的生活，就有可能写出好的和重要的东西，而以地方的发现为中心的表达，常常是走向成功的必由之路。这是一个普遍的规律。正是在这一意义上，相信不久的将来，在散文和纪实文学的写作中，杨机臣必会有更加丰厚、更加令人瞩目的收获。

2022 年 6 月，威海